水滸傳

册五

施耐庵 著

北京聯合出版公司

第五十四回　入雲龍鬥法破高廉　黑旋風探穴救柴進

請得公孫勝後，三人一同趕回，可也。乃戴宗忽然先去者，所以爲李逵買棗糕者，所以爲結識湯隆地也。李逵結識湯隆者，所以爲打造鈎鐮槍地也。夫打造鈎鐮槍，以破連環馬也。連環馬之來，固爲高廉報仇也。高廉之死，則死于公孫勝也。今公孫勝則猶未去也。公孫勝未去，是高廉未死也。高廉未死，則高俅亦不必遣呼延也。高俅不遣呼延，則亦無有所謂連環馬也。無有所謂連環馬，則亦不須所謂鈎鐮槍也。無有連環馬，不須鈎鐮槍，則亦不必湯隆也。乃今李逵已預結識也。爲結識故，已預買糕也。爲買糕故，戴宗亦已預去也。夫文心之曲，至于如此，洵鬼神之所不得測也。

寫公孫神功道法，衹是一筆兩筆，不肯出力鋪張，是此書特特過人一籌處。

寫公孫破高廉，若使一陣便了，則不顯公孫；然欲再持一日，又太張高廉。趁前篇劫寨一勢，寫作又來劫寨，因而便掃蕩之。不輕不重，深得其宜矣。

前劫寨是乘勝而來，後劫寨是因敗而至。前後兩番劫寨，以此爲其分別。然作者其實以後劫寨自掩前劫寨之筆痕墨迹，如上卷論之詳矣。

此回獨大書林沖戰功者，正是高家清水公案，非浪筆漫書也。太史公曰：『怨毒之于人甚矣哉！』不其然乎。

李逵樸至人，雖極力寫之，亦須寫不出。乃此書但要寫李逵樸至，便倒寫其奸猾。寫得李逵愈奸猾，便愈樸至，真奇事也。

古詩云：『井水知天風。』蓋言水在井中，未必知天風也。今兩旋風都入高唐枯井之底，殆寓言當時宋江擾亂之惡，至于無處不至也。

卷末描畫御賜踢雪烏騅衹三四句，却用兩『那馬』句，讀之遂抵一篇妙絶馬賦。

話説當下羅真人道：『弟子，你往日學的法術，却與高廉的一般。吾今傳授與汝五雷天罡正法，依此而行，可救宋江，保國安民，替天行道。休被人欲所縛，誤了大事，專精從前學道之心。你的老母，我自使人早晚看視，勿得憂念。汝應上界天閑星，以此容汝去助宋公明。吾有八個字，汝當記取，休得臨期有誤。』羅真人説那八個字，道是：『逢幽而止，遇汴而還。』公孫勝拜授了訣法，便和戴宗、李逵三人拜辭了羅真人，别了衆道伴下山。歸到家中，收拾了道衣，寶劍二口，并鐵冠，如意等物了當，拜辭了老母，離山上路。行過了三四十里路程，戴宗道：『小可先去報知哥哥，先生和李逵大路上來，却得再來相接。』公孫勝道：『正好。賢弟先往報知，吾亦趲行來也。』戴宗分付李逵道：『于路小心伏侍先生，但有些差池，教你受苦！』李逵答道：『他和羅真人一般的法術，我如何敢輕慢了他！』戴宗拴上甲馬，作起神行法來，預先去了。

却説公孫勝和李逵兩個離了二仙山九宫縣，取大路而行，到晚尋店安歇。李逵懼怕羅真人法術，十分小心伏侍公孫勝，那裏敢使性。兩個行了三日，來到一個去處，地名唤做武岡鎮，衹見街市人烟輳集。公孫勝道：『這兩日于路走的困倦，買碗素酒素面吃了行。』李逵道：『也好。』却見驛道傍邊一個小酒店，兩個人來店裏坐下。公孫勝坐了上首，李逵解了腰包，下首坐了。叫過賣一面打酒，就安排些素饌來與二人吃。公孫勝道：『你這裏有甚素點心賣？』過賣道：『我店裏衹賣酒肉，没有素點心。市口人家有棗糕賣。』李逵道：『我去買些來。』便去包内取了銅錢，徑投市鎮上來，買了一包棗糕。欲待回來，衹聽得路傍側首有人喝采道：『好氣力！』李逵看時，一伙人圍定一個大漢，把鐵瓜錘在那裏使，衆人看了喝采他。

李逵看那大漢時，七尺以上身材，面皮有麻，鼻子上一條大路。李逵看那鐵錘時，約有三十來斤。那漢使的發了，一瓜錘正打在壓街石上，把那石頭打做粉碎，衆人喝采。李逵忍不住，便把棗糕揣在懷中，便來拿那鐵錘。那漢喝道：『你是什麽鳥人，敢來拿我的錘！』李逵道：『你使的什麽鳥好，教衆人喝采？看了倒污眼！你看老爺使一回教衆人看。』那漢道：『我借與你，你若使不動時，且吃我一頓脖子拳了去！』李逵接過瓜錘，如弄彈丸一般，使了一回，輕輕放下，面又不紅，心頭不跳，口內不喘。那漢看了，倒身便拜，說道：『願求哥哥大名。』李逵道：『你家在那裏住？』那漢道：『衹在前面便是。』引了李逵到一個所在，見一把鎖鎖着門。那漢把鑰匙開了門，請李逵到裏面坐地。李逵看他屋裏都是鐵砧、鐵錘、火爐、鉗、鑿家火，尋思道：『這人必是個打鐵匠人，山寨裏正用得着，何不叫他也去入伙？』

李逵又道：『漢子，你通個姓名，教我知道。』那漢道：『小人姓湯名隆。父親原是延安府知寨官來，因爲打鐵上遭際老種經略相公，帳前敘用。近年父親在任亡故，小人貪賭，流落在江湖上，因此權在此間打鐵度日。入骨好使槍棒，爲是自家渾身有麻點，人都叫小人做金錢豹子。敢問哥哥高姓大名？』李逵道：『我便是梁山泊好漢黑旋風李逵。』湯隆聽了，再拜道：『多聞哥哥威名，誰想今日偶然得遇。』李逵道：『你在這裏幾時得發迹！不如跟我上梁山泊入伙，叫你也做個頭領。』湯隆道：『若得哥哥不弃，肯帶携兄弟時，願隨鞭鐙。』就拜李逵爲兄，李逵認湯隆爲弟。湯隆道：『我又無家人伴當，同哥哥去市鎮上吃三杯淡酒，表結拜之意。今晚歇一夜，明日早行。』李逵道：『我有個師父在前面酒店裏，等我買棗糕去吃了便行，耽擱不得。衹可如今便行。』湯隆道：『如何這般要緊？』李逵道：『你不知，宋公明哥哥現今在高唐州界首厮殺，衹等我這師父到來救應。』湯隆道：『這個師父是誰？』李逵道：『你且休問，快收拾了去。』湯隆急急拴了包裹盤纏銀兩，戴上氈笠兒，跨了口腰刀，提條樸刀，弃了家中破房舊屋、粗重家火，跟了李逵，直到酒店裏來見公孫勝。

公孫勝埋怨道：『李逵，你如何去了許多時！再來遲些，我依前回去了。』李逵不敢做聲回話。引過湯隆拜了公孫勝，備說結義一事。公孫勝見說他是打鐵出身，心中也喜。李逵取出棗糕，叫過賣將去整理，三個一同飲了幾杯酒，吃了棗糕，算還了酒錢。李逵、湯隆各背上包裹，與公孫勝離了武岡鎮，迤邐望高唐州來。三個于路三

停中走了二停多路，那日早却好迎着戴宗來接。公孫勝見了大喜，連忙問道：『近日相戰如何？』戴宗道：『高廉那厮近日箭瘡平復，每日領兵來搦戰。哥哥堅守不敢出敵，衹等先生到來。』公孫勝道：『這個容易。』李逵引着湯隆，拜見戴宗，說了備細。四人一處奔高唐州來。離寨五里遠，早有吕方、郭盛引一百餘騎軍馬迎接着。四人都上了馬，一同到寨。宋江、吴用等出寨迎接。各施禮罷，擺了接風酒，敘問間闊之情，請入中軍帳內，衆頭領亦來作慶。李逵引過湯隆來參見宋江、吴用，并衆頭領等，講禮已罷，寨中且做慶賀筵席。

次日，中軍帳上宋江、吴用、公孫勝商議破高廉一事。公孫勝道：『主將傳令，且着拔寨都起，看敵軍如何，貧道自有區處。』當日宋江傳令，各寨一齊引軍起身，直抵高唐州城壕，下寨已定。次日早五更造飯，軍人都披挂衣甲。宋公明、吴學究、公孫勝三騎馬直到軍前，摇旗擂鼓，吶喊篩鑼，殺到城下來。

再說知府高廉在城中箭瘡已痊，隔夜小軍來報知宋江軍馬又到，早晨都披挂了衣甲，便開了城門，放下吊橋，將引三百神兵并大小將校出城迎敵。兩軍漸近，旗鼓相望，各擺開陣勢。兩陣裏花腔鼉鼓擂，雜彩綉旗摇。宋江陣門開處，分十騎馬來雁翅般擺開在兩邊，左手下五將：花榮、秦明、朱仝、歐鵬、吕方，右手下五將是林沖、孫立、鄧飛、馬麟、郭盛。中間三騎馬上，爲頭是主將宋公明。怎生打扮？

頭頂茜紅巾，腰系獅蠻帶。錦徵袍大紅貼背，水銀盔彩鳳飛檐。抹綠靴斜踏寶鐙，黄金甲光動龍鱗。描金韉隨定紫絲鞭，錦鞍韉穩稱桃花馬。

左邊那騎馬上，坐着的便是梁山泊掌握兵權軍師吴學究。怎生打扮？

五明扇齊攢白羽，九綸巾巧簇烏紗。素羅袍香皂沿邊，碧玉環絲絛束定。鳧舄穩踏葵花鐙，銀鞍不離紫絲繮。兩條銅鏈挂腰間，一騎青驄出戰場。

右邊那騎馬上，坐着的便是梁山泊掌握行兵布陣副軍師公孫勝。怎生打扮？

星冠耀日，神劍飛霜。九霞衣服綉春雲，六甲風雷藏寶訣。腰間系雜色短鬚縧，背上懸鬆文古定劍。穿一雙雲頭點翠皂朝靴，騎一匹分鬃昂首黄花馬。名標蕊笈玄功著，身列仙班道行高。

三個總軍主將，三騎馬出到陣前。看對陣金鼓齊鳴，門旗開處，也有二三十個軍官簇擁着高唐州知府高廉出在陣前，立馬于門旗下。怎生結束？但見：

束髮冠珍珠鑲嵌，絳紅袍錦綉攢成。連環鎧甲耀黄金，雙翅銀盔飛彩鳳。足穿雲縫吊墩靴，腰系獅蠻金鞓帶。手内劍横三尺水，陣前馬跨一條龍。

那知府高廉出到陣前，厲聲高叫，喝罵道：『你那水窪草賊，既有心要來厮殺，定要分個勝敗，見個輸贏，走的不是好漢！』宋江聽罷，問一聲：『誰人出馬立斬此賊？』小李廣花榮挺槍躍馬，直至垓心。高廉見了，喝問道：『誰與我直取此賊去？』那統制官隊裏轉出一員上將，唤做薛元輝，使兩口雙刀，騎一匹劣馬，飛出垓心，來戰花榮。兩個在陣前鬥了數合，花榮撥回馬望本陣便走。薛元輝不知是計，縱馬舞刀，盡力來趕。花榮略帶住了馬，拈弓取箭，扭轉身軀，衹一箭，把薛元輝頭重脚輕射下馬去。兩軍齊吶聲喊。高廉在馬上見了，大怒，急去馬鞍前鞽取下那面聚獸銅牌，把劍去擊。那裏敲得三下，衹見神兵隊裏，卷起一陣黄砂來，罩的天昏地暗，日色無光。喊聲起處，豺狼虎豹怪獸毒蟲，就這黄砂内卷將出來。衆軍恰待都走，公孫勝在馬上早掣出那一把松文古定劍來，指着敵軍，口中念念有詞，喝聲道：『疾！』衹見一道金光射去，那伙怪獸毒蟲，都就黄砂中亂紛紛墜于陣前。衆軍人看時，却都是白紙剪的虎豹走獸，黄砂盡皆蕩散不起。宋江看了，鞭梢一指，大小三軍一齊掩殺過去。但見人亡馬倒，旗鼓交横。高廉急把神兵退走入城。宋江軍馬趕到城下，城上急拽起吊橋，閉上城門，擂木炮石，如雨般打將下來。宋江叫且鳴金，收聚軍馬下寨，整點人數，各獲大勝。回帳稱謝公孫先生神功道德，隨即賞勞三軍。

次日，分兵四面圍城，盡力攻打。公孫勝對宋江、吴用道：『昨夜雖是殺敗敵軍大半，眼見得那三百神兵退

入城中去了。若是今日攻擊得緊，那厮今夜必來偷營劫寨。今晚可收軍一處，直至夜深，分去四面埋伏。這裏虚扎寨栅。夜間教衆將衹聽霹靂響，看寨中火起，一齊進兵。』傳令已了，當日攻城至未牌時分，都收四面軍兵還寨，却在營中大吹大擂飲酒。看看天色漸晚，衆頭領暗暗分撥開去，四面埋伏已定。

却説宋江、吴用、公孫勝、花榮、秦明、吕方、郭盛上土坡等候。是夜，高廉果然點起三百神兵，背上各帶鐵葫蘆，于内藏着硫黄焰硝、烟火藥料，各人俱執鈎刀鐵掃帚，口内都銜着蘆哨。二更前後，大開城門，放下吊橋，高廉當先，驅領神兵前進，背後却帶三千餘騎奔殺前來。離寨漸近，高廉在馬上作起妖法，却早黑氣衝天，狂風大作，飛砂走石，播土揚塵。三百神兵各取火種，去那葫蘆口上點着，一聲蘆哨齊響，黑氣中間，火光罩身，大刀闊斧滚入寨裏來。高埠處，公孫勝仗劍作法，就空寨中平地上刮刺刺起個霹靂。三百神兵急待退步，衹見那空寨中火起，光焰亂飛，上下通紅，無路可出。四面伏兵齊起，圍定寨栅，黑處偏見，三百神兵不曾走得一個，都被殺在寨裏。高廉急引了三十餘騎，奔走回城。背後一枝軍馬追趕將來，乃是豹子頭林沖。看看趕上，急叫得放下吊橋，高廉衹帶得八九騎入城，其餘盡被林沖和人連馬生擒活捉了去。高廉進到城中，盡點百姓上城守護。高廉軍馬神兵，被宋江、林沖殺個盡絶。

次日，宋江又引軍馬四面圍城甚急。高廉尋思：『我數年學得術法，不想今日被他破了，似此如之奈何？』衹得使人去鄰近州府求救，急急修書二封，教去東昌、寇州，『二處離此不遠，這兩個知府都是我哥哥抬舉的人，教星夜起兵來接應。』差了兩個帳前統制官，賫擎書信，放開西門，殺將出來，投西奪路去了。衆將却待去追趕，吴用傳令：『且放他去，可以將計就計。』宋江問道：『軍師如何作用？』吴學究道：『城中兵微將寡，所以他去求救。我這裏可使兩枝人馬，詐作救應軍兵，于路混戰，高廉必然開門助戰。乘勢一面取城，把高廉引入小路，必然擒獲。』宋江聽了大喜，令戴宗回梁山泊另取兩枝軍馬，分作兩路而來。

且說高廉每夜在城中空闊處堆積柴草，竟天價放火爲號，城上衹望救兵到來。過了數日，守城軍兵望見宋江陣中不戰自亂，急忙報知。高廉聽了，連忙披挂上城瞻望，衹見兩路人馬，戰塵蔽日，喊殺連天，衝奔前來，四面圍城軍馬，四散奔走。高廉知是兩路救軍到了，盡點在城軍馬，大開城門，分投掩殺出去。

且說高廉撞到宋江陣前，看見宋江引着花榮、秦明，三騎馬望小路而走。高廉引了人馬，急去追趕。忽聽得山坡後連珠炮響，心中疑惑，便收轉人馬回來。兩邊鑼響，左手下吕方，右手下郭盛，各引五百人馬衝將出來。高廉急奪路走時，部下軍馬折其大半。奔走脱得垓心時，望見城上已都是梁山泊旗號。舉眼再看，無一處是救應軍馬，衹得引着些敗卒殘兵，投山僻小路而走。行不到十里之外，山背後撞出一彪人馬，當先擁出病尉遲孫立，攔住去路，厲聲高叫：『我等你多時，好好下馬受縛！』高廉引軍便回，背後早有一彪人馬截住去路，當先馬上却是美髯公朱仝，兩頭夾攻將來，四面截了去路。高廉便弃了坐下馬，便走上山。四下裏步軍一齊趕上山去。高廉慌忙口中念念有詞，喝聲道：『起！』駕一片黑雲，冉冉騰空，直上山頂。衹見山坡邊轉出公孫勝來，見了，便把劍在馬上望空作用，口中也念念有詞，喝聲道：『疾！』將劍望空一指，衹見高廉從雲中倒撞下來。側首搶過插翅虎雷横，一樸刀把高廉揮做兩段。可憐半世英雄漢，化作南柯夢裏人。有詩爲證：

五馬諸侯貴匪輕，自將妖術弄魔兵。到頭難敵公孫勝，致使陰陵一命傾。

且說雷横提了首級，都下山來，先使人去飛報主帥。宋江已知殺了高廉，收軍進高唐州城内。先傳下將令：『休得傷害百姓。』一面出榜安民，秋毫無犯。且去大牢中救出柴大官人來。那時當牢節級、押獄禁子已都走了，止有三五十個罪囚，盡數開了枷鎖釋放。數中衹不見柴大官人一個。宋江心中憂悶。尋到一處監房内，却監着柴皇城一家老小；又一座牢内，監着滄州提捉到柴進一家老小，同監在彼。爲是連日厮殺，未曾取問發落。衹是没尋柴大官人處。

吴學究教唤集高唐州押獄禁子跟問時，數内有一個禀道：『小人是當牢節級藺仁。前日蒙知府高廉所委，專一牢固監守柴進，不得有失。又分付道：「但有凶吉，你可便下手。」三日之前，知府高廉要取柴進出來施刑。小人爲見本人是個好男子，不忍下手，祇推道本人病至八分，不必下手。後又催并得緊，小人回稱柴進已死。因是連日厮殺，知府不閑，却差人下來看視。小人恐見罪責，昨日引柴進去後面枯井邊，開了枷鎖，推放裏面躲避。如今不知存亡。』

宋江聽了，慌忙着藺仁引入。直到後牢枯井邊望時，見裏面黑洞洞地，不知多少深淺。上面叫時，那得人應。把索子放下去探時，約有八九丈深。宋江道：『柴大官人眼見得多是没了！』宋江垂淚。吴學究道：『主帥且休煩惱。誰人敢下去探看一遭，便見有無。』説猶未了，轉過黑旋風李逵來，大叫道：『等我下去！』宋江道：『正好。當初也是你送了他，今日正宜報本。』李逵笑道：『我下去不怕，你們莫要割斷了繩索。』吴學究道：『你却也忒奸猾！』且取一個大篾籮，把索子抓了，接長索頭，扎起一個架子，把索抓在上面。李逵脱得赤條條的，手拿兩把板斧，坐在籮裏，却放下井裏去，索上縛兩個銅鈴。漸漸放到底下，李逵却從籮裏爬將出來，去井底下摸時，摸着一堆，却是骸骨。李逵道：『爺娘，甚鳥東西在這裏？』又去這邊摸時，底下濕漉漉的，没下脚處。李逵把雙斧拔放籮裏，兩手去摸底下，四邊却寬。一摸摸着一個人，做一堆兒蹲在水坑裏。李逵叫一聲：『柴大官人！』那裏見動。把手去摸時，祇覺口内微微聲唤。李逵道：『謝天地！恁的時還有救性！』隨即爬在籮裏，摇動銅鈴。衆人扯將上來。李逵説下面的事，宋江道：『你可再下去，先把柴大官人放在籮裏，先發上來，却再放籮下來取你。』李逵道：『哥哥不知，我去薊州着了兩道兒，今番休撞第三遍！』宋江笑道：『我如何肯弄你！你快下去。』李逵祇得再坐籮裏，又下井去。

到得底下，李逵爬將出籮去，却把柴大官人抱在籮裏，摇動索上銅鈴。上面聽得，早扯起來到上面，衆人看了大喜。

宋江見柴進頭破額裂，兩腿皮肉打爛，眼目略開又閉。宋江心中甚是凄惨，叫請醫士調治。李逵却在井底下發喊大叫。宋江聽得，急叫把籮放將下去，取他上來。李逵到得上面，發作道：『你們也不是好人！便不把籮放下去救我。』宋江道：『我們祇顧看顧柴大官人，因此忘了你，休怪。』宋江就令衆人把柴進扛扶上車睡了，先把兩家老小并奪轉許多家財，共有二十餘輛車子，叫李逵、雷横先護送上梁山泊去。却把高廉一家老小良賤三四十口，處斬于市。再把應有家私并府庫財帛、倉廒糧米，盡數裝載上山。大小將校，離了高唐州，得勝回梁山泊。所過州縣，秋毫無犯。鞭敲金鐙響，齊唱凱歌回。在路已經數日，回到大寨。柴進扶病起來，稱謝晁、宋二公并衆頭領。晁蓋教請柴大官人就山頂宋公明歇所，另建一所房子，與柴進并家眷安歇。晁蓋、宋江等衆皆大喜。自高唐州回來，又添得柴進、湯隆兩個頭領，且做慶賀筵席，不在話下。

再説東昌、寇州兩處，已知高唐州殺了高廉，失陷了城池，祇得寫表，差人申奏朝廷。又有高唐州逃難官員，都到京師説知真實。高太尉聽了，知道殺死他兄弟高廉。次日五更，在待漏院中，專等景陽鐘響，百官各具公服，直臨丹墀，伺候朝見。當日五更三點，道君皇帝升殿。净鞭三下響，文武兩班齊。天子駕坐，殿頭官喝道：『有事出班啓奏，無事卷簾退朝。』高太尉出班奏曰：『今有濟州梁山泊賊首晁蓋、宋江，累造大惡，打劫城池，搶擄倉廒，聚集凶徒惡黨。現在濟州殺害官軍，鬧了江州、無爲軍，今又將高唐州官民殺戮一空，倉廒庫藏，盡被擄去。此是心腹大患，若不早行誅戮剿除，他日養成賊勢，甚于北邊强虜敵國。微臣不勝惶懼。伏乞我皇聖斷。』天子聞奏大驚，隨即降下聖旨，就委高太尉選將調兵，前去剿捕，務要掃清水泊，殺絶種類。高太尉又奏道：『量此草寇，不必興舉大兵。臣保一人，可去收復。』天子道：『卿若舉用，必無差錯。即令起行，飛捷報功，加官賜賞，高遷任用。』高太尉奏道：『此人乃開國之初，河東名將呼延贊嫡派子孫，單名呼個灼字。使兩條銅鞭，有萬夫不當之勇。現受汝寧郡都統制，手下多有精兵勇將。臣舉保此人，可以征剿梁山泊。可授兵馬指揮使，領馬步精鋭軍士，克日掃清山寨，班師還朝。」天子准奏，降下聖旨：着樞密院即便差人賚敕前往汝寧州星夜宣取。當日朝罷，高太尉就于帥府着樞密院撥一員軍官，賚擎聖旨，前去宣取。當日起行，限時定日，要呼延灼赴京聽命。

却說呼延灼在汝寧州統軍司坐衙，聽得門人報道：『有聖旨特來宣取將軍赴京，有委用的事。』呼延灼與本州官員出郭迎接到統軍司。開讀已罷，設筵管待使臣。火急收拾了頭盔衣甲，鞍馬器械，帶引三四十從人，一同使命，離了汝寧州，星夜赴京。于路無話。早到京師城內殿司府前下馬，來見高太尉。

當日高俅正在殿帥府坐衙，門吏報道：『汝寧州宣到呼延灼，見在門外。』高太尉大喜，叫喚進來參見了。看那呼延灼一表非俗，正是：

開國功臣後裔，先朝良將玄孫。家傳鞭法最通神，英武慣經戰陣。仗劍能探虎穴，彎弓解射雕群。將軍出世定乾坤，呼延灼威名大振。

當下高太尉問慰已畢，與了賞賜。次日早朝，引見道君皇帝。徽宗天子看了呼延灼一表非俗，喜動天顔，就賜踢雪烏騅一匹。那馬渾身墨錠似黑，四蹄雪練價白，因此名爲踢雪烏騅馬，日行千里。聖旨賜與呼延灼騎坐。呼延灼就謝恩已罷，隨高太尉再到殿帥府，商議起軍剿捕梁山泊一事。呼延灼稟復：『恩相，小人覯探梁山泊兵多將廣，武藝高强，不可輕敵小覷。小人乞保二將爲先鋒，同提軍馬到彼，必獲大功。若是誤舉，甘當重罪。』高太尉聽罷大喜，問道：『將軍所保誰人，可爲前部先鋒？』不争呼延灼舉保此二將，有分教：宛子城重添羽翼，梁山泊大破官軍。且教功名未上凌烟閣，身體先登聚義廳。

畢竟呼延灼對高太尉保出誰來，且聽下回分解。

第五十五回 高太尉大興三路兵 呼延灼擺布連環馬

此回凡三段文字。第一段，寫宋江紡車軍。第二段，寫呼延連環軍，皆極精神極變動之文。至第三段，寫計擒凌振，却衹如兒戲也。所以然者，蓋作者當提筆未下之時，其胸中原衹有連環馬軍一段奇思，却因不肯突然便推出來，故特就『連環』二字上顛倒生出『紡車』二字，先于文前別作一文，使讀者眼光盤旋跳脱，卓策不定了，然後忽然一變，變出排山倒海异樣陣勢來。今試看其紡車輕，連環重，以輕引重，一也。紡車逐隊，連環一排，以逐隊引一排，二也。紡車人各自戰，連環一齊跑發，以各自引一齊，三也。紡車忽離忽合，連環鐵環連鎖，以離合引連鎖，四也。紡車前軍戰罷，轉作後軍，連環無前無後，直衝過來，以前轉作後引無前無後，五也。紡車有進有退，連環衹進無退，以有進有退引衹進無退，六也。紡車寫人，連環寫馬，以人引馬，七也。蓋如此一段花團錦簇文字，却衹爲連環一陣做得引子，然後入第二段。正寫本題畢，却又不肯霎然一收便住，又特就馬上生出炮來，做一拖尾。然又惟恐兩大番後，又極力寫炮，便令文字累墜不舉，所以衹將閑筆餘墨寫得有如兒戲相似也。嗚呼！衹爲中間一段，變成前後三段，可謂極盡中間一段之致。乃前後二段，衹爲中間一段，而每段又各各極盡其致。世人即欲起而争彼才子之名，吾知有所斷斷不能也。

前後二段，又各各極盡其致者。如前一段寫紡車軍，每一隊欲去時，必先有後隊接住。一接一卸，譬如鵝翎也。耐庵却又忽然算到第五隊欲去時，必須接出押後十將，此處一露痕迹，便令紡車二字老大敗闕，故特特于第五隊方接戰時，便寫宋江十將預先已到，以免斷續之咎，固矣。然却又算到何故一篇章法，獨于第五隊中忽然變换？此處仍露痕迹，畢竟鼯鼠技窮，于是特特又于第四隊方接戰時，便寫第五隊預先早到，以爲之襯。真苦心哉，良工也。

又如前一段寫紡車軍五隊，一隊勝如一隊，固矣。又須看他寫到第四隊，忽然陣上飛出三口刀。既而一變，變作兩口刀，兩條鞭。既而又一變，變作三條鞭。越變越奇，越奇越駭，越駭越樂，洵文章之盛觀矣。

後一段，則如晁蓋傳令，且請宋江上山，宋江堅意不肯。讀之祇謂意在滅此朝食耳，却不知正爲凌振放炮作襯，此真絶奇筆法，非俗士之所能也。

又如要寫炮，須另有寫炮法。蓋寫炮之法，在遠不在近。今看他于凌振來時，祇是稱嘆名色，設立炮架，而炮之威勢，則必于宋江弃寨上關後，砰然聞之。真絶奇筆法，非俗士之所能也。

寫接連三個炮後，又特自注云兩個打在水裏，一個打在小寨上者，寫兩個以表水泊之闊，寫一個以表炮勢之猛也。

至于此篇之前之後，别有奇情妙筆，則如將寫連環馬，便先寫一匹御賜烏騅以吊動之；將寫徐寧甲，因先寫若干關領甲仗以吊動之。若干馬則以一匹馬吊動，一副甲則以若干甲吊動，洵非尋常之機杼也。

話説高太尉問呼延灼道：『將軍所保何人，可爲先鋒？』呼延灼禀道：『小人舉保陳州團練使，姓韓名滔，原是東京人氏，曾應過武舉出身，使一條棗木槊，人呼爲百勝將軍。此人可爲正先鋒。又有一人，乃是潁州團練使，姓彭名玘，亦是東京人氏，乃累代將門之子，使一口三尖兩刃刀，武藝出衆，人呼爲天目將軍。此人可爲副先鋒。』高太尉聽了，大喜道：『若是韓、彭二將爲先鋒，何愁狂寇哉！』當日高太尉就殿帥府押了兩道牒文，着樞密院差人星夜往陳、潁二州調取韓滔、彭玘，火速赴京。不旬日之間，二將已到京師，徑來殿帥府參見了太尉并呼延灼。次日，高太尉帶領衆人，都往御教場中，操演武藝。看軍了當，却來殿帥府，會同樞密院官，計議軍機重事。高太尉問道：『你等三路，總有多少人馬？』呼延灼答道：『三路軍馬計有五千，連步軍數及一萬。』高太尉道：『你三人親自回州，揀選精鋭馬軍三千，步軍五千，約會起程，收剿梁山泊。』呼延灼禀道：『此三路馬步軍兵，都是訓練精熟之士，人强馬壯，不必殿帥憂慮。但恐衣甲未全，祇怕誤了日期，取罪不便，乞恩相寬限。』高太尉道：『既是如此説時，你三人可就京師甲仗庫内，不拘數目，任意選揀衣甲盔刀，關領前去，務要軍馬整齊，好與對敵。出師之日，我自差官來點視。』呼延灼領了鈞旨，帶人往甲仗庫關支。呼延灼選訖鐵甲三千副，熟皮馬甲五千副，銅鐵頭盔三千頂，長槍二千根，滚刀一千把，弓箭不計其數，火炮、鐵炮五百餘架，都裝載上車。臨辭之日，高太尉又撥與戰馬三千匹。三個將軍各賞了金銀段匹，三軍盡關了糧賞。呼延灼與韓滔、彭玘都與了必勝軍狀，辭别了高太尉并樞密院等官。三人上馬，都投汝寧州來。于路無話。

到得本州，呼延灼便道：『韓滔、彭玘各往陳、潁二州，起軍前來汝寧會合。』不到半月之上，三路兵馬都已完足。呼延灼便把京師關到衣甲盔刀，旗槍鞍馬，并打造連環鐵鎧軍器等物，分俵三軍已了，伺候出軍。高太尉差到殿帥府兩員軍官，前來點視。犒賞三軍已罷，呼延灼擺布三路兵馬出城。端的是：

鞍上人披鐵鎧，坐下馬帶銅鈴。旌旗紅展一天霞，刀劍白鋪千里雪。弓彎鵲畫，飛魚袋半露龍梢；箭插鵰翎，獅子壺緊拴豹尾。人頂深盔垂護項，微漏雙睛；馬披重甲帶朱纓，單懸四足。開路人兵，齊擔大斧；合後軍將，盡拈長槍。慣戰兒郎，個個英雄如子路；能徵士卒，人人鬥膽似姜維。數千甲馬離州城，三個將軍來水泊。

當下起軍，擺布兵馬出城。前軍開路韓滔，中軍主將呼延灼，後軍催督彭玘，馬步三軍人等，浩浩殺奔梁山泊來。

却説梁山泊遠探報馬徑到大寨，報知此事。聚義廳上，當中晁蓋、宋江，上首軍師吴用，下首法師公孫勝，并衆頭領，各與柴進賀喜，終日筵宴。聽知報道汝寧州雙鞭呼延灼引着軍馬到來征進，衆皆商議迎敵之策。吴用便道：『我聞此人祖乃開國功臣河東名將呼延贊之後，嫡派子孫。此人武藝精熟，使兩條銅鞭，人不可近。必用能征敢戰之將，先以力敵，後用智擒。』説言未了，黑旋風李逵便道：『我與你去捉這厮！』宋江道：『你如何去得？我自有調度。可請霹靂火秦明打頭陣，豹子頭林冲打第二陣，小李廣花榮打第三陣，一丈青扈三娘打第四陣，病尉遲孫立打第五陣。將前面五陣一隊隊戰罷，如紡車般轉作後軍。我親自帶引十個弟兄，引大隊人馬押後。左軍五將：朱仝、雷横、穆弘、黄信、吕方；右軍五將：楊雄、石秀、歐鵬、馬麟、郭盛。水路中，可請李俊、張横、張順、阮家三弟兄駕船接應。却叫李逵與楊林引步軍分作兩路，埋伏救應。』宋江調撥已定，前軍秦明早引人馬下山，向平川曠野之處，列成陣勢。此時雖是冬天，却喜和暖。等候了一日，早望見官軍到來。先鋒隊裏百勝將韓滔領兵扎下寨柵，當晚不戰。

次日天曉，兩軍對陣。三通畫角鳴處，聒天般擂起戰鼓來。宋江隊裏，門旗下捧出霹靂火秦明，出到陣前，馬上横着狼牙棍。望對陣門旗開處，先鋒將韓滔横槊勒馬，大罵秦明道：『天兵到此，不思早早投降，還自敢抗拒，不是討死！我直把你水泊填平，梁山踏碎，生擒活捉你這伙反賊，解京碎尸萬段，吾之願也！』秦明又是性急的人，那裏聽了，也不打話，便拍馬舞起狼牙棍，直取韓滔。韓滔挺槊躍馬，來戰秦明。當下秦明、韓滔兩個鬥到二十餘合，韓滔力怯，衹待要走。背後中軍主將呼延灼已到，見韓滔戰秦明不下，便從中軍舞起雙鞭，縱坐下那匹御賜踢雪烏騅，咆哮嘶喊，來到陣前。秦明見了，欲待來戰呼延灼，第二撥豹子頭林沖已到陣前，便叫：『秦統制少歇，看我戰三百合却理會！』林沖挺起蛇矛，直奔呼延灼。秦明自把軍馬從左邊踅向山坡後去。這裏呼延灼自戰林沖。兩個正是對手，槍來鞭去花一團，鞭去槍來錦一簇。兩個鬥到五十合之上，不分勝敗。第三撥小李廣花榮軍到，陣門下大叫道：『林將軍少歇，看我擒捉這厮！』林沖撥轉馬便走。呼延灼因見林沖武藝高强，也回本陣。林沖自把本部軍馬一轉，轉過山坡後去，讓花榮挺槍出馬。呼延灼後軍也到，合後將彭玘横着那三尖兩刃四竅八環刀，驟着五明千里黄花馬，出陣大罵花榮道：『反國逆賊，何足爲道！與吾并個輸贏！』花榮大怒，也不答話，便與彭玘交馬。兩個戰二十餘合，呼延灼見彭玘力怯，縱馬舞鞭，直奔花榮。鬥不到三合，第四撥一丈青扈三娘人馬已到，大叫：『花將軍少歇，看我捉這厮！』花榮也引軍望右邊踅轉山坡下去了。彭玘來戰一丈青未定，第五撥病尉遲孫立軍馬早到，勒馬于陣前擺着，看這扈三娘去戰彭玘。兩個正在征塵影裏，殺氣陰中，一個使大杆刀，一個使雙刀。兩個鬥到二十餘合，一丈青把雙刀分開，回馬便走。彭玘要逞功勞，縱馬趕來。一丈青便把雙刀挂在馬鞍轎上，袍底下取出紅綿套索，上有二十四個金鈎，等彭玘馬來得近，扭過身軀，把套索望空一撒，看得親切，彭玘措手不及，早拖下馬來。孫立喝教衆軍一發向前，把彭玘捉了。

呼延灼看見大怒，忿力向前來救，一丈青便拍馬來迎敵。呼延灼恨不得一口水吞了那一丈青。兩個鬥到十合之上，急切贏不得一丈青，呼延灼心中想道：『這個潑婦人在我手裏鬥了許多合，倒恁地了得！』心忙意急，賣個破綻，放他入來，却把雙鞭衹一蓋，蓋將下來，那雙刀却在懷裏。提起右手銅鞭，望一丈青頂門上打下來。却被一丈青眼捷手快，早把刀衹一隔，右手那口刀望上直飛起來，却好那一鞭打將下來，正在刀口上，錚地一聲響，火光迸散，一丈青回馬望本陣便走。呼延灼縱馬趕來。病尉遲孫立見了，便挺槍縱馬，向前迎住厮殺。背後宋江却好引十對良將都到，列成陣勢。一丈青自引了人馬，也投山坡下去了。

宋江見活捉拿得天目將彭玘，心中甚喜。且來陣前，看孫立與呼延灼交戰。孫立也把槍帶住，手腕上綽起那條竹節鋼鞭，來迎呼延灼。兩個都使鋼鞭，却更一般打扮。病尉遲孫立是交角鐵幞頭，大紅羅抹額，百花點翠皂羅袍，烏油戧金甲，騎一匹烏騅馬，使一條竹節虎眼鞭，賽過尉遲恭。這呼延灼却是衝天角鐵幞頭，銷金黄羅抹額，七星打釘皂羅袍，烏油對嵌鎧甲，騎一匹御賜踢雪烏騅，使兩條水磨八棱銅鞭，左手的重十二斤，右手重十三斤。兩個在陣前左盤右旋，鬥到三十餘合，不分勝敗。宋江看了，喝采不已。

官軍陣裏，韓滔見説折了彭玘，便去後軍隊裏盡起軍馬，一發向前厮殺。宋江衹怕衝將過來，便把鞭梢一指，十個頭領引了大小軍士，掩殺過去，背後四路軍兵，分作兩路夾攻攏來。呼延灼見了，急收轉本部軍馬，各敵個住。爲何不能全勝？却被呼延灼陣裏都是連環馬，官軍馬帶馬甲，人披鐵鎧，馬帶甲衹露得四蹄懸地，人挂甲，衹露着一對眼睛。宋江陣上雖有甲馬，衹是紅纓面具，銅鈴雉尾而已。這裏射將箭去，那裏甲都護住了。那三千馬軍各有弓箭，對面射來，因此不敢近前。宋江急叫鳴金收軍。呼延灼也退二十餘里下寨。

宋江收軍，退到山西下寨，屯住軍馬，且叫左右群刀手簇擁彭玘過來。宋江望見，便起身喝退軍士，親解其縛，扶入帳中，分賓而坐。宋江便拜。彭玘連忙答禮拜道：『小子被擒之人，理合就死，何故將軍以賓禮待之？』宋江道：

勢。此時雖是冬天，却喜和暖。等候了一日，早望見官軍到來。先鋒隊裏百勝將韓滔領兵扎下寨柵，當晚不戰。

次日天曉，兩軍對陣。三通畫角鳴處，聒天鼓擂出戰鼓來。宋江陣裏，門旗下捧出霹靂火秦明，出到陣前，馬上横着狼牙棍，望對陣門旗開處，先鋒將韓滔横槊勒馬，大罵秦明道：「天兵到此，不思早早投降，還敢抗拒，不是討死！我直把你水泊填平，梁山踏碎，生擒活捉你這伙反賊，解京碎尸萬段，吾之願也！」秦明又是性急的人，那裏聽了，也不打話，便拍馬舞起狼牙棍，直取韓滔。韓滔挺槊躍馬，來戰秦明。當下秦明、韓滔兩個鬥到二十餘合，韓滔力怯，只待要走。背後中軍主將呼延灼已到，見韓滔戰秦明不下，便從中軍舞起雙鞭，縱坐下那匹御賜踢雪烏騅，咆哮嘶喊，來到陣前。秦明見了，欲待來戰呼延灼。第二撥豹子頭林沖已到陣前，便叫：「秦統制少歇，看我戰三百合却理會！」林沖挺起蛇矛，直奔呼延灼。秦明自把軍馬從左邊踅向山坡後去。這裏呼延灼戰林沖。兩個正是對手，槍來鞭去花一團，鞭去槍來錦一簇。兩個鬥到五十合之上，不分勝敗。第三撥小李廣花榮軍到，陣門下大叫道：「林將軍少歇，看我擒捉這廝！」林沖撥轉馬便走。呼延灼因見林沖武藝高强，也回本陣。林沖自把本部軍馬一轉，轉過山坡後去。讓花榮挺槍出馬。呼延灼後軍也到。合後將彭玘横着那三尖兩刃四竅八環刀，驟着五明千里黄花馬，出陣大罵花榮道：「反國逆賊，何足爲道！與吾并個輸贏！」花榮大怒，也不答話，便與彭玘交馬。兩個戰二十餘合，呼延灼見彭玘力怯，縱馬舞鞭，直奔花榮。鬥不到三合，第四撥一丈青扈三娘人馬已到，大叫：「花將軍少歇，看我捉這廝！」花榮也引軍望右邊踅轉山坡下去了。彭玘來戰一丈青，未定，第五撥病尉遲孫立軍馬早到，勒馬于陣前擺着，看這扈三娘去戰彭玘。兩個正在征塵影裏，殺氣陰中，一個使大桿刀，一個使雙刀。兩個鬥到二十餘合，一丈青把雙刀分開，回馬便走。彭玘要逞功勞，縱馬趕來。一丈青便把雙刀挂在馬鞍鞽上，袍底下取出紅綿套索，上有二十四個金鈎，等彭玘馬來得近，扭過身軀，把套索望空一撒，看得親切，彭玘措手不及，早拖下馬來。孫立喝教衆軍一發向前，把彭玘捉了。

呼延灼看見大怒，忿力向前來救。一丈青便拍馬來迎敵。呼延灼恨不得一口水吞了那一丈青。兩個鬥到十合之上，急切贏不得一丈青。呼延灼心中想道：「這個潑婦人在我手裏鬥了許多合，倒恁地了得！」心忙意急，賣個破綻，放他入來，却把雙鞭只一蓋，蓋將下來。那雙刀却在懷裏。提起右手鋼鞭，望一丈青頂門上打下來。却被一丈青眼明手快，早把刀只一隔，右手那口刀望上直飛起來。却好那一鞭打將下來，正在刀口上，錚地一聲，火光迸散。一丈青回馬望本陣便走。呼延灼縱馬趕來。病尉遲孫立見了，便挺槍縱馬，向前迎住厮殺。背後宋江却好引十對良將都到，列成陣勢。一丈青自引了人馬，也投山坡下去了。

宋江見活捉得天目將彭玘，心中甚喜。且來陣前，看孫立與呼延灼交戰。孫立也把槍帶住，手腕上綽起那條竹節鋼鞭，來迎呼延灼。兩個都使鋼鞭，却更一般打扮。病尉遲孫立是交角鐵幞頭，大紅羅抹額，百花點翠皂羅袍，烏油戧金甲，騎一匹烏騅馬，使一條竹節虎眼鞭，賽過尉遲恭。這呼延灼却是衝天角鐵幞頭，銷金黄羅抹額，七星打釘皂羅袍，烏油對嵌鎧甲，騎一匹御賜踢雪烏騅，使兩條水磨八棱鋼鞭，左手的重十二斤，右手重十三斤。兩個在陣前左盤右旋，鬥到三十餘合，不分勝敗。宋江看了，喝采不已。

官軍陣裏，韓滔見說折了彭玘，便去後軍隊裏盡起軍馬，一發向前厮殺。宋江只怕衝將過來，便把鞭梢一指，十個頭領引了大小軍士，掩殺過去。背後四路軍兵，分作兩路夾攻攏來。呼延灼見了，急收轉本部軍馬，各敵住。爲何不能全勝？却被呼延灼陣裏都是連環馬。官軍馬帶甲，人披鎧。馬帶甲只露得四蹄懸地，人挂甲只露着一對眼睛。宋江陣上雖有甲馬，只是紅纓面具，銅鈴雉尾而已。這裏射將箭去，那裏甲都護住了。那三千馬各有弓箭，對面射來，因此不敢近前。宋江急叫鳴金收軍。呼延灼也退二十餘里下寨。

宋江收軍，退到山西下寨，屯住軍馬，且叫左右群刀手簇擁彭玘過來。宋江望見，便起身喝退軍士，親解其縛，扶入帳中，分賓而坐。宋江便拜。彭玘連忙答禮拜道：「小人被擒之人，理合就死，何故將軍以賓禮待之？」宋江道：

『某等衆人無處容身，暫占水泊，權時避難，造惡甚多。今者朝廷差遣將軍前來收捕，本合延頸就縛。但恐不能存命，因此負罪交鋒，誤犯虎威。敢乞恕罪！』彭玘答道：『素知將軍仗義行仁，扶危濟困，不想果然如此義氣。倘蒙存留微命，當以捐軀保奏。』宋江道：『某等衆弟兄也衹待聖主寬恩，赦宥重罪，忘生保國，萬死不辭！』宋江當日就將天目將彭玘使人送上大寨，交與晁天王相見，留在寨裏。這裏自一面犒賞三軍并衆頭領，計議軍情。有詩爲證：

英風凛凛扈三娘，套索雙刀不可當。活捉先鋒彭玘至，梁山水泊愈增光。

再説呼延灼收軍下寨，自和韓滔商議如何取勝梁山水泊。韓滔道：『今日這厮們見俺催軍近前，他便慌忙掩擊過來。明日盡數驅馬軍向前，必獲大勝。』呼延灼道：『我已如此安排下了，衹要和你商量相通。』隨即傳下將令，教三千匹馬軍做一排擺着，每三十匹一連，却把鐵環連鎖，但遇敵軍，遠用箭射，近則使槍直衝入去，三千連環馬軍分作一百隊鎖定。五千步軍在後策應。『明日休得挑戰，我和你押後掠陣。但若交鋒，分將三面衝將過去。』計策商量已定，次日天曉出戰。

却説宋江次日把軍馬分作五隊在前，後軍十將簇擁，兩路伏兵分于左右。秦明當先，搦呼延灼出馬交戰。衹見對陣但知吶喊，并不交鋒。爲頭五軍，都一字兒擺在陣前，中是秦明，左是林沖、一丈青，右是花榮與孫立。在後隨即宋江引十將也到，重重迭迭，擺着人馬。看對陣時，約有一千步軍，衹是擂鼓發喊，并無一人出馬交鋒。宋江看了，心中疑惑，暗傳號令，教後軍且退。却縱馬直到花榮隊裏窺望。猛聽對陣裏連珠炮響，一千步軍忽然分作兩下，放出三隊連環馬軍，直衝將來，兩邊把弓箭亂射，中間盡是長槍。宋江看了大驚，急令衆軍把弓箭施放，那裏抵敵得住。每一隊三十匹馬一齊跑發，不容你不向前走。那連環馬軍漫山遍野，横衝直撞將來。前面五隊軍馬望見，便亂攛了，策立不定。後面大隊人馬攔當不住，各自逃生。宋江飛馬慌忙便走，十將擁護而行。背後早有一隊連環馬軍追將來，却得伏兵李逵、楊林引人從蘆葦中殺出來，救得宋江。逃至水邊，却有李俊、張横、張順、三阮六個水軍頭領擺下戰船接應。宋江急急上船，便傳將令，教分頭去救應衆頭領下船。那連環馬直趕到水邊，亂箭射來。船上却有傍牌遮護，不能損傷。慌忙把船棹到鴨嘴灘頭，盡行上岸。就水寨裏整點人馬，折其大半。却喜衆頭領都全，雖然折了些馬匹，都救得性命。少刻，衹見石勇、時遷、孫新、顧大嫂都逃命上山，却説：『步軍衝殺前來，把店屋平拆了去。我等若無號船接應，盡被擒捉。』宋江一一親自撫慰。計點衆頭領時，中箭者六人：林沖、雷横、李逵、石秀、孫新、黄信。小嘍囉中傷帶箭者，不計其數。晁蓋聞知，同吴用、公孫勝下山來動問。宋江眉頭不展，面帶憂容。吴用勸道：『哥哥休憂。勝敗乃兵家常事，何必挂心。別生良策，可破連環軍馬。』晁蓋便傳號令，分付水軍牢固寨栅船隻，保守灘頭，曉夜提備。請宋公明上山安歇。宋江不肯上山，衹就鴨嘴灘寨内駐扎，衹教帶傷頭領上山養病。

却説呼延灼大獲全勝，回到本寨，開放連環馬，都次第前來請功。殺死者不計其數，生擒的五百餘人，奪得戰馬三百餘匹。隨即差人前去京師報捷，一面犒賞三軍。

却説高太尉正在殿帥府坐衙，門人報道：『呼延灼收捕梁山泊得勝，差人報捷。』心中大喜。次日早朝，越班奏聞天子。徽宗甚喜，敕賞黄封御酒十瓶，錦袍一領，差官一員，賫錢十萬貫前去行營賞軍。高太尉領了聖旨，回到殿帥府，隨即差官賫捧前去。

却説呼延灼聞知有天使至，與韓滔出二十里外迎接。接到寨中，謝恩受賞已畢，置酒管待天使，一面令韓先鋒俵錢賞軍。且將捉到五百餘人囚在寨中，待拿得賊首，一并解赴京師，示衆施行。天使問道：『彭團練如何失陷？』呼延灼道：『爲因貪捉宋江，深入重地，致被擒捉。今次群賊必不敢再來。小可分兵攻打，務要肅清山寨，掃盡水窪，擒獲衆賊，拆毁巢穴。但恨四面是水，無路可進。遥觀寨栅，衹除非得火炮飛打，以碎賊巢。隨軍縱有能戰者，奈緣無路可施展也。久聞東京有個炮手凌振，名號轟天雷，此人善造火炮，能去十四五里遠近，石炮落處，天崩地陷，山倒石裂。若得此人，可以攻打賊巢。更兼他深通武藝，弓馬熟嫻。若得天使回京，于太尉前言知此事，可以急急差遣到來，克日可取賊巢。」使命應允。次日起程，于路無話。回到京師，來見高太尉，備説呼延灼求索炮手凌振，要建大功。高太尉聽罷，傳下鈞旨，教喚甲仗庫副使炮手凌振那人來。原來凌振祖貫燕陵人也，是宋朝盛世第一個炮手，人都呼他是轟天雷。更兼武藝精熟。曾有四句詩贊凌振的好處：

火炮落時城郭碎，烟雲散處鬼神愁。轟天雷起馳風炮，凌振名聞四百州。

當下凌振來參見了高太尉，就受了行軍統領官文憑，便教收拾鞍馬軍器起身。且説凌振把應有用的烟火藥料，就將做下的諸色火炮，并一應的炮石、炮架，裝載上車，帶了隨身衣甲盔刀行李等件，并三四十個軍漢，離了東京，取路投梁山泊來。到得行營，先來參見主將呼延灼，次見先鋒韓滔，備問水寨遠近路程，山寨險峻去處，安排三等炮石攻打。第一是風火炮，第二是金輪炮，第三是子母炮。先令軍健振起炮架，直去水邊豎起，準備放炮。

却説宋江正在鴨嘴灘上小寨內，和軍師吳學究商議破陣之法，無計可施。有探細人來報道：「東京新差一個炮手，喚做轟天雷凌振，即日在于水邊豎起架子，安排施放火炮，攻打寨柵。」吳學究道：「這個不妨。我山寨四面都是水泊，港汊甚多，宛子城離水又遠，縱有飛天火炮，如何能夠打得到城邊？且弃了鴨嘴灘小寨，看他怎地設法施放，却做商議。」當日宋江弃了小寨，便都起身且上關來。晁蓋、公孫勝接到聚義廳上，問道：「似此如何破敵？」動問未絶，早聽得山下炮響，一連放了三個火炮，兩個打在水裏，一個直打到鴨嘴灘邊小寨上。宋江見説，心中展轉憂悶。衆頭領盡皆失色。吳學究道：「若得一人誘引凌振到水邊，先捉了此人，方可商議破敵之法。」晁蓋道：「可着李俊、張横、張順、三阮六人棹船，如此行事，岸上朱仝、雷横，如此接應。」

且説六個水軍頭領得了將令，分作兩隊：李俊和張横先帶了四十五個會水的火家，棹兩隻快船，從蘆葦深處探路過去；背後張順、三阮棹四十餘隻小船接應。再説李俊、張横上到對岸，便去炮架子邊吶聲喊，把炮架推翻。軍士慌忙報與凌振知道。凌振便帶了風火二炮，上馬拿槍，引了一千餘人趕將來。李俊、張横領人便走。凌振追至蘆葦灘邊，看見一字兒擺着四十餘隻小船，船上共有百十餘個水軍。李俊、張横早跳在船上，故意不把船開。凌振人馬趕到泊邊，看見李俊、張横并衆水軍吶聲喊，都跳下水裏去了。凌振人馬已到，便來搶船。朱仝、雷横却在對岸吶喊擂鼓。凌振奪得許多船隻，叫軍健盡數上船，便殺過去。船行才到波心之中，衹見岸上朱仝、雷横鳴起鑼來，水底下早鑽起三四百水軍，盡把船尾楔子拔了，水都滚入船裏來。外邊就勢扳翻船，軍健都撞在水裏。凌振急待回船，船尾舵櫓已自被拽下水底去了。兩邊却鑽上兩個頭領來，把船隻一扳，仰合轉來，凌振却被合下水裏去。水底下却是阮小二，一把抱住，直拖到對岸來。岸上早有頭領接着，便把索子綁了，先解上山來。水中生擒二百餘人，一半水中淹死，些少逃得性命回去。呼延灼得知，急領馬軍趕將來時，船都已過鴨嘴灘去了。箭又射不着，人都不見了，衹忍得氣。呼延灼恨了半晌，衹得引了人馬回去。有詩爲證：

凌振素稱神炮手，金輪子母一窩風。如何失却驚天手，反被生擒水泊中。

且説衆頭領捉得轟天雷凌振，解上山寨，先使人報知。宋江便同滿寨頭領下第二關迎接。見了凌振，連忙親解其縛，便埋怨衆人道：「我叫你們禮請統領上山，如何恁的無禮！」凌振拜謝不殺之恩。宋江便與他把盞已了，自執其手，相請上山。到大寨，見了彭玘已做了頭領，凌振閉口無言。彭玘勸道：「晁、宋二頭領替天行道，招納豪杰，專等招安，與國家出力。既然我等到此，衹得從命。」宋江却又陪話，再三枚舉。凌振答道：「小可在此趨侍不妨，争奈老母妻子都在京師，倘或有人知覺，必遭誅戮，如之奈何？」宋江道：「但請放心，限日取還統領。」凌振謝道：「若得頭領如此周全，死而瞑目。」晁蓋道：「且教做筵席慶賀。」

次日，廳上大聚會衆頭領。飲酒之間，宋江與衆又商議破連環馬之策。正無良法，衹見金錢豹子湯隆起身道：「小子不材，願獻一計。除是得這般軍器，和我一個哥哥，可以破得連環甲馬。」吳學究便問道：「賢弟，你且說用何等軍器？你那個令親哥哥是誰？」湯隆不慌不忙，叉手向前，說出這般軍器和那個人來。有分教：四五個頭領直往京師，三千餘馬軍盡遭毒手。正是：計就玉京擒獬豸，謀成金闕捉狻猊。

畢竟湯隆對衆說出那般軍器，什麽人來，且聽下回分解。

第五十六回　吳用使時遷盜甲　湯隆賺徐寧上山

蓋耐庵當時之才，吾直無以知其際也。其忽然寫一豪杰，即居然豪杰也。其忽然寫一奸雄，即又居然奸雄也。甚至忽然寫一淫婦，即居然淫婦。今此篇寫一偷兒，即又居然偷兒也。人亦有言，非聖人不知聖人。然則非豪杰不知豪杰，非奸雄不知奸雄也。耐庵寫豪杰，居然豪杰，然則耐庵之爲豪杰可無疑也。獨怪耐庵寫奸雄，又居然奸雄，則是耐庵之爲奸雄又無疑也。雖然，吾疑之矣。夫豪杰必有奸雄之才，奸雄必有豪杰之氣。以豪杰兼奸雄，以奸雄兼豪杰，以擬耐庵，容當有之。若夫耐庵之非淫婦、偷兒，斷斷然也。今觀其寫淫婦居然淫婦，寫偷兒居然偷兒，則又何也？噫嘻，吾知之矣！非淫婦定不知淫婦，非偷兒定不知偷兒也。謂耐庵非淫婦非偷兒者，此自是未臨文之耐庵耳。夫當其未也，則豈惟耐庵非淫婦，即彼淫婦亦實非淫婦；豈惟耐庵非偷兒，即彼偷兒亦實非偷兒。經曰：『不見可欲，其心不亂。』群天下之族，莫非王者之民也。若夫既動心而爲淫婦，既動心而爲偷兒，則豈惟淫婦偷兒而已。惟耐庵于三寸之筆，一幅之紙之間，實親動心而爲淫婦，親動心而爲偷兒。既已動心，則均矣，又安辨泚筆點墨之非入馬通奸，泚筆點墨之非飛檐走壁耶？經曰：『因緣和合，無法不有。』自古淫婦無印板偷漢法，偷兒無印板做賊法，才子亦無印板做文字法也。因緣生法，一切具足。是故龍樹著書，以破因緣品而弁其篇，蓋深惡因緣；而耐庵作《水滸》一傳，直以因緣生法爲其文字總持，是深達因緣也。夫深達因緣之人，則豈惟非淫婦也，非偷兒也，亦復非奸雄也，非豪杰也。何也？寫豪杰、奸雄之時，其文亦隨因緣而起，則是耐庵固無與也。或問曰：然則耐庵何如人也？曰：才子也。何以謂之才子也？曰：彼固宿講于龍樹之學者也。講于龍樹之學，則菩薩也。菩薩也者，真能格物致知者也。

讀此批也，其于自治也，必能畏因緣。畏因緣者，是學爲聖人之法也。傳稱『戒慎不睹，恐懼不聞』是也。其于治人也，必能不念惡。不念惡者，是聖人忠恕之道也。傳稱『王道平平，王道蕩蕩』是也。天下而不乏聖人之徒，其必有以教我也。

此篇文字變動，又是一樣筆法。如欲破馬，忽賺槍，欲賺槍，忽偷甲。由馬生槍，由槍生甲，一也。呼延既有馬，又有炮，徐寧亦便既有槍，又有甲。呼延馬雖未破，炮先爲山泊所得。徐寧亦便槍雖未教，甲先爲山泊所得，二也。贊呼延踢雪騅時，凡用兩『那馬』句，贊徐寧賽唐猊時，亦便用兩『那副甲』句，三也。徐家祖傳槍法，湯家却祖傳槍樣。二『祖傳』字對起，便忽然從意外另生出一祖傳甲來，四也。于三回之前，遥遥先插鐵匠，已稱奇絶，却不知已又于數十回之前，遥遥先插鐵匠，五也。

寫時遷入徐寧家，已是更餘，而徐寧夫妻偏不便睡。寫徐寧夫妻睡後，已入二更餘，而時遷偏不便偷。所以者何？蓋制題以構文也。不構文而僅求了題，然則何如并不制題之爲愈也。

前文寫朱仝家眷，忽然添出令郎二字者，所以反襯知府舐犢之情也。此篇寫徐寧夫妻，忽然又添出一六七歲孩子者，所以表徐氏之有後，而先世留下鎮家之甲定不肯漫然輕弃于人也。作文向閑處設色，惟毛詩及史遷有之，耐庵真正才子，故能竊用其法也。

寫時遷一夜所聽説話，是家常語，是恩愛語，是主人語，是使女語，是樓上語，是寒夜語，是當家語，是貪睡語。句句中間有眼，兩頭有棱，非祇死寫幾句而已。

寫徐家樓上夫妻兩個説話，却接連寫兩夜，妙絶，奇絶！

湯隆、徐寧互説紅羊皮匣子，徐寧忽向内裏增一句云：『裏面又用香綿裹住。』湯隆便忽向外面增一句云：『不是上面有白綫刺着緑雲頭如意，中間有獅子滚綉球的？』祇『紅羊皮匣子』五字，何意其中又有此兩番色澤。知此法者，賦海欲得萬言，固不難也。

由東京至山泊，其爲道裏不少，便分出三段賺法來，妙不可言。

正賺徐寧時，祇用空紅羊皮匣子，及賺過徐寧後，却反兩用雁翎砌就圈金賽唐猊甲。實者虚之，虚者實之，真神掀鬼踢之文也。

話説當時湯隆對衆頭領説道：『小可是祖代打造軍器爲生。先父因此藝上遭際老種經略相公，得做延安知寨。先朝曾用這連環甲馬取勝。欲破陣時，須用鈎鐮槍可破。湯隆祖傳已有畫樣在此，若要打造便可下手。湯隆雖是會打，却不會使。若要會使的人，祇除非是我那個姑舅哥哥。他在東京，見做金槍班教師。這鈎鐮槍法，祇有他一個教頭。他家祖傳習學，不教外人。或是馬上，或是步行，都有法則。端的使動神出鬼没。』説言未了，林冲問道：『莫不是現做金槍班教師徐寧？』湯隆應道：『正是此人。』林冲道：『你不説起，我也忘了。這徐寧的金槍法、鈎鐮槍法，端的是天下獨步。在京師時，多與我相會，較量武藝，彼此相敬相愛。祇是如何能夠得他上山來？』

湯隆道：『徐寧先祖留下一件寶貝，世上無對，乃是鎮家之寶。湯隆比時曾隨先父知寨往東京視探姑姑時，多曾見來，是一副雁翎砌就圈金甲。這一副甲，披在身上，又輕又穩，刀劍箭矢急不能透，人都唤做賽唐猊。多有貴公子要求一見，造次不肯與人看。這副甲是他的性命。用一個皮匣子盛着，直挂在卧房中梁上。若是先對付得他這副甲來時，不由他不到這裏。』吴用道：『若是如此，何難之有。放着有高手弟兄在此，今次却用着鼓上蚤時遷去走一遭。』時遷隨即應道：『祇怕無有此一物在彼。若端的有時，好歹定要取了來。』湯隆道：『你若盗的甲來，我便包辦賺他上山。』

宋江問道：『你如何去賺他上山？』湯隆去宋江耳邊低低説了數句。宋江笑道：『此計大妙！』吴學究道：『再用得三個人，同上東京走一遭。一個到京收買烟火藥料并炮内用的藥材，兩個去取凌統領家老小。』彭玘見了，便起身禀宋江道：『若得一人到潁州取得小弟家眷上山，實拜成全之德。』宋江便道：『團練放心。便請二位修書，小可自教人去。』便唤楊林，可將金銀書信，帶領伴當前往潁州取彭玘將軍老小。薛永扮作使槍棒賣藥的，往東京到外門。來到班門口，已自有那隨班的人出門，四更便開了鎖。時遷得了皮匣，從人隊裏趁鬧出去了。時遷奔出城外，到客店門前，此時天色未曉。敲開店門，去房裏取出行李，拴束做一擔兒挑了，計算還了房錢，出離店肆，投東便走。

行到四十里外，方才去食店裏打火做些飯吃。祇見一個人也撞將入來，時遷看時，不是別人，却是神行太保戴宗。見時遷已得了物，兩個暗暗說了幾句話，戴宗道：『我先將甲投山寨去，你與湯隆慢慢地來。』時遷打開皮匣，取出那副雁翎鎖子甲來，做一包袱包了。戴宗拴在身上，出了店門，作起神行法，自投梁山泊去了。

時遷却把空皮匣子明明的拴在擔子上，吃了飯食，還了打火錢，挑上擔兒，出店門便走。到二十里路上，撞見湯隆，兩個便入酒店裏商量。湯隆道：『你祇依我從這條路去，但過路上酒店、飯店、客店，門上若見有白粉圈兒，你便可就在那店裏買酒買肉吃。客店之中，就便安歇。特地把這皮匣子放在他眼睛頭。離此間一程外等我。』時遷依計去了。湯隆慢慢地吃了一回酒，却投東京城裏來。

且說徐寧家裏。天明，兩個丫鬟起來，祇見樓門也開了，下面中門大門都不關。慌忙家裏看時，一應物件都有。兩個丫鬟上樓來對娘子說道：『不知怎地門户都開了，却不曾失了物件。』娘子便道：『五更裏聽得梁上響，你說是老鼠厮打，你且看那皮匣子没什麼事？』兩個丫鬟看了，祇叫得苦：『皮匣子不知那裏去了！』那娘子聽了，慌忙起來道：『快央人去龍符宮裏報與官人知道，教他早來跟尋！』丫鬟急急尋人去龍符宮報徐寧，連連央了三替人，都回來說道：『金槍班直隨駕内苑去了，外面都是親軍護御守把，誰人能夠入去？直須等他自歸。』徐寧妻子并兩個丫鬟如熱鏊子上螞蟻，走投無路，不茶不飯，慌做一團。

徐寧直到黄昏時候，方才卸了衣袍服色，着當直的背了，將着金槍，徑回家來。到得班門口，鄰舍說道：『娘子在家失盜，等候得觀察不見回來。』徐寧吃了一驚，慌忙奔到家裏。兩個丫鬟迎門道：『官人五更出去，却被賊

人閃將入來，單單祇把梁上那個皮匣子盜將去了！』徐寧聽罷，祇叫那連聲的苦，從丹田底下直滚出口角來。娘子道：『這賊正不知幾時閃在屋裏？』徐寧道：『别的都不打緊，這副雁翎甲乃是祖宗留傳四代之寶，不曾有失。花兒王太尉曾還我三萬貫錢，我不曾捨得賣與他，恐怕久後軍前陣後要用。生怕有些差池，因此拴在梁上。多少人要看我的，祇推没了。今次聲張起來，枉惹他人耻笑。今却失去，如之奈何？』徐寧一夜睡不着，思量道：『不知是什麼人盜了去？也是曾知我這副甲的人。』娘子想道：『敢是夜來滅了燈時，那賊已躲在家裏了。必然是有人愛你的，將錢問你買不得，因此使這個高手賊來盜了去。你可央人慢慢緝訪出來，别作商議，且不要打草驚蛇。』徐寧聽了，到天明起來，在家裏納悶。怎見得徐寧納悶？正是：

鳳落荒坡，盡脱渾身羽翼；龍居淺水，失却頷下明珠。蜀王春恨啼紅，宋玉悲秋怨緑。吕虔亡所佩之刀，雷煥失豐城之劍。好似蛟龍缺雲雨，猶如舟楫少波濤。奇謀勾引來山寨，大展擒王鐵馬蹄。

當日金槍手徐寧正在家中納悶，早飯時分，祇聽得有人扣門。當直的出來問了姓名，入去報道：『有個延安府湯知寨兒子湯隆，特來拜望哥哥。』徐寧聽罷，教請湯隆進客位裏相見。湯隆見了徐寧，納頭拜下，說道：『哥哥一向安樂！』徐寧答道：『聞知舅舅歸天去了，一者官身羈絆，二乃路途遥遠，不能前來吊問。并不知兄弟信息，一向正在何處？今次自何而來？』湯隆道：『言之不盡。自從父親亡故之後，時乖命蹇，一向流落江湖。今從山東徑來京師探望兄長。』徐寧道：『兄弟少坐。』便叫安排酒食相待。湯隆去包袱内取出兩錠蒜條金，重二十兩，送與徐寧，說道：『先父臨終之日，留下這些東西，教寄與哥哥做遺念。爲因無心腹之人，不曾捎來。今次兄弟特地到京師納還哥哥。』徐寧道：『感承舅舅如此挂念。我又不曾有半分孝順之心，怎地報答？』湯隆道：『哥哥休恁地說。先父在日之時，祇是想念哥哥這一身武藝，祇恨山遥水遠，不能夠相見一面，因此留這些物與哥哥做遺念。』徐寧謝了湯隆，交收過了，且安排酒來管待。

湯隆和徐寧飲酒中間，見徐寧眉頭不展，面帶憂容。湯隆起身道：『哥哥如何尊顏有些不喜？心中必有憂疑不決之事。』徐寧嘆口氣道：『兄弟不知，一言難盡。夜來家間被盜！』湯隆道：『不知失去了何物？』徐寧道：『單單衹盜去了先祖留下那副雁翎鎖子甲，又喚做賽唐猊。昨夜失了這件東西，以此心下不樂。』湯隆道：『哥哥那副甲，兄弟也曾見來，端的無比。先父常常稱贊不盡。却是放在何處來，被盜了去？』徐寧道：『我把一個皮匣子盛着，拴縛在卧房中梁上，正不知賊人什麼時候入來盜了去。』湯隆問道：『却是甚等樣皮匣子盛着？』徐寧道：『我是個紅羊皮匣子盛着，裏面又用香綿裹住。』湯隆假意失驚道：『紅羊皮匣子？不是上面有白綫刺着緑雲頭如意、中間有獅子滚綉球的？』徐寧道：『兄弟，你那裏見來？』湯隆道：『小弟夜來離城四十里，在一個村店裏沽些酒吃，見個鮮眼睛黑瘦漢子擔兒上挑着。我見了，心中也自暗忖道：「這個皮匣子却是盛什麼東西的？」臨出門時，我問道：「你這皮匣子作何用？」那漢子應道：「原是盛甲的，如今胡亂放些衣服。」必是這個人了。我見那廝却是閃朒了腿的，一步步捱着了走。何不我們追趕他去？』徐寧道：『若是趕得着時，却不是天賜其便！』湯隆道：『既是如此，不要耽擱，便趕去罷。』

徐寧聽了，急急換上麻鞋，帶了腰刀，提條樸刀，便和湯隆兩個出了東郭門，拽開脚步，迤邐趕來。前面見有白圈壁上酒店裏，湯隆道：『我們且吃碗酒了趕，就這裏問一聲。』湯隆入得門坐下，便問道：『主人家，借問一問：曾有個鮮眼黑瘦漢子挑個紅羊皮匣子過去麼？』店主人道：『昨夜晚是有這般一個人，挑着個紅羊皮匣子過去了。一似腿上吃跌了的，一步一攧走。』湯隆道：『哥哥你聽，却何如？』徐寧聽了，做聲不得。兩個人連忙還了酒錢，出門便去。前面又見一個客店，壁上有那白圈。湯隆立住了脚，說道：『哥哥，兄弟走不動了，和哥哥且就這客店裏歇了，明日早去趕。』徐寧道：『我却是官身，倘或點名不到，官司必然見責，如之奈何？』湯隆道：『這個不用兄長憂心，嫂嫂必自推個事故。』當晚又在客店裏問時，店小二答道：『昨夜有一個鮮眼黑瘦漢子，在我店裏歇了一夜，直睡到今日小日中，方才去了。口裏衹問山東路程。』湯隆道：『恁地可以趕了。明日起個四更，定是趕着，拿住那廝，便有下落。』當夜兩個歇了。次日起個四更，離了客店，兩個又迤邐趕來。湯隆但見壁上有白粉圈兒，便做買酒買食，吃了問路，處處皆説得一般。徐寧心中急切要那副甲，衹顧跟隨着湯隆趕了去。看看天色又晚了，望見前面一所古廟，廟前樹下，時遷放着擔兒在那裏坐地。湯隆看見叫道：『好了，前面樹下那個，不是哥哥盛甲的匣子？』徐寧見了，搶向前來，一把揪住時遷，喝道：『你這廝好大膽！如何盗了我這副甲來？』時遷道：『住，住，不要叫！是我盗了你這副甲來，你如今却是要怎地？』徐寧喝道：『畜生無禮，倒問我要怎地！』時遷道：『你且看匣子裏有甲也無。』湯隆便把匣子打開看時，裏面却是空的。徐寧道：『你這廝把我這副甲那裏去了？』時遷道：『你聽我説。小人姓張，排行第一，泰安州人氏。本州有個財主，要結識老種經略相公，知道你家有這副雁翎鎖子甲，不肯貨賣，特地使我同一個李三兩人來你家偷盗，許俺們一萬貫。不想我在你家柱子上跌下來，閃朒了腿，因此走不動。先教李三把甲拿了去，衹留得空匣在此。你若要奈何我時，我到官司，衹是拚着命，就打死我也不招，休想我指出别人來。若還肯饒我官司時，我和你去討這副甲還你。不知尊意如何？』徐寧躊躇了半晌，決斷不下。湯隆便道：『哥哥，不怕他飛了去，衹和他去討甲。若無甲時，須有本處官司告理。』徐寧道：『兄弟也説的是。』三個廝趕着，又投客店裏來歇了。徐寧、湯隆監住時遷一處宿歇。原來時遷故把些絹帛扎縛了腿，衹做閃朒了脚。徐寧見他又走不動，因此十分中衹有五分防他。三個又歇了一夜，次日早起來再行。時遷一路買酒買肉陪告，又行了一日。

次日，徐寧在路上心焦起來，不知畢竟有甲也無。三人正走之間，衹見路旁邊三四個頭口，拽出一輛空車子，背後一個人駕車。旁邊一個客人，看着湯隆，納頭便拜。湯隆問道：『兄弟因何到此？』那人答道：『鄭州做了買賣，要回泰安州去。』湯隆道：『最好。我三個要搭車子，也要到泰安州去走一遭。』那人道：『莫説三個搭車，再多些也不計較。』湯隆大喜，叫與徐寧相見。徐寧問道：『此人是誰？』湯隆答道：『我去年在泰安州燒香，結識得這個兄弟，姓李名榮，是個有義氣的人。』徐寧道：『既然如此，這張一又走不動，都上車子坐地。』衹叫車客駕車了行。』四個人坐在車子上，徐寧問道時遷：『你且説與我那個財主姓名。』時遷吃逼不過，三回五次推托，衹得胡亂説道：『他是有名的郭大官人。』徐寧却問李榮道：『你那泰安州曾有個郭大官人麼？』李榮答道：『我那本州郭大官人，是個上户財主，專好結識官宦來往，門下養着多少閑人。』徐寧聽罷，心中想道：『既有主坐，必不礙事。』又見李榮一路上説些槍棒，唱幾個曲兒，不覺的又過了一日。

話休絮煩。看看到梁山泊衹有兩程多路，衹見李榮叫車客把葫蘆去沽些酒來，買些肉來，就車子上吃三杯。李榮把出一個瓢來，先傾一瓢來勸徐寧，徐寧一飲而盡。李榮再叫傾酒，車客假做手脱，把這一葫蘆酒都傾翻在地下。李榮喝罵車客再去沽些。衹見徐寧口角流涎，撲地倒在車子上了。李榮是誰？却是鐵叫子樂和。三個從車上跳將下來，趕着車子，直送到旱地忽律朱貴酒店裏。衆人就把徐寧扛扶下船，都到金沙灘上岸。宋江已有人報知，和衆頭領下山接着。徐寧此時麻藥已醒，衆人又用解藥解了。徐寧開眼見了衆人，吃了一驚，便問湯隆道：『兄弟，你如何賺我來到這裏？』湯隆道：『哥哥聽我説。小弟今次聞知宋公明招接四方豪杰，因此上在武岡鎮拜黑旋風李逵做哥哥，投托大寨入伙。今被呼延灼用連環甲馬衝陣，無計可破。是小弟獻此鈎鐮槍法，衹除是哥哥會使。因此定這條計，使時遷先來盗了你的甲，却教小弟賺哥哥上路，後使樂和假做李榮，過山時，下了蒙汗藥，請哥哥上山來坐把交椅。』徐寧道：『都是兄弟送了我也！』宋江執杯向前陪告道：『見今宋江暫居水泊，專待朝廷招安，盡忠竭力報國，非敢貪財好殺，行不仁不義之事。萬望觀察憐此真情，一同替天行道。』林沖也來把盞陪話道：『小弟亦在此間，多説兄長清德，休要推却。』徐寧道：『湯隆兄弟，你却賺我到此，家中妻子必被官司擒捉，如之奈何？』宋江道：『這個不妨，觀察放心，衹在小可身上，早晚便取寶眷到此完聚。』晁蓋、吴用、公孫勝都來與徐寧陪話，安排筵席作慶。一面選揀精壯小嘍囉學使鉤鐮槍法，一面使戴宗和湯隆星夜往東京搬取徐寧老小。旬日之間，楊林自潁州取到彭玘老小，薛永自東京取到凌振老小，李雲收買到五車烟火藥料回寨。更過數日，戴宗、湯隆取到徐寧老小上山。

徐寧見了妻子到來，吃了一驚，問是如何便得到這裏。妻子答道：『自你轉背，官司點名不到，我使了些金銀首飾，衹推道患病在床，因此不來叫喚。忽見湯叔叔賫着雁翎甲來説道：「甲便奪得來了，哥哥衹是于路染病，將次死在客店裏，叫嫂嫂和孩兒便來看視。」把我賺上車子。我又不知路徑，迤邐來到這裏。』徐寧道：『兄弟，好却好了，衹可惜將我這副甲陷在家裏了。』湯隆笑道：『我教哥哥歡喜，打發嫂嫂上車之後，我便復翻身去賺了這甲，誘了這兩個丫鬟，收拾了家中應有細軟，做一擔兒挑在這裏。』徐寧道：『恁地時，我們不能夠回東京去了。』湯隆道：『我又教哥哥再知一件事來：在半路上撞見一伙客人，我把哥哥的雁翎甲穿了，搽畫了臉，説哥哥名姓，劫了那伙客人的財物。這早晚，東京已自遍行文書捉拿哥哥。』徐寧道：『兄弟，你也害得我不淺！』晁蓋、宋江都來陪話道：『若不是如此，觀察如何肯在這裏住。』隨即撥定房屋與徐寧安頓老小。衆頭領且商議破連環馬軍之法。

此時雷横監造鉤鐮槍已都完備，宋江、吴用等啓請徐寧教衆軍健學使鉤鐮槍法。徐寧道：『小弟今當盡情剖露，訓練衆軍頭目，揀選身材長壯之士。』衆頭領都在聚義廳上看徐寧選軍，説那個鉤鐮槍法。不争山寨之人學了這件武藝，有分教：三千甲馬，鬥時腦裂蹄崩；一個英雄，見後魂飛魄喪。

畢竟金槍徐寧怎地敷演鉤鐮槍法，且聽下回分解。

第五十七回 徐寧教使鉤鐮槍 宋江大破連環馬

看他當日寫十隊誘軍，不分方面，衹是一齊下去。至明日寫三面誘軍，亦不分隊號，衹是一齊擁起。雖一時紙上文勢有如山雨欲來，野火亂發之妙，然畢竟使讀者胸中茫不知其首尾乃在何處，亦殊悶悶也。乃悶悶未幾，忽然西北閃出穆弘、穆春，正北閃出解珍、解寶，東北閃出王矮虎、一丈青。七隊雖戰苦雲深，三隊已龍没爪現。有七隊之不測，正顯三隊之出奇。有三隊之分明，轉顯七隊之神變。不寧惟是而已，又于鳴金收軍、各請功賞之後，陡然又閃出劉唐、杜遷一隊來。嗚呼！前乎此者有戰矣，後乎此者有戰矣。其書法也，或先整後變，或先滅後明。奇固莫奇于今日之通篇不得分明，至拖尾忽然一閃，一閃，一閃。三閃之後，已作隔尾，又忽然兩人一閃也。

當日寫某某是十隊，某某是放炮，某某是號帶，調撥已定。至明日，忽然寫十隊，忽然寫放炮，忽然寫號帶。于是讀者正讀十隊，忽然是放炮。正讀放炮，忽然又是十隊。正讀十隊，忽然是號帶。正讀號帶，忽然又是放炮。遂令紙上一時亦復岌岌摇動，不能不令讀者目眩耳聾，而殊不知作者正自心閑手緩也。异哉，技至此乎！

吾讀呼延愛馬之文，而不覺垂泪浩嘆。何也？夫呼延愛馬，則非爲其出自殊恩也，亦非爲其神駿可惜也，又非爲其藉此恢復也。夫天下之感，莫深于同患難，而人生之情，莫重于周旋久。蓋同患難，則曾有生死一處之許，而周旋久，則真有性情如一之誼也。是何論親之與疏，是何論人之與畜，是何論有情之與無情！吾有一蒼頭，自幼在鄉塾，便相隨不捨。雖天下之呆，無有更甚于此蒼頭也者，然天下之愛吾，則無有更過于此蒼頭者也，而不虞其死也。吾友有一蒼頭，自與吾友往還，便與之風晨雨夜，同行共往，雖天下之呆，又無有更甚于此蒼頭也者，然天下之知吾，則又無有更過于此蒼頭者也，而不虞其去也。吾有一玉鉤，其質青黑，制作樸略，天下之弄物，無有更賤于此鉤者。自周歲時，吾先王母系吾帶上，無日不在帶上，猶五官之第六，十指之一枝也。無端渡河墜于中流，至今如缺一官，如隳一指也。然是三者，猶有其物也。吾數歲時，在鄉塾中臨窗誦書，每至薄暮，書完日落，窗光蒼然，如是者幾年如一日也。吾至今暮窗欲暗，猶疑身在舊塾也。夫學道之人，則又何感何情之與有，然而天下之人之言感言情者，則吾得而知之矣。吾蓋深惡天下之人之言感言情，無不有爲爲之，故特于呼延愛馬，表而出之也。

話說晁蓋、宋江、吳用、公孫勝與衆頭領，就聚義廳上啓請徐寧教使鉤鐮槍法。衆人看徐寧時，果然一表好人物，六尺五六長身體，團團的一個白臉，三牙細黑髭髯，十分腰細膀闊。曾有一篇《西江月》，單道着徐寧模樣：

臂健開弓有準，身輕上馬如飛。彎彎兩道卧蠶眉，鳳翥鸞翔子弟。戰鎧細穿柳葉，烏巾斜帶花枝。常隨寶駕侍丹墀，神手徐寧無對。

當下徐寧選軍已罷，便下聚義廳來，拿起一把鉤鐮槍自使一回。衆人見了喝采。徐寧便教衆軍道：『但凡馬上使這般軍器，就腰胯裏做步上來，上中七路，三鉤四撥，一捌一分，共使九個變法。若是步行使這鉤鐮槍，亦最得用。先使八步四撥，蕩開門户，十二步一變，十六步大轉身，分鉤、鐮、捌、繳；二十四步，挪上攢下，鉤東撥西；三十六步，渾身蓋護，奪硬鬥强。此是鉤鐮槍正法。』就一路路敷演，教衆頭領看。衆軍漢見了徐寧使鉤鐮槍，都喜歡。就當日爲始，將選揀精鋭壯健之人，曉夜習學。又教步軍藏林伏草，鉤蹄拽腿，下面三路暗法。不到半月之間，教成山寨五七百人。宋江并衆頭領看了大喜，準備破敵。却說呼延灼自從折了彭玘、凌振，每日衹把馬軍來水邊搦戰。山寨中衹教水軍頭領牢守各處灘頭，水底釘了暗樁。呼延灼雖是在山西、山北兩路出哨，決不能夠到山寨邊。梁山泊却叫凌振制造了諸般火炮，盡皆完備，克日定時下山對敵。學使鉤鐮槍軍士已都學成本事。宋江道：『不才淺見，未知合衆位心意否？』吳用道：『願聞其略。』宋江道：『明日并不用一騎馬軍，衆頭領都是步戰。孫吳兵法却利于山林沮澤。却將步軍下山，分作十隊誘敵。但見軍馬衝掩將來，都望蘆葦荆棘林中亂走。却先把鉤鐮槍軍士埋伏在彼，每十個會使鉤鐮槍的，間着十個撓鉤手。但見馬到，一攪鉤翻，便把撓鉤搭將入去捉了。平川窄路也如此埋伏。此法如何？』吳學究道：『正如此藏兵捉將。』徐寧道：『鉤鐮槍并撓鉤，正是此法。』

宋江當日分撥十隊步軍人馬：劉唐、杜遷引一隊，穆弘、穆春引一隊，楊雄、陶宗旺引一隊，朱仝、鄧飛引一隊，解珍、解寶引一隊，鄒淵、鄒潤引一隊，一丈青、王矮虎引一隊，薛永、馬麟引一隊，燕順、鄭天壽引一隊，楊林、李雲引一隊。這十隊步軍先行下山，誘引敵軍。再差李俊、張横、張順、三阮、童威、童猛、孟康九個水軍頭領，乘駕戰船接應。再叫花榮、秦明、李應、柴進、孫立、歐鵬六個頭領，乘馬引軍，衹在山邊搦戰。凌振、杜興專放號炮。却叫徐寧、湯隆總行招引使鉤鐮槍軍士。中軍宋江、吳用、公孫勝、戴宗、吕方、郭盛，總制軍馬，指揮號令。其餘頭領俱各守寨。

宋江分撥已定。是夜三更，先載使鉤鐮槍軍士過渡，四面去分頭埋伏已定。四更，却渡十隊步軍過去。凌振、杜興載過風火炮架，上高埠去處竪起炮架，擱上火炮。徐寧、湯隆各執號帶渡水。平明時分，宋江守中軍人馬，隔水擂鼓，吶喊摇旗。呼延灼正在中軍帳内，聽得探子報知，傳令便差先鋒韓滔先來出哨，隨即鎖上連環甲馬。呼延灼全身披挂，騎了踢雪烏騅馬，仗着雙鞭，大驅軍馬殺奔梁山泊來。隔水望見宋江引着許多軍馬。呼延灼教擺開馬軍。先鋒韓滔來與呼延灼商議道：『正南上一隊步軍，不知是何處來的？』呼延灼道：『休問他何處軍，衹顧把連環馬衝將去。』韓滔引着五百馬軍飛哨出去。又見東南上一隊軍兵起來，却欲分兵去哨，衹見西南上又有起一隊旗號，招颭吶喊。韓滔再引軍回來，對呼延灼道：『南邊三隊賊兵，都是梁山泊旗號。』呼延灼道：『這廝許多時不出來厮殺，必有計策。』

說猶未了，衹聽得北邊一聲炮響。呼延灼罵道：『這炮必是凌振從賊，教他施放。』衆人平南一望，衹見北邊又擁起三隊旗號。呼延灼道：『此必是賊人奸計。我和你把人馬分爲兩路，我去殺北邊人馬，你去殺南邊人馬。』

正欲分兵之際，祇見西邊又是四路人馬起來，呼延灼心慌。又聽的正北上連珠炮響，一帶直接到土坡上。那一個母炮周回接着四十九個子炮，名爲子母炮，響處風威大作。呼延灼軍兵不戰自亂，急和韓滔各引馬步軍兵四下衝突。這十隊步軍，東趕東走，西趕西走。呼延灼看了大怒，引兵望北衝將來。宋江軍兵盡投蘆葦中亂走。呼延灼大驅連環馬，卷地而來。那甲馬一齊跑發，收勒不住，盡望敗葦折蘆之中、枯草荒林之内跑了去。祇聽裏面唿哨響處，鈎鐮槍一齊舉手，先鈎倒兩邊馬脚，中間的甲馬便自咆哮起來。那撓鈎手軍士一齊搭住，蘆葦中祇顧縛人。呼延灼見中了鈎鐮槍計，便勒馬回南邊去趕韓滔。背後風火炮當頭打將下來。這邊那邊，漫山遍野，都是步軍追趕着。韓滔、呼延灼部領的連環甲馬，亂滾滾都攧入荒草蘆葦之中，盡被捉了。

二將情知中了計策，縱馬去四面跟尋馬軍，奪路奔走時，更兼那幾條路上麻林般擺着梁山泊旗號，不敢投那幾條路走。一直便望西北上來。行不到五六里路，早擁出一隊强人，當先兩個好漢攔路，一個是没遮攔穆弘，一個是小遮攔穆春。拈兩條樸刀，大喝道：「敗將休走！」呼延灼忿怒，舞起雙鞭，縱馬直取穆弘、穆春。略鬥四五合，穆春便走，呼延灼祇怕中了計，不來追趕，望正北大路而走。山坡下又轉出一隊强人，當先兩個好漢攔路，一個是兩頭蛇解珍，一個雙尾蝎解寶。各挺鋼叉，直奔前來。呼延灼舞起雙鞭，來戰兩個。鬥不到五七合，解珍、解寶拔步便走，呼延灼趕不過半里多路，兩邊鑽出二十四把鈎鐮槍，着地卷將來。呼延灼無心戀戰，撥轉馬頭望東北上大路便走。又撞着王矮虎、一丈青夫妻二人截住去路。呼延灼見路徑不平，四下兼有荆棘遮攔，拍馬舞鞭，殺開條路直衝過去。王矮虎、一丈青趕了一直，趕不上，自回山聽令。呼延灼自投東北上去了。殺的大敗虧輸，雨零星散。有詩爲證：

十路軍兵振地來，將軍難免剥床灾。連環鐵騎如烟散，喜得孤身出九垓。

話分兩頭。且説宋江鳴金收軍回山，各請功賞。三千連環甲馬，有停半被鈎鐮槍撥倒，傷損了馬蹄，剥去皮甲，把來做菜馬食，二停多好馬，牽上山去喂養，作坐馬。帶甲軍士，都被生擒上山。五千步軍，被三面圍得緊急，有望中軍躲的，都被鈎鐮槍拖翻捉了；望水邊逃命的，盡被水軍頭領圍裏上船去，拽過灘頭，拘捉上山。先前被拿去的馬匹并捉去軍士，盡行復奪回寨。把呼延灼寨栅盡數拆來，水邊泊内，搭蓋小寨。再造兩處做眼酒店房屋等項。仍前着孫新、顧大嫂、石勇、時遷兩處開店。劉唐、杜遷拿得韓滔，把來綁縛解到山寨。宋江見了，親解其縛，請上廳來，以禮陪話，相待筵宴，令彭玘、凌振説他入伙。韓滔也是七十二煞之數，自然義氣相投，就梁山泊做了頭領。宋江便教修書，使人往陳州搬取韓滔老小來山寨中完聚。宋江喜得破了連環馬，又得了許多軍馬、衣甲、盔刀添助，每日做筵席慶喜。仍舊調撥各路守把，提防官兵，不在話下。

却説呼延灼折了許多官軍人馬，不敢回京。獨自一個騎着那匹踢雪烏騅馬，把衣甲拴在馬上，于路逃難。却無盤纏，解下束腰金帶，賣來盤纏。在路尋思道：「不想今日閃得我有家難奔，有國難投。却是去投誰好？」猛然想起：「青州慕容知府舊與我有一面相識，何不去那裏投奔他？却打慕容貴妃的關節，那時再引軍來報仇未遲。」

在路行了二日，當晚又飢又渴，見路旁一個村酒店，呼延灼下馬，把馬拴在門前樹上，入來店内，把鞭子放在桌上，坐下了，叫酒保取酒肉來吃。酒保道：「小人這裏祇賣酒。要肉時，村裏却才殺羊，若要，小人去回買。」呼延灼把腰裏料袋解下來，取出些金帶倒换的碎銀兩，把與酒保道：「你可回一脚羊肉與我煮了，就對付草料喂養我這匹馬。今夜祇就你這裏宿一宵，明日自投青州府裏去。」酒保道：「官人，此間宿不妨，祇是没好床帳。」呼延灼道：「我是出軍的人，但有歇處便罷。」酒保拿了銀子自去買羊肉。呼延灼把馬背上捎的衣甲取將下來，鬆了肚帶，坐在門前。等了半晌，祇見酒保提一脚羊肉歸來，呼延灼便叫煮了，回三斤面來打餅，打兩角酒來。酒保一面煮肉打餅，一面燒脚湯與呼延灼洗了脚，便把馬牽放屋後小屋下。酒保一面切草煮料。呼延灼先討熱酒吃了一回。少刻肉熟，呼延灼叫酒保，也與他些酒肉吃了，分付道：「我是朝廷軍官，爲因收捕梁山泊失利，待往青州投慕容知府。你好生與我喂養這匹馬，是今上御賜的，名爲踢雪烏騅馬。明日我重重賞你。」酒保道：「感承相公，却有一件事教相公得知。離此間不遠有座山，喚做桃花山。山上有一伙强人，爲頭的是打虎將李忠，第二個是小霸王周通。聚集着五七百小嘍囉，打家劫舍，如常來攪擾村坊。官司累次着仰捕盗官軍來收捕他不得，相公夜間須用小心省睡。」呼延灼説道：「我有萬夫不當之勇，便道那厮們全伙都來，也待怎生！衹與我好生喂養這匹馬。」吃了一回酒肉餅子，酒保就店裏打了一鋪，安排呼延灼睡了。

一者呼延灼連日心悶，二乃又多了幾杯酒，就和衣而卧，一覺直睡到三更方醒。衹聽得屋後酒保在那裏叫屈起來。呼延灼聽得，連忙跳將起來，提了雙鞭，走去屋後問道：「你如何叫屈？」酒保道：「小人起來上草，衹見籬笆推翻，被人將相公的馬偷將去了。遠遠地望見三四裏火把尚明，一定是那裏去了。」呼延灼道：「那裏正是何處？」酒保道：「眼見得那條路上，正是桃花山小嘍囉偷得去了。」呼延灼吃了一驚，便叫酒保引路，就田塍上趕了二三里，火把看看不見，正不知投那裏去了。呼延灼説道：「若無了御賜的馬，却怎地是好？」酒保道：「相公明日須去州裏告了，差官軍來剿捕，方才能夠這匹馬。」

呼延灼悶悶不已，坐到天明，早叫酒保挑了衣甲，徑投青州來。到城裏時，天色已晚了，且在客店裏歇了一夜。次日天曉，徑到府堂階下，參拜了慕容知府。知府大驚，問道：「聞知將軍收捕梁山泊草寇，如何却到此間？」呼延灼衹得把上項訴説了一遍。慕容知府聽了道：「雖是將軍折了許多人馬，此非慢功之罪，中了賊人奸計，亦無奈何。下官所轄地面多被草寇侵害，將軍到此，可先掃清桃花山，奪取那匹御賜的馬，却收伏二龍山、白虎山，未爲晚矣。一發剿捕了時，下官自當一力保奏，再教將軍引兵復仇如何？」呼延灼再拜道：「深謝恩相主監！若蒙如此復仇，誓當效死報德。」慕容知府教請呼延灼去客房裏暫歇，一面更衣宿食。那挑甲酒保，自叫他回去了。

一住三日。呼延灼急欲要這匹御賜馬，又來稟復知府，便教點軍。慕容知府傳點馬步軍二千，借與呼延灼，

又與了一匹青鬃馬。呼延灼謝了恩相，披挂上馬，帶領軍兵前來報仇，徑往桃花山進發。

且説桃花山上打虎將李忠與小霸王周通，自得了這匹踢雪烏騅馬，每日在山上慶喜飲酒。當日有伏路小嘍囉報道：「青州軍馬來也！」小霸王周通起身道：「哥哥守寨，兄弟去退官軍。」便點起一百小嘍囉，綽槍上馬，下山來迎敵官軍。却説呼延灼引起二千軍馬，來到山前，擺開陣勢。呼延灼當先出馬，厲聲高叫：「强賊早來受縛！」小霸王周通將小嘍囉一字擺開，便挺槍出馬。怎生打扮？有詩爲證：

身着團花宫錦服，手持走水绿沉槍。面闊體强身似虎，盡道周通小霸王。

呼延灼見了周通，便縱馬向前來戰，周通也躍馬來迎。二馬相交，鬥不到六七合，周通氣力不加，撥轉馬頭往山上便走。呼延灼趕了一直，怕有計策，急下山來扎住寨栅，等候再戰。

却説周通回寨裏，見李忠訴説：「呼延灼武藝高强，遮攔不住，衹得且退山上。倘或他趕到寨前來，如之奈何？」李忠道：「我聞二龍山寶珠寺，花和尚魯智深在彼，多有人伴，更兼有個什麼青面獸楊志，又新有個行者武松，都有萬夫不當之勇。不如寫一封書，使小嘍囉去那裏求救。若解得危難，拚得投托他大寨，月終納他些進奉也好。」周通道：「小弟也多知他那裏豪杰，衹恐那和尚記當初之事，不肯來救。」李忠笑道：「他那時又打了你，又得了我們許多金銀酒器去，如何倒有見怪之心？他是個直性的好人，使人到彼，必然親引軍來救應。」周通道：「哥哥也説得是。」就寫了一封書，差兩個了事的小嘍囉，從後山踅將下去，取路投二龍山來。行了兩日，早到山下，那裏小嘍囉問了備細來情。

且説寶珠寺裏大殿上坐着三個頭領：爲首是花和尚魯智深，第二是青面獸楊志，第三是行者二郎武松。前面山門下坐着四個小頭領：一個是金眼彪施恩，原是孟州牢城施管營的兒子，爲因武松殺了張都監一家人口，官司着落他家追捉凶身，以此連夜挈家逃走在江湖上。後來父母俱亡，打聽得武松在二龍山，連夜投奔入伙。一個是

操刀鬼曹正，原是同魯智深、楊志收奪寶珠寺，殺了鄧龍，後來入伙。一個是菜園子張青，一個是母夜叉孫二娘，這是夫妻兩個，原是孟州道十字坡賣人肉饅頭的，亦來投奔入伙。曹正聽得説桃花山有書，先來問了詳細，直去殿上稟復三個大頭領知道。智深便道：『灑家當初離五臺山時，到一個桃花村投宿，好生打了那周通撮鳥一頓。李忠那廝却來，認得灑家，却請去上山吃了一日酒，結識灑家爲兄，留俺做個寨主。俺見這廝們慳吝，被俺卷了若干金銀器撒開他。如今來求救，且看他説什麽。放那小嘍囉上關來。』

曹正去不多時，把那小嘍囉引到殿下，唱了喏，説道：『青州慕容知府近日收得個征進梁山泊失利的雙鞭呼延灼，如今慕容知府先教掃蕩俺這裏桃花山、二龍山、白虎山幾座山寨，却借軍與他收捕梁山泊復仇。俺的頭領今欲啓請大頭領將軍下山相救，明朝無事了時，情願來納進奉。』楊志道：『俺們各守山寨，保護山頭，本不去救應的是。灑家一者怕壞了江湖上豪杰，二者恐那廝得了桃花山便小覷了灑家這裏。可留下張青、孫二娘、施恩、曹正看守寨柵，俺三個親自走一遭。』隨即點起五百小嘍囉，六十餘騎軍馬，各帶了衣甲軍器，下山徑往桃花山來。

却説李忠知二龍山消息，自引了三百小嘍囉下山策應。呼延灼聞知，急引所部軍馬攔路列陣，舞鞭出馬，來與李忠相持。怎見李忠模樣？有詩爲證：

頭尖骨臉似蛇形，槍棒林中獨擅名。打虎將軍心膽大，李忠祖是霸陵生。

原來李忠祖貫濠州定遠人氏，家中祖傳靠使槍棒爲生，人見他身材壯健，因此呼他做打虎將。當時下山來與呼延灼交戰。李忠如何敵得呼延灼過，鬥了十合之上，見不是頭，撥開軍器便走。呼延灼見他本事低微，縱馬趕上山來。小霸王周通正在半山裏看見，便飛下鵝卵石來。呼延灼慌忙回馬下山來。衹見官軍迭頭吶喊。呼延灼便問道：『爲何吶喊？』後軍答道：『遠望見一彪軍馬飛奔而來。』呼延灼聽了，便來後軍隊裏看時，見塵頭起處，當頭一個胖大和尚，騎一匹白馬。那人是誰？正是：

自從落髮鬧禪林，萬里曾將壯士尋。臂負千斤扛鼎力，天生一片殺人心。欺佛祖，喝觀音，戒刀禪杖冷森森。不看經卷花和尚，酒肉沙門魯智深。

魯智深在馬上大喝道：『那個是梁山泊殺敗的撮鳥，敢來俺這裏唬嚇人？』呼延灼道：『先殺你這個禿驢，豁我心中怒氣！』魯智深輪動鐵禪杖，呼延灼舞起雙鞭，二馬相交，兩邊吶喊，鬥四五十合，不分勝敗。呼延灼暗暗喝采道：『這個和尚倒恁地了得！』兩邊鳴金，各自收軍暫歇。

呼延灼少停，再縱馬出陣，大叫：『賊和尚，再出來！與你定個輸贏，見個勝敗！』魯智深却待正要出馬，側首惱犯了這個英雄，叫道：『大哥少歇，看灑家去捉這廝。』那人舞刀出馬。來戰呼延灼的是誰？正是：

曾向京師爲制使，花石綱累受艱難。虹霓氣逼斗牛寒。刀能安宇宙，弓可定塵寰。虎體狼腰猿臂健，跨龍駒穩坐雕鞍。英雄聲價滿梁山，人稱青面獸，楊志是軍班。

當時楊志出馬來與呼延灼交鋒，兩個鬥到四十餘合，不分勝敗。呼延灼見楊志手段高强，尋思道：『怎地那裏走出這兩個來？好生了得，不是緑林中手段。』楊志也見呼延灼武藝高强，賣個破綻，撥回馬跑回本陣。呼延灼也勒轉馬頭，不來追趕。兩邊各自收軍。魯智深便和楊志商議道：『俺們初到此處，不宜逼近下寨，且退二十里，明日却再來厮殺。』帶領小嘍囉，自過附近山崗下寨去了。

却説呼延灼在帳中納悶，心内想道：『指望到此勢如劈竹，便拿了這伙草寇，怎知却又逢着這般對手。我直如此命薄！』正没擺布處，衹見慕容知府使人來唤道：『叫將軍且領兵回來，保守城中。今有白虎山强人孔明、孔亮，引人馬來青州借糧，怕府庫有失，特令來請將軍回城守備。』呼延灼聽了，就這機會，帶領軍馬，連夜回青州去了。

次日，魯智深與楊志、武松又引了小嘍囉搖旗吶喊，直到山下來，看時，一個軍馬也無了，倒吃了一驚。山上李忠、周通引人下來，拜請三位頭領上到山寨裏，殺牛宰馬，筵席相待，一面使人下山，探聽前路消息。

且說呼延灼引軍回到城下，却見了一彪軍馬正來到城邊。爲頭的乃是白虎山下孔太公兒子毛頭星孔明、獨火星孔亮。兩個因和本鄉一個財主爭競，把他一門良賤盡都殺了，聚集起五七百人，占住白虎山，打家劫舍。因爲青州城裏有他的叔叔孔賓，被慕容知府捉下，監在牢裏。孔明、孔亮特地點起山寨小嘍囉來打青州，要救叔叔孔賓。正迎着呼延灼軍馬，兩邊撞着，敵住厮殺。呼延灼便出馬到陣前。慕容知府在城樓上觀看，見孔明當先挺槍出馬，直取呼延灼。兩馬相交，鬥到二十餘合，呼延灼要在知府面前顯本事，又值孔明武藝不精，衹辦得架隔遮攔，鬥到間深裏，被呼延灼就馬上把孔明活捉了去。孔亮衹得引了小嘍囉便走。慕容知府在敵樓上指着，叫呼延灼引軍去趕。官兵一掩，活捉得百十餘人。孔亮大敗，四散奔走，至晚尋個古廟安歇。

却說呼延灼活捉得孔明，解入城中，來見慕容知府。知府大喜，叫把孔明大枷釘下牢裏，和孔賓一處監收。一面賞勞三軍，一面管待呼延灼，備問桃花山消息。呼延灼道：『本待是瓮中捉鱉，手到拿來，無端又被一伙强人前來救應。數内一個和尚，一個青臉大漢，二次交鋒，各無勝敗。這兩個武藝不比尋常，不是緑林中手段，因此未曾拿得。』慕容知府道：『這個和尚便是延安府老種經略帳前軍官提轄魯達，今次落髮爲僧，唤做花和尚魯智深。這一個青臉大漢亦是東京殿帥府制使官，唤做青面獸楊志。再有一個行者，唤做武松，原是景陽岡打虎的武都頭，也如此武藝高强。這三個占住二龍山，打家劫舍，累次抵敵官軍，殺了三五個捕盜官，直至如今，未曾捉得。』呼延灼道：『我見這厮們武藝精熟，原來却是楊制使和魯提轄，名不虛傳。恩相放心，呼延灼已見他們本事了，衹在早晚，一個個活捉了解官。』知府大喜，設筵管待已了，且請客房内歇。不在話下。

却說孔亮引領敗殘人馬，正行之間，猛可裏樹林中撞出一彪軍馬，當先一籌好漢。怎生打扮？有《西江月》爲證：

直裰冷披黑霧，戒箍光射秋霜。額前剪髮拂眉長，腦後護頭齊項。頂骨數珠燦白，雜絨絛結微黄。鋼刀兩口迸寒光，行者武松形像。

孔亮見了是武松，慌忙滚鞍下馬，便拜道：『壯士無恙！』武松連忙答禮，扶起問道：『聞知足下弟兄們占住白虎山聚義，幾次要來拜望，一者不得下山，二乃路途不順，以此難得相見。今日何事到此？』孔亮把救叔叔孔賓陷兄之事，告訴了一遍。武松道：『足下休慌。我有六七個弟兄，現在二龍山聚義。今爲桃花山李忠、周通被青州官軍攻擊得緊，來我山寨求救。魯、楊二頭領引了孩兒們先來與呼延灼交戰，兩個厮并了他一日，呼延灼夜間去了。山寨中留我弟兄三個筵宴，把這匹御賜馬送與我們。今我部領頭隊人馬回山，他二位隨後便到。我叫他去打青州，救你叔兄如何？』

孔亮拜謝武松。等了半晌，衹見魯智深、楊志兩個并馬都到。武松引孔亮拜見二位，備說：『那時我與宋江在他莊上相會，多有相擾。今日俺們可以義氣爲重，聚集三山人馬，攻打青州，殺了慕容知府，擒獲呼延灼，各取府庫錢糧，以供山寨之用，如何？』魯智深道：『灑家也是這般思想。便使人去桃花山報知，叫李忠、周通引孩兒們來，俺三處一同去打青州。』

楊志便道：『青州城池堅固，人馬强壯，又有呼延灼那厮英勇。不是俺自滅威風，若要攻打青州時，衹除非依我一言，指日可得。』武松道：『哥哥，願聞其略。』那楊志言無數句，話不一席，有分教：青州百姓，家家瓦裂烟飛；水滸英雄，個個摩拳擦掌。

畢竟楊志對武松說出怎地打青州，且聽下回分解。

打青州，用秦明、花榮爲第一撥，真乃處處不作浪筆。

村學先生團泥作腹，鏤炭爲眼，讀《水滸傳》，見宋江口中有許多好語，便遽然以『忠義』兩字過許老賊。甚或弁其書端，定爲題目。此决不得不與之辯。辯曰：宋江有過人之才，是即誠然。若言其有忠義之心，心心圖報朝廷，此實萬萬不然之事也。何也？夫宋江，淮南之强盜也。人欲圖報朝廷，而無進身之策，至不得已而姑出于强盜。此一大不可也。曰：有逼之者也。夫有逼之，則私放晁蓋亦誰逼之？身爲押司，骫法縱賊，此二大不可也。爲農則農，爲吏則吏。農言不出于畔，吏言不出于庭，分也。身在鄆城，而名滿天下，遠近相煽，包納荒穢，此三大不可也。私達大賊以受金，明殺平人以滅口。幸從小懲，便當大戒，乃潯陽題詩，反思報仇，不知誰是其仇？至欲血染江水，此四大不可也。語云：『求忠臣必于孝子之門。』江以一朝小忿，貽大僇于老父，夫不有于父，何有于他？誠所謂『是可忍孰不可忍』！此五大不可也。燕順、鄭天壽、王英則羅而致之梁山，呂方、郭盛則羅而致之梁山，此猶可恕也。甚乃至于花榮亦羅而致之梁山，黄信、秦明亦羅而致之梁山，是胡可恕也！落草之事雖未遂，營窟之心實已久，此六大不可也。白龍之劫，猶出群力，無爲之燒，豈非獨斷？白龍之劫，猶曰『救死』，無爲之燒，豈非肆毒？此七大不可也。打州掠縣，祇如戲事，劫獄開庫，乃爲固然。殺官長則無不坐以污濫之名，買百姓則便借其府藏之物，此八大不可也。官兵則拒殺官兵，王師則拒殺王師，横行河朔，其鋒莫犯，遂使上無寧食天子，下無生還將軍，此九大不可也。初以水泊避罪，後忽忠義名堂，設印信賞罰之專司，制龍虎熊羆之旗號，甚乃至于黄鉞、白旄、朱幡、皂蓋違禁之物，無一不有，此十大不可也。夫宋江之罪，擢髮無窮，論其大者，則有十條。而村學先生猶鰓鰓以忠義目之，一若惟恐不得當者，斯其心何心也！

原村學先生之心，則豈非以宋江每得名將，必親爲之釋縛、擎盞，流泪縱横，痛陳忠君報國之志，極訴寢食招安之誠，言言剖胸臆，聲聲瀝熱血哉？乃吾所以斷宋江之爲强盜，而萬萬必無忠義之心者，亦正于此。何也？夫招安，則强盜之變計也。其初，父兄失教，喜學拳勇。其既恃其拳勇，不事生産。其既生産乏絶，不免困劇。其既困劇不甘，試爲劫奪。其既劫奪既便，遂成嘯聚。其既嘯聚漸伙，必受討捕。其既至于必受討捕，而强盜因而自思：進有自贖之榮，退有免死之樂，則誠莫如招安之策爲至便也。若夫保障方面，爲王幹城，如秦明、呼延等；世受國恩，寵綏未絶，如花榮、徐寧等；奇材异能，莫不畢效，如凌振、索超、董平、張清等；雖在偏裨，大用有日，如彭玘、韓滔、宣贊、郝思文、龔旺、丁得孫等。是皆食宋之禄，爲宋之官，感宋之德，分宋之憂，已無不展之才，已無不吐之氣，已無不竭之忠，已無不報之恩者也。乃吾不知宋江何心，必欲悉擒而致之于山泊。悉擒而致之，而或不可致，則必曲爲之説曰：其暫避此，以需招安。嗟乎！强盜則須招安，將軍胡爲亦須招安？身在水泊則須招安而歸順朝廷，身在朝廷，胡爲亦須招安而反入水泊？以此語問宋江，而宋江無以應也。故知一心報國，日望招安之言，皆宋江所以誘人入水泊。諺云：『餌芳可釣，言美可招也。』宋江以是言誘人入水泊，而人無不信之而甘心入于水泊。傳曰：『久假而不歸。』惡知其非有也？彼村學先生不知烏之黑白，猶鰓鰓以忠義目之，惟恐不得其當，斯其心何心也！

自第七回寫魯達後，遥遥直隔四十九回而復寫魯達。乃吾讀其文，不惟聲情魯達也，蓋其神理悉魯達也。尤可怪者，四十九回之前，寫魯達以酒爲命，乃四十九回之後，寫魯達涓滴不飲，然而聲情神理無有非魯達者。夫而後知今日之魯達涓滴不飲，與昔日之魯達以酒爲命，正是一副事也。

當有武松引孔亮拜告魯智深、楊志，求救哥哥孔明并叔叔孔賓。魯智深便要聚集三山人馬，前去攻打。楊志便道：『若要打青州，須用大隊軍馬方可打得。俺知梁山泊宋公明大名，江湖上都唤他做及時雨宋江。更兼呼延灼是他那裏仇人。俺們弟兄和孔家弟兄的人馬，都并做一處。灑家這裏再等桃花山人馬齊備，一面且去攻打青州。孔亮兄弟，分三千名士卒。綉彩旗如雲似霧，樸刀槍燦雪鋪霜。鸞鈴響，戰馬奔馳；畫鼓振，徵夫踴躍。卷地黃塵靄靄，漫天土雨蒙蒙。寶纛旗中，簇擁着多智足謀吴學究；碧油幢下，端坐定替天行道宋公明。過去鬼神皆拱手，回來民庶盡歌謡。

話説宋江引了梁山泊二十個頭領，三千人馬，分作五軍前進。于路無事。所過州縣，秋毫無犯。已到青州。孔亮先到魯智深等軍中報知，衆好漢安排迎接。宋江中軍到了，武松引魯智深、楊志、李忠、周通、施恩、曹正都來相見了。宋江讓魯智深坐地。魯智深道：『久聞阿哥大名，無緣不曾拜會，今日且喜相認得阿哥。』宋江答道：『不才何足道哉。江湖上義士甚稱吾師清德，今日得識慈顏，平生甚幸！』楊志也起身再拜道：『楊志舊日經過梁山泊，多蒙山寨重意相留，爲是灑家愚迷，不曾肯住。今日幸得義士壯觀山寨，此是天下第一好事！』宋江答道：『制使威名播于江湖，祇恨宋江相會太晚！』魯智深便令左右置酒管待，一一都相見了。

次日，宋江問青州一節，勝敗如何。楊志道：『自從孔亮去了，前後也交鋒三五次，各無輸贏。如今青州祇憑呼延灼一個，若是拿得此人，覷此城子，如湯潑雪。』吴學究笑道：『此人不可力敵，可用智擒。』宋江道：『用何智可獲此人？』吴學究道：『祇除如此如此。』宋江大喜道：『此計大妙！』當日分撥了人馬，次早起軍，前到青州城下，四面盡着軍馬圍住，擂鼓搖旗，吶喊搦戰。城裏慕容知府見報，慌忙教請呼延灼商議：『今次群賊又去報知梁山泊宋江到來，似此如之奈何？』呼延灼道：『恩相放心。群賊到來，先失地利。這廝們祇好在水泊裏張狂，今却擅離巢穴，一個來，捉一個，那廝們如何施展得？請知府上城看呼延灼廝殺。』呼延灼連忙披挂衣甲上馬，叫開城門，放下吊橋，引了一千人馬，近城擺開。宋江陣中一將出馬。那人手搦狼牙棍，厲聲高罵知府：『濫官害民賊徒！把我全家誅戮，今日正好報仇雪恨！』慕容知府認得秦明，便罵道：『你這廝是朝廷命官，國家不曾負你，緣何敢造反？若拿住你時，碎尸萬段！可先下手拿這賊！』呼延灼聽了，舞起雙鞭，縱馬直取秦明。秦明也出馬，舞動狼牙大棍來迎呼延灼。二將交馬，正是對手。有《西江月》爲證：

鞭舞兩條龍尾，棍横一串狼牙。三軍看得眼睛花，二將縱横交馬。使棍的聞名寰海，使鞭的聲播天涯。龍駒虎將亂交加，這廝殺堪描堪畫。

秦明與呼延灼廝殺，正是對手。兩個鬥到四五十合，不分勝敗。慕容知府見鬥得多時，恐怕呼延灼有失，慌忙鳴金，收軍入城。秦明也不追趕，退回本陣。宋江教衆頭領軍校且退十五里下寨。

却説呼延灼回到城中，下馬來見慕容知府，説道：『小將正要拿那秦明，恩相如何收軍？』知府道：『我見你鬥了許多合，但恐勞困，因此收軍暫歇。秦明那廝，原是我這裏統制，與花榮一同背反。這廝亦不可輕敵。』呼延灼道：『恩相放心，小將必要擒此背義之賊。適間和他鬥時，棍法已自亂了。來日教恩相看我立斬此賊。』知府道：『既是將軍如此英雄，來日若臨敵之時，可殺開條路，送三個人出去。一個教他去往東京求救，兩個教他去鄰近府州會合起兵，相助勦捕。』呼延灼道：『恩相高見極明。』當日知府寫了求救文書，選了三個軍官，都發放了當。

祇説呼延灼回到歇處，卸了衣甲暫歇。天色未明，祇聽的軍校來報道：『城北門外土坡上有三騎私自在那裏看城。中間一個穿紅袍騎白馬的；兩邊兩個，祇認得右邊的是小李廣花榮，左邊那個道裝打扮。』呼延灼道：『那個穿紅的眼見是宋江了，道裝的必是軍師吴用。你們且休驚動了他。便點一百馬軍，跟我捉這三個。』

呼延灼連忙披挂上馬，提了雙鞭，帶領一百餘騎馬軍，悄悄地開了北門，放下吊橋，引軍趕上坡來。宋江、吴用、花榮三個祇顧呆了臉看城。呼延灼拍馬上坡，三個勒轉馬頭，慢慢走去。呼延灼奮力趕到前面幾株枯樹邊厢，宋江、吴用、花榮三個齊齊的勒住馬。呼延灼方才趕到枯樹邊，祇聽得吶聲喊，呼延灼正踏着陷坑，人馬都跌將下坑去了。兩邊走出五六十個撓鈎手，先把呼延灼鈎將起來，綁縛了拿去，後面牽着那匹馬。這許多趕來的馬軍，却被花榮拈弓搭箭，射倒當頭五七個，後面的勒轉馬，一哄都走了。

宋江回到寨裏坐，左右群刀手却把呼延灼推將過來。宋江見了，連忙起身，喝叫快解了繩索，親自扶呼延灼上帳坐定，宋江拜見。呼延灼慌忙跪下道：『義士何故如此？』宋江道：『小可宋江，怎敢背負朝廷。蓋爲官吏污濫，威逼得緊，誤犯大罪，因此權借水泊裏隨時避難，衹待朝廷赦罪招安。不想起動將軍，致勞神力，實慕將軍虎威。今者誤有冒犯，切乞恕罪。』呼延灼道：『呼延灼被擒之人，萬死尚輕，義士何故重禮陪話？』宋江道：『量宋江怎敢壞得將軍性命。皇天可表寸心。』衹是懇告哀求。呼延灼道：『兄長尊意，莫非教呼延灼往東京告請招安，到山赦罪？』宋江道：『將軍如何去得！高太尉那厮是個心地匾窄之徒，忘人大恩，記人小過。將軍折了許多軍馬錢糧，他如何不見你罪責？如今韓滔、彭玘、凌振已都在敝山入伙。倘蒙將軍不弃山寨微賤，宋江情願讓位與將軍。等朝廷見用，受了招安，那時盡忠報國，未爲晚矣。』

呼延灼沉思了半晌，一者是天罡之數，自然義氣相投；二者見宋江禮貌甚恭，嘆了一口氣，跪下在地道：『非是呼延灼不忠于國，實慕兄長義氣過人，不容呼延灼不依。願隨鞭鐙。事既如此，决無還理。』有詩爲證：

親受泥書討不庭，虚張聲勢役生靈。如何世禄英雄士，握手同歸聚義廳？

宋江大喜。請呼延灼和衆頭領相見了。叫問李忠、周通討這匹踢雪烏騅馬還將軍騎坐。衆人再商議救孔明之計。吴用道：『衹除教呼延灼將軍賺開城門，唾手可得。更兼絶了呼延指揮念頭。』宋江聽了，來與呼延灼陪話道：『非是宋江貪劫城池，實因孔明叔侄陷在縲紲之中，非將軍賺開城門，必不可得。』呼延灼答道：『小將既蒙兄長收録，理當効力。』當晚點起秦明、花榮、孫立、燕順、吕方、郭盛、解珍、解寶、歐鵬、王英十個頭領，都扮作軍士衣服模樣，跟了呼延灼，共是十一騎軍馬，來到城邊，直至濠塹上，大叫：『城上開門！我逃得性命回來！』

城上人聽得是呼延灼聲音，慌忙報與慕容知府。此時知府爲折了呼延灼，正納悶間，聽得報説呼延灼逃得回來，心中歡喜，連忙上馬，奔到城上。望見呼延灼有十數騎馬跟着，又不見面顔，衹認得呼延灼聲音。知府問道：『將軍如何走得回來？』呼延灼道：『我被那厮的陷馬捉了我到寨裏，却有原跟我的頭目，暗地盗這匹馬與我騎，就跟我來了。』知府衹聽得呼延灼説了，便叫軍士開了城門，放下吊橋。十個頭領跟到城門裏，迎着知府，早被秦明一棍，把慕容知府打下馬來。解珍、解寶便放起火來。歐鵬、王矮虎奔上城，把軍士殺散。宋江大隊人馬見城上火起，一齊擁將入來。宋江急急傳令，休教殘害百姓，且收倉庫錢糧。就大牢裏救出孔明并他叔叔孔賓一家老小。便教救滅了火。把慕容知府一家老幼盡皆斬首，抄扎家私，分俵衆軍。天明，計點在城百姓被火燒之家，給散糧米救濟。把府庫金帛，倉廒米糧，裝載五六百車。又得了二百餘匹好馬。就青州府裏做個慶喜筵席，請三山頭領同歸大寨。李忠、周通使人回桃花山，盡數收拾人馬錢糧下山，放火燒毁寨柵。魯智深也使施恩、曹正回二龍山，與張青、孫二娘收拾人馬錢糧，也燒了寶珠寺寨柵。數日之間，三山人馬都皆完備。

宋江領了大隊人馬，班師回山。先叫花榮、秦明、呼延灼、朱仝四將開路。所過州縣，分毫不擾。鄉村百姓，扶老挈幼，燒香羅拜迎接。數日之間，已到梁山泊邊。衆多水軍頭領具舟迎接。晁蓋引領山寨馬步頭領，都在金沙灘迎接。直至大寨，向聚義廳上列位坐定。大排筵席，慶賀新到山寨頭領：呼延灼、魯智深、楊志、武松、施恩、曹正、張青、孫二娘、李忠、周通、孔明、孔亮，共十二位新上山頭領。坐間林沖説起相謝魯智深相救一事，魯智深動問道：『灑家自與教頭滄州别後，曾知阿嫂信息否？』林沖答道：『小可自火并王倫之後，使人回家搬取老小，已知拙婦被高太尉逆子所逼，隨即自縊而死；妻父亦爲憂疑，染病而亡。』楊志舉起舊日王倫手内上山相會之事，衆人皆道：『此皆注定，非偶然也。』晁蓋説起黄泥岡劫取生辰綱一事，衆皆大笑。次日輪流做筵席，不在話下。

且説宋江見山寨又添了許多人馬，如何不喜。便叫湯隆做鐵匠總管，提督打造諸般軍器，并鐵葉連環等甲；侯健管做旌旗袍服總管，添造三才九曜四門五方二十八宿等旗，飛龍飛虎飛熊飛豹旗，黄鉞白旄，朱纓皂蓋；山邊四面築起墩臺；重造西路、南路二處酒店，招接往來上山好漢，一就探聽飛報軍情；山西路酒店今令張青、孫二娘夫妻，二人原是酒家，前去看守；山南路酒店仍令孫新、顧大嫂夫妻看守；山東路酒店依舊朱貴、樂和；山北路酒店還是李立、時遷看守，三關之人，添造寨柵，分調頭領看守。部領已定，各宜遵守，不許違誤。忽一日，花和尚魯智深來對宋公明說道：『智深有個相識，李忠兄弟也曾認的，喚做九紋龍史進。現在華州華陰縣少華山上，和那一個神機軍師朱武，又有一個跳澗虎陳達，一個白花蛇楊春，四個在那裏聚義。灑家常常思念他。昔日在瓦罐寺救助灑家恩念，不曾有忘。今灑家要去那裏探望他一遭，就取他四個同來入伙，未知尊意如何？』宋江道：『我也曾聞得史進大名。若得吾師去請他來最好。然是如此，不可獨自去，可煩武松兄弟相伴走一遭。他是行者，一般出家人，正好同行。』武松應道：『我和師父去。』當日便收拾腰包行李，魯智深衹做禪和子打扮，武松裝做隨侍行者。兩個相辭了衆頭領下山，過了金沙灘，曉行夜住，不止一日，來到華州華陰縣界，徑投少華山來。

且說宋江自魯智深、武松去後，一時容他下山，常自放心不下，便喚神行太保戴宗，隨後跟來，探聽消息。

再說魯智深、武松兩個來到少華山下，伏路小嘍囉出來攔住，問道：『你兩個出家人那裏來？』武松便答道：『這山上有史大官人麽？』小嘍囉說道：『既是要尋史大王的，且在這裏少等。我上山報知頭領，便下來迎接。』武松道：『你衹說魯智深到來相探。』小嘍囉去不多時，衹見神機軍師朱武并跳澗虎陳達、白花蛇楊春，三個下山來接魯智深、武松，却不見有史進。魯智深便問道：『史大官人在那裏？却如何不見他？』朱武近前上復道：『吾師不是延安府魯提轄麽？』魯智深道：『灑家便是。這行者便是景陽岡打虎都頭武松。』三個慌忙剪拂道：『聞名久矣！聽知二位在二龍山扎寨，今日緣何到此？』魯智深道：『俺們如今不在二龍山了，投托梁山泊宋公明大寨入伙。今者特來尋史大官人。』朱武道：『既是二位到此，且請到山寨中容小可備細告訴。』魯智深道：『有話便說，待一待，誰鳥耐煩！』武松道：『師父是個性急的人，有話便說何妨。』

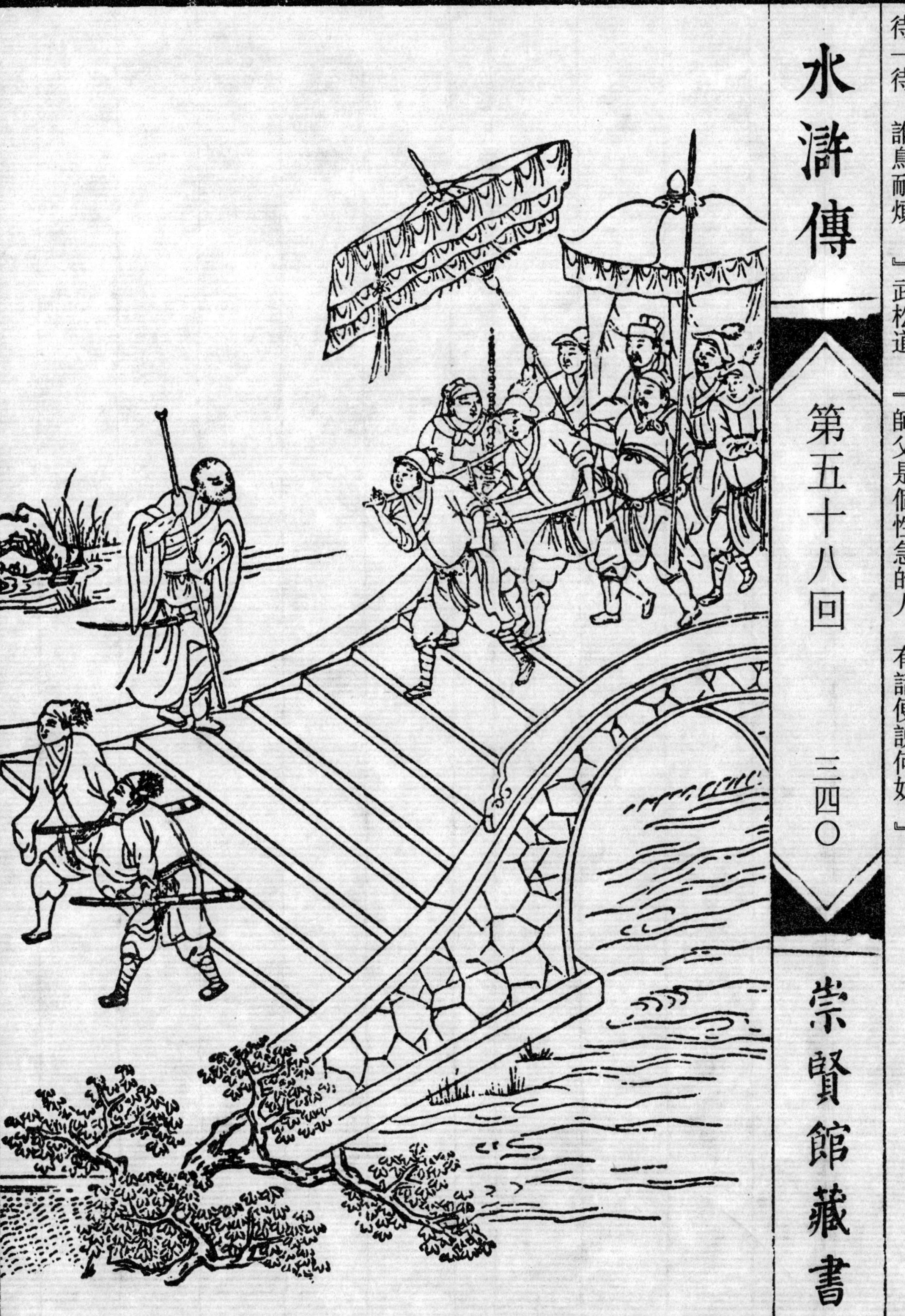

朱武道：「小人等三個在此山寨，自從史大官人上山之後，好生興旺。近日史大官人下山，正撞見一個畫匠，原是北京大名府人氏，姓王名義，因許下西岳華山金天聖帝廟内裝畫影壁，前去還願。因爲帶將一個女兒，名喚玉嬌枝同行。却被本州賀太守——原是蔡太師門人，那厮爲官貪濫，非理害民——一日因來廟裏行香，不想正見了玉嬌枝有些顏色，累次着人來説，要娶他爲妾。王義不從。太守將他女兒强奪了去爲妾，又把王義刺配遠惡軍州。路經這裏過，正撞見史大官人，告説這件事。史大官人把王義救在山上，將兩個防送公人殺了。直去府裏要刺賀太守，被人知覺，倒吃拿了，現監在牢裏。又要聚起軍馬，掃蕩山寨。我等正在這裏進退無路，無計可施。」

魯智深聽了道：「這撮鳥敢如此無禮，倒恁麽利害。灑家與你結果了那厮！」朱武道：「且請二位到寨裏商議。」一行五個頭領，都到少華山寨中坐下。便叫王義見魯智深、武松，訴説賀太守貪酷害民，强占良家女子。朱武等一面殺牛宰馬，管待魯智深、武松。飲筵間，魯智深道：「賀太守那厮好没道理！我明日與你去州裏打死那厮罷。」武松道：「哥哥不得造次！我和你星夜回梁山泊去報知，請宋公明領大隊人馬來打華州，方可救得史大官人。」魯智深叫道：「等俺們去山寨裏叫得人來，史家兄弟性命不知那裏去了！」武松道：「便殺太守，也怎地救得史大官人？」武松却斷然不肯放魯智深去。朱武又勸道：「吾師且息怒，武都頭也論得是。」魯智深焦躁起來，便道：「都是你這般慢性的人，以此送了俺史家兄弟！你也休去梁山泊報知，看灑家去如何！」衆人那裏勸得住，當晚又諫不從。明早，起個四更，提了禪杖，帶了戒刀，徑奔華州去了。武松道：「不聽我説，此去必然有失。」朱武隨即差兩個精細的小嘍囉前去打聽消息。

却説魯智深奔到華州城裏，路旁借問州衙在那裏，人指道：「祇過州橋，投東便是。」魯智深却好來到浮橋上，祇見人都道：「和尚且躲一躲，太守相公過來！」魯智深道：「俺正要尋他，却好正撞在灑家手裏，那厮多敢是當死！」賀太守頭踏一對對擺將過來。看見太守那乘轎子，却是暖轎，轎窗兩邊各有十個虞候簇擁着，人人手執鞭槍鐵鏈，守護兩邊。魯智深看了尋思道：「不好打那撮鳥。若打不着，倒吃他笑！」賀太守却在轎窗眼裏看見了魯智深欲進不進。過了渭橋，到府中下了轎，便叫兩個虞候分付道：「你與我去請橋上那個胖大和尚到府裏赴齋。」虞候領了言語，來到橋上，對魯智深説道：「太守相公請你赴齋。」魯智深想道：「這厮正合當死在灑家手裏！俺却才正要打他，祇怕打不着，讓他過去了。俺要尋他，他却來請灑家！」魯智深便隨了虞候徑到府裏。太守已自分付下了。一見魯智深進到廳前，太守叫放了禪杖，去了戒刀，請後堂赴齋。魯智深初時不肯。衆人説道：「你是出家人，好不曉事！府堂深處，如何許你帶刀杖入去？」魯智深想道：「祇俺兩個拳頭也打碎了那厮腦袋！」廊下放了禪杖、戒刀，跟虞候入來。賀太守正在後堂坐定，把手一招，喝聲：「捉下這秃賊！」兩邊壁衣内走出三四十個做公的來，横拖倒拽，捉了魯智深。你便是那吒太子，怎逃出地網天羅；火首金剛，難脱龍潭虎窟！正是：飛蛾投火身傾喪，蝙蝠遭竿命必傷。

畢竟魯智深被賀太守拿下性命如何，且聽下回分解。

「城中監着兩隻大蟲在牢裏，如何不做提備？白日未可去看。今夜月色必然明朗，申牌前後下山，一更時分可到那裏窺望。」

當日捱到午後，宋江、吳用、花榮、秦明、朱仝，共是五騎馬下山，迤邐前行。初更時分，已到華州城外。在山坡高處，立馬望華州城裏時，正是二月中旬天氣，月華如晝，天上無一片雲彩。看見華州周圍有數座城門，城高地壯，塹濠深闊。看了半晌，遠遠地望見那西岳華山時，端的是好座名鎮高山！怎見得？但見：

峰名仙掌，觀隱雲臺。上連玉女洗頭盆，下接天河分派水。乾坤皆秀，尖峰仿佛接雲根；山岳惟尊，怪石巍峨侵斗柄。青如潑黛，碧若浮藍。張僧繇妙筆畫難成，李龍眠天機描不就。深沈洞府，月光飛萬道金霞；崒嵂岩崖，日影動千條紫焰。傍人遙指，雲池深內藕如船；故老傳聞，玉井水中花十丈。巨靈神忿怒，劈開山頂逞神通；陳處士清高，結就茅庵來盹睡。千古傳名推華岳，萬年香火祀金天。

宋江等看了西岳華山，見城池厚壯，形勢堅牢，無計可施。吳用道：「且回寨裏去，再作商議。」五騎馬連夜回到少華山上。宋江眉頭不展，面帶憂容。吳學究道：「且差十數個精細小嘍囉下山，去遠近探聽消息。」

三日之間，忽有一人上山來報道：「如今朝廷差個殿司太尉，將領御賜金鈴吊挂來西岳降香，從黃河入渭河而來。」吳用聽了便道：「哥哥休憂，計在這裏了。」便叫李俊、張順：「你兩個與我如此如此而行。」李俊道：「只是無人，不識地境，得一個引領路道最好。」白花蛇楊春便道：「小弟相幫同去如何？」宋江大喜。三個下山去了。次日，吳學究請宋江、李應、朱仝、呼延灼、花榮、秦明、徐寧，共八個人，悄悄止帶五百餘人下山，徑到渭河渡口。李俊、張順、楊春已奪下十餘隻大船在彼。吳用便叫花榮、秦明、徐寧、呼延灼四個埋伏在岸上；宋江、吳用、朱仝、李應下在船裏；李俊、張順、楊春把船都去灘頭藏了。

衆人等候了一夜。次日天明，聽得遠遠地鑼鳴鼓響，三隻官船到來。船上插着一面黃旗，上寫「欽奉聖旨西

岳降香太尉宿元景」。宋江看了，心中暗喜道：「昔日玄女有言：『遇宿重重喜。』今日既見此人，必有主意。」太尉官船將近河口，朱仝、李應各執長槍，立在宋江、吳用背後。太尉船到，當港截住。船裏走出紫衫銀帶虞候二十餘人，喝道：「你等什麼船隻？敢當港攔截住大臣！」宋江執着骨朵，躬身聲喏。吳學究立在船頭上，說道：「梁山泊義士宋江，謹參祗候。」船上客帳司出來答道：「此是朝廷太尉，奉聖旨去西岳降香。汝等是梁山泊義士，何故攔截？」吳用道：「俺們義士，祇要求見太尉尊顏，有告復的事。」客帳司道：「你等是什麼人，造次要見太尉！」兩邊虞候喝道：「低聲！」宋江說道：「暫請太尉到岸上，自有商量的事。」客帳司道：「休胡說！太尉是朝廷命臣，如何與你商量！」宋江道：「太尉不肯相見，祇怕孩兒們驚了太尉。」朱仝把槍上小號旗祇一招動，岸上花榮、秦明、徐寧、呼延灼引出馬軍來，一齊搭上弓箭，都到河口，擺列在岸上。那船上梢公都驚得鑽入梢裏去了。客帳司人慌了，祇得入去稟復。

宿太尉祇得出到船頭上坐定。宋江躬身唱喏道：「宋江等不敢造次。」宿太尉道：「義士何故如此邀截船隻？」宋江道：「某等怎敢邀截太尉，祇欲求請太尉上岸，別有稟復。」宿太尉道：「我今特奉聖旨，自去西岳降香，與義士有何商議？朝廷大臣如何輕易登岸！」宋江道：「太尉不肯時，祇恐下面伴當亦不相容。」李應把號帶槍一招，李俊、張順、楊春一齊撐出船來。宿太尉看見大驚。李俊、張順明晃晃掣出尖刀在手，早跳過船來，手起，先把兩個虞候攧下水裏去。宋江連忙喝道：「休得胡做，驚了貴人！」李俊、張順撲地也跳下水去，早把兩個虞候又送上船來。張順、李俊在水面上如登平地，托地又跳上船來。唬得宿太尉魂不着體。宋江喝道：「孩兒們且退去，休得驚着太尉貴人。俺自慢慢地請太尉登岸。」宿太尉道：「義士有甚事，就此說不妨。」宋江道：「這裏不是說話處，謹請太尉到山寨告稟，并無損害之心。若懷此念，西岳神靈誅滅。」到此時候，不容太尉不上岸。宿太尉祇得離船上了岸。衆人牽過一匹馬來，扶策太尉上了馬，不得已隨衆同行。宋江先叫花榮、秦明陪奉太尉上山。宋江隨後

也上了馬，分付教把船上一應人等并御香、祭物、金鈴吊挂，齊齊收拾上山，祇留下李俊、張順帶領一百餘人看船。

一行衆頭領都到山上。宋江下馬入寨，把宿太尉扶在聚義廳上當中坐定，衆頭領兩邊侍立着。宋江下了四拜，跪在面前，告復道：『宋江原是鄆城縣小吏，爲被官司所逼，不得已哨聚山林，權借梁山水泊避難，專等朝廷招安，與國家出力。今有兩個兄弟，無事被賀太守生事陷害，下在牢裏。欲借太尉御香儀從，并金鈴吊挂去賺華州，事畢拜還。于太尉身上并無侵犯。乞太尉鈞鑒。』宿太尉道：『不爭你將了御香等物去，明日事露，須連累下官。』宋江道：『太尉回京，都推在宋江身上便了。』宿太尉看了那一班人模樣，怎生推托得，祇得應允了。宋江執盞擎杯，設筵拜謝。就把太尉帶來的人穿的衣服都借穿了。于小嘍囉數內，選揀一個俊俏的，剃了髭鬚，穿了太尉的衣服，扮做宿元景；宋江、吳用扮做客帳司；解珍、解寶、楊雄、石秀扮做虞候；小嘍囉都是紫衫銀帶，執着旌節、旗幡、儀仗、法物，擎抬了御香、祭禮、金鈴吊挂；花榮、徐寧、朱仝、李應扮做四個衙兵。朱武、陳達、楊春款住太尉并跟隨一應人等，置酒管待。却教秦明、呼延灼引一隊人馬，林沖、楊志引一隊人馬，分作兩路取城。教武松預先去西岳門下伺候，祇聽號起行事。

話休絮煩。且說一行人等離了山寨，徑到河口下船而行。不去報與華州太守，一徑奔西岳廟來。戴宗報知雲臺觀觀主并廟裏職事人等，直至船邊，迎接上岸。香花燈燭，幢幡寶蓋，擺列在前。先請御香上了香亭，廟裏人夫扛抬了，導引金鈴吊挂前行。觀主見太尉，吳學究道：『太尉一路染病不快，且把轎子來。』左右人等扶策太尉上轎，徑到岳廟裏官廳內歇下。客帳司吳學究對觀主道：『這是特奉聖旨，賫捧御香、金鈴吊挂來與聖帝供養。緣何本州官員輕慢，不來迎接？』觀主答道：『已使人去報了，敢是便到。』說猶未了，本州先使一員推官，帶領做公的五七十人，將着酒果，來見太尉。原來那扮太尉的小嘍囉，雖然模樣相似，却言語發放不得。因此祇教裝做染病，把靠褥圍定在床上坐。推官看了，見來的旌節、門旗、牙仗等物，都是東京來的，內府制造出的，如何不信。客帳司假意出入稟復了兩遭，却引推官入去，遠遠地階下參拜了。那假太尉祇把手指，并不聽得說什麼。吳用引到面前，埋怨推官道：『太尉是天子前近幸大臣，不辭千里之遥，特奉聖旨到此降香，不想于路染病未痊。本州衆官如何不來遠接？』推官答道：『前路官司雖有文書到州，不見近報，因此有失迎迓，不期太尉先到廟裏。本是太守便來，奈緣少華山賊人糾合梁山泊草寇要打城池，每日在彼提防，以此不敢擅離。特差小官先來貢獻酒禮。太守隨後便來參見太臣。』吳學究道：『太尉涓滴不飲，祇叫太守來商議行禮。』推官隨即教取酒來，與客帳司親隨人把盞了。吳學究又入去稟一遭，將了鑰匙出來，引着推官去看金鈴吊挂。開了鎖，就香帛袋中取出那御賜金鈴吊挂來，叫推官看。便把條竹竿叉起看時，果然是制造得無比。但見：

渾金打就，五彩裝成。雙懸纓絡金鈴，上挂珠璣寶蓋。黄羅密布，中間八爪玉龍盤；紫帶低垂，外壁雙飛金鳳繞。對嵌珊瑚瑪瑙，重圍琥珀珍珠。碧琉璃掩映絳紗燈，紅菡萏參差青翠葉。堪宜金屋瓊樓挂，雅稱瑶臺寶殿懸。

這一對金鈴吊挂，乃是東京內府作分高手匠人做成的，渾是七寶珍珠嵌造，中間點着碗紅紗燈籠。乃是聖帝殿上正中挂的，不是內府降來，民間如何做得。吳用叫推官看了，再收入櫃匣內鎖了。又將出中書省許多公文，付與推官。便叫太守來商議揀日祭祀。推官和衆多做公的都見了許多物件文憑，便辭了客帳司，徑回到華州府裏來報賀太守。

却說宋江暗暗地喝采道：『這厮雖然奸猾，也騙得他眼花心亂了。』此時武松已在廟門下了。吳學究又使石秀藏了尖刀，也來廟門下相幫武松行事，却又叫戴宗扮虞候。雲臺觀主進獻素齋，一面教執事人等安排鋪陳岳廟。宋江閑步看那西岳廟時，果然是蓋造的好。殿宇非凡，真乃人間天上。宋江來到正殿上拈香再拜，暗暗祈禱已罷，回至官廳前。門人報道：『賀太守來也。』宋江便叫花榮、徐寧、朱仝、李應四個衙兵，各執着器械，分列在兩邊；解珍、解寶、楊雄、戴宗各帶暗器，侍立在左右。

却說賀太守將帶三百餘人，來到廟前下馬，簇擁入來。假客帳司吳學究、宋江見賀太守帶着三百餘人，都是帶刀公吏人等入來。吳學究喝道：『朝廷太尉在此，閑雜人不許近前！』衆人立住了脚，賀太守親自進前來拜見太尉。客帳司道：『太尉教請太守入來厮見。』賀太守入到官廳前，望着假太尉便拜。吳學究道：『太守，你知罪麽？』太守道：『賀某不知太尉到來，伏乞恕罪。』吳學究道：『太尉奉敕到此西岳降香，如何不來遠接？』太守答道：『不曾有近報到州，有失迎迓。』吳學究喝聲：『拿下！』解珍、解寶弟兄兩個身邊早掣出短刀來，一脚把賀太守踢翻，便割了頭。宋江喝道：『兄弟們動手！』早把那跟來的人三百餘個，驚得呆了，正走不動。花榮等一發向前，把那一干人算子般都倒在地下。有一半搶出廟門下，武松、石秀舞刀殺將入來，小嘍囉四下趕殺，三百餘人不剩一個回去。續後到廟裏的，都被張順、李俊殺了。

宋江急叫收了御香、吊挂下船。都赶到華州時，早見城中兩路火起。一齊殺將入來。先去牢中救了史進、魯智深。就打開庫藏，取了財帛，裝載上車。一行人離了華州，上船回到少華山上，都來拜見宿太尉，納還了御香、金鈴吊挂、旌節、門旗、儀仗等物，拜謝了太尉恩相。宋江教取一盤金銀，相送太尉。隨從人等，不分高低，都與了金銀。就山寨裏做了個送路筵席，謝承太尉。衆頭領直送下山，到河口交割了一應什物船隻，一些不肯少了，還了來的人等。

宋江謝了宿太尉，回到少華山上，便與四籌好漢商議收拾山寨錢糧，放火燒了寨柵。一行人等，軍馬糧草，都望梁山泊來。

且說宿太尉下船，來到華州城中，已知被梁山泊賊人殺死軍兵人馬，劫了府庫錢糧，城中殺死軍校一百餘人，馬匹盡皆擄去，西岳廟中又殺了許多人性命。便叫本州推官動文書申達中書省起奏，都做『宋江先在途中劫了御香、吊挂，因此賺知府到廟，殺害性命』。宿太尉到廟内焚了御香，把這金鈴吊挂分付與了雲臺觀主，星夜急急自回京師，奏知此事。不在話下。

再說宋江救了史進、魯智深，帶了少華山四個好漢，仍舊作三隊分俵人馬，回梁山泊來。所過州縣，秋毫無犯。先使戴宗前來上山報知。晁蓋并衆頭領下山迎接宋江等，一同到山寨裏聚義廳上，都相見已罷，一面做慶喜筵席。次日，史進、朱武、陳達、楊春各以己財做筵宴，拜謝晁、宋二公并衆頭領。過了數日。話休絮煩。忽一日，有旱地忽律朱貴上山報說：『徐州沛縣芒碭山中，新有一伙强人，聚集着三千人馬。爲頭一個先生，姓樊名瑞，綽號混世魔王，能呼風唤雨，用兵如神。手下兩個副將：一個姓項，名充，綽號八臂那吒，能使一面團牌，牌上插飛刀二十四把，手中仗一條鐵標槍；又有一個姓李名衮，綽號飛天大聖，也使一面團牌，牌上插標槍二十四根，手中仗一口寶劍。這三個結爲兄弟，占住芒碭山，打家劫舍。三個商量了，要來吞并俺梁山泊大寨。小弟聽得說，不得不報。』宋江聽了大怒道：『這賊怎敢如此無禮！我便再下山走一遭。』衹見九紋龍史進便起身道：『小弟等四個初到大寨，無半米之功，情願引本部人馬前去收捕這伙强人。』宋江大喜。當下史進點起本部人馬，與同朱武、陳達、楊春都披挂了，來辭宋江下山。把船渡過金沙灘，上路徑奔芒碭山來。三日之内，早望見那座山，乃是昔日漢高祖斬蛇起義之處。三軍人馬，來到山下，早有伏路小嘍囉上山報知。且說史進把少華山帶來的人馬擺開，史進全身披挂，騎一匹火炭赤馬，當先出陣。怎見得史進的英雄？但見：

久在華州城外住，舊時原是莊農，學成武藝慣心胸。三尖刀似雪，渾赤馬如龍。體挂連環鑌鐵鎧，戰袍風猩紅，雕青鐫玉更玲瓏。江湖稱史進，綽號九紋龍。

當時史進首先出馬，手中横着三尖兩刃刀。背後三個頭領，中間的便是神機軍師朱武。那人原是定遠縣人氏，平生足智多謀，亦能使兩口雙刀，出到陣前。亦有八句詩，單道朱武好處：

道服裁棕葉，雲冠剪鹿皮。臉紅雙眼俊，面白細髯垂。智可張良比，才將范蠡欺。軍中人盡伏，朱武號神機。

上首馬上坐着一籌好漢，手中橫着一條出白點鋼槍，綽號跳澗虎陳達，原是鄴城人氏。當時提槍躍馬，出到陣前。也有一首詩，單道着陳達好處：

生居鄴郡上華胥，慣使長槍伏衆威。跳澗虎稱多膂力，却將陳達比姜維。

下首馬上坐着一籌好漢，手中使一口大杆刀，綽號白花蛇楊春，原是解良縣蒲城人氏。當下挺刀立馬，守住陣門。也有一首詩，單題楊春的好處：

蒲州生長最奢遮，會使鋼刀賽左車。瘦臂長腰真勇漢，楊春綽號白花蛇。

四個好漢勒馬在陣前。望不多時，衹見芒碭山上飛下一彪人馬來。當先兩個好漢。爲頭那一個便是徐州沛縣人氏，姓項名充，綽號八臂那吒。使一面團牌，背插飛刀二十四把，百步取人，無有不中。右手仗一條標槍。後面打着一面認軍旗，上書『八臂那吒』。步行下山。有八句詩，單題項充：

鐵帽深遮頂，銅環半掩腮。傍牌懸獸面，飛刃插龍胎。腳到如風火，身先降禍灾。那吒號八臂，此是項充來。

次後那個好漢，便是邳縣人氏，姓李名衮，綽號飛天大聖。會使一面團牌，背插二十四把標槍，亦能百步取人。左手挽牌，右手仗劍。後面打着一面認軍旗，上書『飛天大聖』。出到陣前。有八句詩，單道李衮：

纓蓋盔兜項，袍遮鐵掩襟。胸藏拖地膽，毛蓋殺人心。飛刃齊攢玉，蠻牌滿畫金。飛天號大聖，李衮衆人欽。

當下項充、李衮見了對陣史進、朱武、陳達、楊春四騎馬在陣前，并不打話。小嘍囉篩起鑼來，兩個好漢舞動團牌齊上，直滾入陣來。史進等攔當不住。後軍先走。史進前軍抵敵，朱武等中軍吶喊，各自逃生，被他殺的人亡馬倒，敗退六七十里。史進險些兒中了飛刀。楊春轉身得遲，被一飛刀，戰馬着傷，弃了馬，逃命走了。史進點軍，折了一半。和朱武等商議，欲要差人往梁山泊求救。正憂疑之間，衹見軍士來報：『北邊大路上，塵頭起處，約有二千軍馬到來。』史進等直迎來時，却是梁山泊旗號。當先馬上兩員上將，一個是小李廣花榮，一個是金槍手徐寧。史進接着，備説項充、李衮蠻牌滚動，軍馬遮攔不住。花榮道：『宋公明哥哥見兄長來了，放心不下，好生懊悔。特差我兩個到來幫助。』史進等大喜，合兵一處下寨。次日天曉，正欲起兵對敵，軍士報道：『北邊大路上又有軍馬到來。』花榮、徐寧、史進一齊上馬接時，却是宋公明親自和軍師吳學究、公孫勝、柴進、朱仝、呼延灼、穆弘、孫立、黃信、呂方、郭盛，帶領三千人馬來到。史進備説項充、李衮飛刀標槍滚牌難近，折了人馬一事。宋江失驚。吳用道：『且把軍馬扎下寨柵，别作商議。』宋江性急，便要起兵剿捕。直到山下。

此時天色已晚，望見芒碭山上都是青色燈籠。公孫勝看了便道：『這一伙人必有妖法。此寨中青色燈籠，必是個會行妖法之人在内。我等且把軍馬退去。來日貧道獻一個陣法，要捉此二人。』宋江大喜。傳令教軍馬且退二十里，扎住營寨。次日清晨，公孫勝獻出這個陣法，有分教：飛天大聖，拱手來上梁山；八臂那吒，延頸便歸水泊。

正是：計就魔王須下拜，陣圓神將怎施爲？

畢竟公孫勝對宋江獻出什麽陣法來，且聽下回分解。

第六十回　公孫勝芒碭山降魔　晁天王曾頭市中箭

讀《水滸》俗本至此處，爲之索然意盡。及見古本，始喟然而嘆。嗚呼妙哉，文至此乎！夫晁蓋欲打祝家莊，則宋江勸：『哥哥山寨之主，不可輕動也。』晁蓋欲打高唐州，則宋江又勸：『哥哥山寨之主，不可輕動也。』晁蓋欲打青州，則又勸：『哥哥山寨之主，不可輕動。』欲打華州，則又勸：『哥哥山寨之主，不可輕動也。』何獨至于打曾頭市，而宋江默未嘗發一言？宋江默未嘗發一言，而晁蓋亦遂死于是役。今我即不能知其事之如何，然而君子觀其舊法，推其情狀，引許世子不嘗藥之經以斷斯獄，蓋宋江弑晁蓋之一筆爲决不可宥也。此非謂史文恭之箭，乃真出于宋江之手也，亦非謂宋江明知曾頭市之五虎能死晁蓋，而坐不救援也。夫今日之晁蓋之死，即誠非宋江所料，然而宋江之以晁蓋之死爲利，則固非一日之心矣。吾于何知之？于晁蓋之每欲下山，宋江必勸知之。夫宋江之必不許晁蓋下山者，不欲令晁蓋能有山寨也，又不欲令衆人尚有晁蓋也。夫不欲令晁蓋能有山寨，則是山寨誠得一旦而無晁蓋，是宋江之所大快也。又不欲令衆人尚有晁蓋，則夫晁蓋雖未死于史文恭之箭，而已死于廳上廳下衆人之心非一日也。如是而晁蓋今日之死于史文恭，是特晁蓋之餘矣。若夫晁蓋之死，固已甚久甚久也。如是而晁蓋至而若驚，晁蓋死而若驚，其惟史文恭之與曾氏五虎有之。若夫宋江之心，固晁蓋去而夷然，晁蓋死而夷然也。故于打祝家則勸，打高唐則勸，打青州則勸，打華州則勸，則可知其打曾頭市之必勸也。然而作者于前之勸則如不勝書，于後之勸則直削之者，書之以著其惡，削之以定其罪也。嗚呼，以稗官而幾欲上與《陽秋》分席，詎不奇絶！然不得古本，吾亦何由得知作者之筆法如是哉！

通篇皆用深文曲筆，以深明宋江之弑晁蓋。如風吹旗折，吴用獨諫，一也。戴宗私探，匿其回報，二也。五將死救，餘各自顧，三也。主軍星殞，衆人不還，四也。守定啼哭，不商療治，五也。晁蓋遺誓，先云『莫怪』，六也。驟攝大位，布令詳明，七也。拘牽喪制，不即報仇，八也。大怨未修，逢僧閑話，九也。置死天王，急生麒麟，十也。

第二回寫少華山，第四回寫桃花山，第十六回寫二龍山，第三十一回寫白虎山，至上篇而一齊挽結，真可謂奇絶之筆。然而吾嫌其同。何謂同？同于前若布棋，後若棋劫也。及讀此篇，而忽然添出混世魔王一段，曾未嘗有，突如其來。得此一虛，四實皆活。夫而後知文章真有相救之法也。

話説公孫勝對宋江、吴用獻出那個陣圖道：『是漢末三分，諸葛孔明擺石爲陣的法。四面八方，分八八六十四隊，中間大將居之。其象四頭八尾，左旋右轉，按天地風雲之機，龍虎鳥蛇之狀。待他下山衝入陣來，兩軍齊開，如若伺候他入陣。衹看七星號帶起處，把陣變爲長蛇之勢。貧道作起道法，教這三人在陣中，前後無路，左右無門。却于坎地上掘下陷坑，直逼此三人到于那裏。兩邊埋伏下撓鈎手，準備捉將。』宋江聽了大喜。便傳將令，叫大小將校依令如此而行。再用八員猛將守陣。那八員：呼延灼、朱仝、花榮、徐寧、穆弘、孫立、史進、黄信。却叫柴進、吕方、郭盛權攝中軍。宋江、吴用、公孫勝帶領陳達磨旗，叫朱武指引五個軍士，在近山高坡上看對陣報事。

是日巳牌時分，衆軍近山擺開陣勢，摇旗擂鼓搦戰。衹見芒碭山上有三二十面鑼聲，震地價響。三個頭領一齊來到山下，便將三千餘人擺開。左右兩邊，項充、李衮。中間馬上，擁出那個爲頭的好漢，姓樊名瑞，祖貫濮州人氏，幼年學作全真先生，江湖上學得一身好武藝，馬上慣使一個流星錘，神出鬼没，斬將搴旗，人不敢近，綽號作混世魔王。怎見得樊瑞英雄？有《西江月》爲證：

頭散青絲細髮，身穿絨綉皂袍。連環鐵甲晃寒霄，慣使銅錘更妙。好似北方真武，世間伏怪除妖。雲游江海把名標，混世魔王綽號。

那個混世魔王樊瑞，騎一匹黑馬，立于陣前。上首是項充，下首是李衮。那樊瑞雖會使神術妖法，却不識陣勢。看了宋江軍馬，四面八方，擺成陣勢，心中暗喜道：『你若擺陣，中我計了。』分付項充、李衮道：『若見風起，你兩個便引五百滚刀手殺入陣去。』項充、李衮得令，各執定蠻牌，挺着標槍飛劍，衹等樊瑞作用。衹見樊瑞立在馬上，左手挽定流星銅錘，右手仗着混世魔王寶劍，口中念念有詞，喝聲道：『疾！』衹見狂風四起，飛沙走石，天愁地暗，日月無光。項充、李衮吶聲喊，帶了五百滚刀手殺將過去。宋江軍馬見殺將過來，便分開做兩下。項充、李衮一攬入陣，兩下裏强弓硬弩射住來人，衹帶得四五十人入去，其餘的都回本陣去了。宋江在高坡上望見項充、李衮已入陣裏了，便叫陳達把七星號旗衹一招，那座陣勢，紛紛滚滚，變作長蛇之陣。項充、李衮正在陣裏，東趕西走，左盤右轉，尋路不見。高坡上朱武把小旗在那裏指引。他兩個投東，朱武便望東指，若是投西，便望西指。公孫勝在高埠處看了，便拔出那松文古定劍來，口中念動咒語，喝聲道：『疾！』衹見風盡隨着項充、李衮脚跟邊亂卷。兩個在陣中，衹見天昏地暗，日色無光，四邊并不見一個軍馬，一望都是黑氣，後面跟的都不見了。項充、李衮心慌起來，衹要奪路回陣，百般地尋歸路處。正走之間，忽然地雷大振一聲，兩個在陣叫苦不迭，一齊揭了雙脚，翻筋斗攧下陷馬坑裏去。兩邊都是撓鈎手，早把兩個搭將起來，便把麻繩綁縛了，解上山坡請功。宋江把鞭梢一指，三軍一齊掩殺過去。樊瑞引人馬奔走上山，走不迭的，折其大半。

宋江收軍，衆頭領都在帳前坐下。軍健早解項充、李衮到于麾下。宋江見了，忙叫解了繩索，親自把盞，説道：『二位壯士，其實休怪。臨敵之際，不如此不得。小可宋江久聞三位壯士大名，欲來禮請上山，同聚大義，蓋因不得其便，因此錯過。倘若不弃，同歸山寨，不勝萬幸。』兩個聽了，拜伏在地道：『已聞及時雨大名，誰不知道。衹是小弟等無緣，不曾拜識。原來兄長果有大義，我等兩個不識好人，要與天地相拗。今日既被擒獲，萬死尚輕，反以禮待。若蒙不殺收留，誓當效死報答大恩。樊瑞那人，無我兩個，如何行得？義士頭領，若肯放我們一個回去，就説樊瑞來投拜，不知頭領尊意若何？』宋江便道：『壯士，不必留一人在此爲當。便請二位同回貴寨。宋江來日專候佳音。』兩個拜謝道：『真乃大丈夫。若是樊瑞不從投降，我等擒來奉獻頭領麾下。』宋江聽説大喜，請入中軍，待了酒食，換了兩套新衣，取兩匹好馬，叫小嘍囉拿了槍牌，送二人下山回寨。兩個于路在馬上感恩不盡。

來到芒碭山下，小嘍囉見了大驚，接上山寨。樊瑞問兩個來意如何。項充、李袞道：『我等逆天之人，合該萬死。』樊瑞道：『兄弟如何説這話？』兩個便把宋江如此義氣説了一遍。樊瑞道：『既然宋公明如此大賢，義氣最重，我等不可逆天，來早都下山投拜。』兩個道：『我們也爲如此而來。』當夜把寨内收拾已了。次日天曉，三個一齊下山，直到宋江寨前，拜伏在地。宋江扶起三人，請入帳中坐定。三個見了宋江没半點相疑之意，彼各傾心吐膽，訴説平生之事。三人拜請衆頭領，都到芒碭山寨中，殺牛宰馬，管待宋公明等衆多頭領，一面賞勞三軍。飲筵已罷，樊瑞就拜公孫勝爲師。宋江立主教公孫勝傳授五雷天心正法與樊瑞，樊瑞大喜。數日之間，牽牛拽馬，卷了山寨錢糧，馱了行李，收聚人馬，燒毁了寨柵，跟宋江等班師回梁山泊。于路無話。

宋江同衆好漢回轉梁山泊來。戴宗于路飛報，聽得回山，早報上山來。宋江軍馬已到梁山泊邊，却欲過渡，衹見蘆葦岸邊大路上，一個大漢望着宋江便拜。宋江慌忙下馬扶住，問道：『足下姓甚名誰？何處人氏？』那漢答道：『小人姓段，雙名景住。人見小弟赤髮黄鬚，都呼小人爲金毛犬。祖貫是涿州人氏。平生衹靠去北邊地面盜馬。今春去到槍竿嶺北邊，盜得一匹好馬，雪練也似價白，渾身并無一根雜毛，頭至尾長一丈，蹄至脊高八尺。那馬又高又大，一日能行千里，北方有名，唤做照夜玉獅子馬，乃是大金王子騎坐的，放在槍竿嶺下，被小人盜得來。江湖上衹聞及時雨大名，無路可見，欲將此馬前來進獻與頭領，權表我進身之意。不期來到凌州西南上曾頭市過，被那曾家五虎奪了去。小人稱説是梁山泊宋公明的，不想那厮多有不穢的言語，小人不敢盡説。逃走得脱，特來告知。』宋江看這人時，雖是骨瘦形粗，却甚生得奇怪。怎見得？有詩爲證：

焦黄頭髮髭鬚卷，盜馬不辭千里遠。强夫姓段涿州人，被人唤做金毛犬。

宋江見了段景住一表非俗，心中暗喜，便道：『既然如此，且同到山寨裏商議。』帶了段景住，一同都下船，到金沙灘上岸。晁天王并衆頭領接到聚義廳上。宋江教樊瑞、項充、李袞和衆頭領相見。段景住一同都參拜了。打起聒廳鼓來，且做慶賀筵席。宋江見山寨連添了許多人馬，四方豪杰望風而來，因此叫李雲、陶宗旺監工，添造房屋并四邊寨柵。段景住又説起那匹馬的好處。宋江叫神行太保戴宗，去曾頭市探聽那匹馬的下落消息。

且説戴宗前去曾頭市探聽，去了三五日之間，回來對衆頭領説道：『這個曾頭市上，共有三千餘家。内有一家唤做曾家府。這老子原是大金國人，名爲曾長者，生下五個孩兒，號爲曾家五虎。大的兒子唤做曾塗，第二個唤做曾參，第三個唤做曾索，第四個唤做曾魁，第五個唤做曾升。又有一個教師史文恭，一個副教師蘇定。去那曾頭市上，聚集着五七千人馬，扎下寨柵，造下五十餘輛陷車，發願説他與我們勢不兩立，定要捉盡俺山寨中頭領，做個對頭。那匹千里玉獅子馬，現今與教師史文恭騎坐。更有一般堪恨那厮之處，杜撰幾句言語，教市上小兒們都唱道：「摇動鐵鐶鈴，神鬼盡皆驚。鐵車并鐵鎖，上下有尖釘。掃蕩梁山清水泊，剿除晁蓋上東京。生擒及時雨，活捉智多星。曾家生五虎，天下盡聞名。」』

晁蓋聽了戴宗説罷，心中大怒道：『這畜生怎敢如此無禮！我須親自走一遭。不捉的此輩，誓不回山。』宋江道：『哥哥是山寨之主，不可輕動，小弟願往。』晁蓋道：『不是我要奪你的功勞。你下山多遍了，厮殺勞困。我今替你走一遭。下次有事，却是賢弟去。』宋江苦諫不聽。晁蓋忿怒，便點起五千人馬，請啓二十個頭領相助下山。其餘都和宋公明保守山寨。

晁蓋點那二十個頭領？林沖、呼延灼、徐寧、穆弘、劉唐、張横、阮小二、阮小五、阮小七、楊雄、石秀、孫立、黄信、杜遷、宋萬、燕順、鄧飛、歐鵬、楊林、白勝。共是二十一個頭領，部領三軍人馬下山，征進曾頭市。宋江與吳用、公孫勝衆頭領就山下金沙灘餞行。飲酒之間，忽起一陣狂風，正把晁蓋新制的認軍旗半腰吹折。衆人見了，盡皆失色。吳學究諫道：『此乃不祥之兆，兄長改日出軍。』宋江勸道：『哥哥方才出軍，風吹折認旗，于軍不利。不若停待幾時，却去和那厮理會，未爲晚矣。』晁蓋道：『天地風雲，何足爲怪。趁此春暖之時，不去拿他，直待養成那廝氣勢，却去進兵，那時遲了。你且休阻我，遮莫怎地要去走一遭！」宋江那裏違拗得住。晁蓋引兵渡水去了。宋江悒快不已，回到山寨，再叫戴宗下山去探聽消息。

且說晁蓋領着五千人馬，二十個頭領，來到曾頭市相近，對面下了寨柵。次日，先引衆頭領上馬去看曾頭市。衆多好漢立馬看時，果然這曾頭市是個險隘去處。但見：

周回一遭野水，四圍三面高崗。塹邊河港似蛇盤，濠下柳林如雨密。憑高遠望，綠陰濃不見人家；附近潛窺，青影亂深藏寨柵。村中壯漢，出來的勇似金剛；田野小兒，生下的便如鬼子。僧道能輪棍棒，婦人慣使刀槍。果然是鐵壁銅墻，端的盡人強馬壯。交鋒盡是哥兒將，上陣皆爲子父兵。

晁蓋與衆頭領正看之間，衹見柳林中飛出一彪人馬來，約有七八百人。當先一個好漢，戴熟銅盔，披連環甲，使一條點鋼槍，騎着匹衝陣馬，乃是曾家第四子曾魁。高聲喝道：「你等是梁山泊反國草寇，我正要來拿你解官請賞，原來天賜其便！如何不下馬受縛，更待何時！」晁蓋大怒，回頭一觀，早有一將出馬去戰曾魁。那人是梁山初結義的好漢豹子頭林沖。兩個交馬，鬥了三十餘合，不分勝敗。曾魁鬥到二十合之後，料道鬥林沖不過，掣槍回馬，便往柳林中走。林沖勒住馬不趕。晁蓋領轉軍馬回寨，商議打曾頭市之策。林沖道：「來日直去市口搦戰，就看虛實如何，再作商議。」

次日平明，引領五千人馬，向曾頭市口平川曠野之地，列成陣勢，擂鼓吶喊。曾頭市上炮聲響處，大隊人馬出來，一字兒擺着七個好漢：中間便是都教師史文恭，上首副教師蘇定，下首便是曾家長子曾塗，左邊曾密、曾魁，右邊曾升、曾索，都是全身披挂。教師史文恭彎弓插箭，坐下那匹却是千里玉獅子馬，手裏使一枝方天畫戟。三通鼓罷，衹見曾家陣裏推出數輛陷車，放在陣前。曾塗指着對陣罵道：「反國草寇，見俺陷車麽？我曾家府裏，殺你死的不算好漢。我一個個直要捉你活的，裝載陷車裏，解上東京，碎尸萬段！你們趁早納降，再有商議。」晁蓋聽了大怒，挺槍出馬，直奔曾塗。衆將怕晁蓋有失，一發掩殺過去，兩軍混戰。曾家軍馬一步步退入村裏。林沖、呼延灼緊護定晁蓋，東西趕殺。林沖見路途不好，急退回來收兵。看得兩邊各皆折了些人馬。晁蓋回到寨中，心中甚憂。衆將勸道：「哥哥且寬心，休得愁悶，有傷貴體。往常宋公明哥哥出軍，亦曾失利，好歹得勝回寨。今日混戰，各折了些軍馬，又不曾輸了與他，何須憂悶！」晁蓋衹是鬱鬱不樂，在寨内一連了三日，每日搦戰，曾頭市上并不曾見一個。

第四日，忽有兩個和尚直到晁蓋寨裏來投拜。軍人引到中軍帳前，兩個和尚跪下告道：「小僧是曾頭市上東邊法華寺裏監寺僧人，今被曾家五虎不時常來本寺作踐囉唣，索要金銀財帛，無所不爲。小僧已知他的備細出没去處，特地前來拜請頭領，入去劫寨，剿除了他時，當坊有幸。」晁蓋見説大喜。便請兩個和尚坐了，置酒相待。林沖諫道：「哥哥休得聽信，其中莫非有詐？」和尚道：「小僧是個出家人，怎敢妄語！久聞梁山泊行仁義之道，所過之處，并不擾民。因此特來拜投，如何故來啜賺將軍？況兼曾家未必贏得頭領大軍，何故相疑？」晁蓋道：「兄弟休生疑心，誤了大事。今晚我自去走一遭。」林沖道：「哥哥休去，我等分一半人馬去劫寨，哥哥在外面接應。」晁蓋道：「我不自去，誰肯向前？你可留一半軍馬在外接應。」林沖道：「哥哥帶誰人去？」晁蓋道：「點十個頭領，分二千五百人馬入去。十個頭領是：劉唐、阮小二、呼延灼、阮小五、歐鵬、阮小七、燕順、杜遷、宋萬、白勝。」當晚造飯吃了。馬摘鑾鈴，軍士銜枚，黑夜疾走，悄悄地跟了兩個和尚，直到法華寺内看時，是一個古寺。晁蓋下馬入到寺内，見没僧衆，問那兩個和尚道：「怎地這個大寺院没一個僧衆？」和尚道：「便是曾家畜生薅惱，不得已各自歸俗去了。衹有長老并幾個侍者，自在塔院裏居住。頭領暫且屯住了人馬，等更深些，小僧直引到那廝寨裏。」晁蓋道：「他的寨在那裏？」和尚道：「他有四個寨柵，衹是北寨裏便是曾家弟兄屯軍之處。若衹打得那個寨子時，別的都不打緊，這三個寨便罷了。」晁蓋道：「那個時分可去？」和尚道：「如今衹是二更天氣，再待三更時分，他無準備。』初時聽得曾頭市上整整齊齊打更鼓響，又聽了半個更次，絕不聞更點之聲。和尚道：『軍人想是已睡了。如今可去。』和尚當先引路。晁蓋帶同諸將上馬，領兵離了法華寺，跟着和尚。

行不到五里多路，黑影處不見了兩個僧人。前軍不敢行動。看四邊路雜難行，又不見有人家。軍士却慌起來，報與晁蓋知道。呼延灼便叫急回舊路。走不到百十步，祇見四下裏金鼓齊鳴，喊聲振地，一望都是火把。晁蓋衆將引軍奪路而走，才轉得兩個灣，撞出一彪軍馬，當頭亂箭射將來。不期一箭，正中晁蓋臉上，倒撞下馬來。却得呼延灼、燕順兩騎馬，死并將去。背後劉唐、白勝救得晁蓋上馬，殺出村中來。村口林沖等引軍接應，剛才敵得住。兩軍混戰，直殺到天明，各自歸寨。林沖回來點軍時，三阮、宋萬、杜遷水裏逃得性命。帶入去二千五百人馬，止剩得一千二三百人，跟着歐鵬，都回到帳中。衆頭領且來看晁蓋時，那枝箭正射在面頰上，急拔得箭出，血暈倒了。看那箭時，上有『史文恭』字。林沖叫取金槍藥敷貼上。原來却是一枝藥箭。晁蓋中了箭毒，已自言語不得。林沖叫扶上車子，便差三阮、杜遷、宋萬先送回山寨。其餘十五個頭領在寨中商議：『今番晁天王哥哥下山來，不想遭這一場，正應了風折認旗之兆。我等祇可收兵回去，這曾頭市急切不能取得。』呼延灼道：『須等宋公明哥哥將令來，方可回軍。』當日衆頭領悶悶不已，衆軍亦無戀戰之心，人人都有還山之意。

當晚二更時分，天色微明，十五個頭領都在寨中納悶。正是：蛇無頭而不行，鳥無翅而不飛。嗟咨嘆惜，進退無措。忽聽的伏路小校慌急報來：『前面四五路軍馬殺來，火把不計其數！』林沖聽了，一齊上馬。三面山上火把齊明，照晃如同白日，四下裏吶喊到寨前。林沖領了衆頭領，不去抵敵，拔寨都起，回馬便走。曾家軍馬背後卷殺將來。兩軍且戰且走，走過了五六十里，方才得脱。計點人兵，又折了五七百人，大敗輪虧。急取舊路，望梁山泊回來。退到半路，正迎着戴宗，傳下軍令，教衆頭領引軍且回山寨，別作良策。衆將得令，引軍回到水滸寨，上山都來看視晁天王時，已自水米不能入口，飲食不進，渾身虛腫。宋江等守定在床前啼哭，親手敷貼藥餌，灌下湯散。

衆頭領都守在帳前看視。當日夜至三更，晁蓋身體沉重，轉頭看着宋江，囑付道：『賢弟保重。若那個捉得射死我的，便叫他做梁山泊主。』言罷，便瞑目而死。宋江見晁蓋死了，比似喪考妣一般，哭得發昏。衆頭領扶策宋江出來主事。吴用、公孫勝勸道：『哥哥且省煩惱。生死人之分定，何故痛傷。且請理會大事。』宋江哭罷，便教把香湯沐浴了尸首，裝殮衣服巾幘，停在聚義廳上。衆頭領都來舉哀祭祀。一面合造内棺外椁，選了吉時，盛放在正廳上，建起靈幃，中間設個神主，上寫道：『梁山泊主天王晁公神主。』山寨中頭領，自宋公明以下，都帶重孝；小頭目并衆小嘍囉，亦帶孝頭巾。把那枝誓箭，就供養在靈前。寨内揚起長幡，請附近寺院僧衆上山做功德，追薦晁天王。宋江每日領衆舉哀，無心管理山寨事務。林沖與公孫勝、吴用并衆頭領商議，立宋公明爲梁山泊主，諸人拱聽號令。

次日清晨，香花燈燭，林沖爲首，與衆等請出保義宋公明，在聚義廳上坐定。吴用、林沖開話道：『哥哥聽稟：治國一日不可無君，于家不可一日無主。今日山寨晁頭領是歸天去了，山寨中事業，豈可無主。四海萬里疆宇之内，皆聞哥哥大名，來日吉日良辰，請哥哥爲山寨之主，諸人拱聽號令。』宋江道：『却乃不可忘了晁天王遺言。臨死時囑道：「如有人捉得史文恭者，便立爲梁山泊主。」此話衆頭領皆知，亦不可忘了。又不曾報得仇，雪得恨，如何便居得此位？』吴學究又勸道：『晁天王雖是如此説，今日又未曾捉得那人，山寨中豈可一日無主。若哥哥不坐時，誰敢當此位？寨中人馬如何管領？然雖遺言如此，哥哥權且尊臨此位坐一坐，待日後别有計較。』宋江道：『軍師言之極當。今日小可權當此位，待日後報仇雪恨已了，拿住史文恭的，不拘何人，須當此位。』黑旋風李逵在側邊叫道：『哥哥休説做梁山泊主，便做了大宋皇帝却不好！』宋江喝道：『這黑廝又來胡説！再休如此亂言，先割了你這廝舌頭！』李逵道：『我又不教哥哥做社長，請哥哥做皇帝，倒要割了我舌頭！』吴學究道：『這廝不識尊卑的人，兄長不要和他一般見識。且請哥哥主張大事。』

宋江焚香已罷，權居主位，坐了第一把椅子。上首軍師吴用，下首公孫勝。左一帶林沖爲頭，右一帶呼延灼居長。衆人參拜了，兩邊坐下。宋江乃言道：『小可今日權居此位，全賴衆兄弟扶助，同心合意，同氣相從，共爲股肱，一同替天行道。如今山寨人馬數多，非比往日，可請衆兄弟分做六寨駐扎。聚義廳今改爲忠義堂。前後左右立四個旱寨。後山兩個小寨。前山三座關隘。山下一個水寨。兩灘兩個小寨。今日各請弟兄分投去管。忠義堂上，是我權居尊位，第二位軍師吴學究，第三位法師公孫勝，第四位花榮，第五位秦明，第六位吕方，第七位郭盛。左軍寨内，第一位林沖，第二位劉唐，第三位史進，第四位楊雄，第五位石秀，第六位杜遷，第七位宋萬。右軍寨内，第一位呼延灼，第二位朱仝，第三位戴宗，第四位穆弘，第五位李逵，第六位歐鵬，第七位穆春。前軍寨内，第一位李應，第二位徐寧，第三位魯智深，第四位武松，第五位楊志，第六位馬麟，第七位施恩。後軍寨内，第一位柴進，第二位孫立，第三位黄信，第四位韓滔，第五位彭玘，第六位鄧飛，第七位薛永。水軍寨内，第一位李俊，第二位阮小二，第三位阮小五，第四位阮小七，第五位張横，第六位張順，第七位童威，第八位童猛。六寨計四十三員頭領。山前第一關令雷横、樊瑞守把，第二關令解珍、解寶守把，第三關令項充、李衮守把。金沙灘小寨内令燕順、鄭天壽、孔明、孔亮四個守把，鴨嘴灘小寨内令李忠、周通、鄒淵、鄒潤四個守把。山後兩個小寨，左一個旱寨内令王矮虎、一丈青、曹正，右一個旱寨内令朱武、陳達、楊春六人守把。忠義堂内：左一帶房中，掌文卷蕭讓，掌賞罰裴宣，掌印信金大堅，掌算錢糧蔣敬；右一帶房中，管炮凌振，管造船孟康，管造衣甲侯健，管築城垣陶宗旺。忠義堂後兩廂房中管事人員：監造房屋李雲，鐵匠總管湯隆，監造酒醋朱富，監造筵宴宋清，掌管什物杜興、白勝。山下四路作眼酒店，原撥定朱貴、樂和、時遷、李立、孫新、顧大嫂、張青、孫二娘，已自定數。管北地收買馬匹：楊林、石勇、段景住。分撥已定，各自遵守，毋得違犯。』梁山泊水滸寨内，大小頭領，自從宋公明爲寨主，盡皆歡喜，人心悦服。諸將都皆拱聽約束。异日，宋江聚衆商議，欲要與晁蓋報仇，興兵去打曾頭市。軍師吳用諫道：『哥哥，庶民居喪，尚且不可輕動。哥哥興師，且待百日之後，方可舉兵，未爲遲矣。』宋江依吳學究之言，守住山寨居喪。每日修設好事，祇做功果，追薦晁蓋。

一日，請到一僧，法名大圓，乃是北京大名府在城龍華寺僧人。祇爲游方來到濟寧，經過梁山泊，就請在寨内做道場。因吃齋之次，閑話間，宋江問起北京風土人物，那大圓和尚説道：『頭領如何不聞河北玉麒麟之名？』宋江、吳用聽了，猛然省起，説道：『你看我們未老，却恁地忘事！北京城裏是有個盧大員外，雙名俊義，綽號玉麒麟，是河北三絶。祖居北京人氏，一身好武藝，棍棒天下無對。梁山泊寨中若得此人時，何怕官軍緝捕，豈愁兵馬來臨！』吳用笑道：『哥哥何故自喪志氣？若要此人上山，有何難哉！』宋江答道：『他是北京大名府第一等長者，如何能夠得他來落草？』吳學究道：『吳用也在心多時了，不想一向忘却。小生略施一計，便教本人上山。』宋江便道：『人稱足下爲智多星，端的是不枉了，名不虚傳。敢問軍師用甚計策，賺得本人上山？』吳用不慌不忙，迭兩個指頭，説出這段計來，有分教：北京城内，黎民廢寢忘餐；梁山泊中，好漢驅兵領將。正是：計就水鄉添虎將，謀成市井賺麒麟。

畢竟吳學究怎地賺盧俊義上山，且聽下回分解。

第六十一回 吳用智賺玉麒麟 張順夜鬧金沙渡

吳用賣卦用李逵同去，是偶借李逵之醜，而不必盡李逵之材也。偶借其醜，則不得不爲之描畫一二。不必盡其材，則得省即省。蓋不過以旁筆相及，而未嘗以正筆專寫也。是故，入城以後是正筆也。正筆則方寫盧員外不暇矣，奚暇再寫李逵？若未入城以前，是旁筆也。旁筆即不惜爲之描畫一二者，一則以存鐵牛本色，一又以作明日喧動之地也。

中間寫小兒自哄李逵，員外自驚『天口』，世人小大相去之際，令我浩然發嘆。嗚呼！同讀聖人之書，而或以之弋富貴，或以之崇德業，同游聖人之門，而或以之矜名譽，或以之致精微者，比比矣，于小兒何怪之有？

盧員外本傳中，忽然插出李固、燕青兩篇小傳。李傳極叙恩數，燕傳極叙風流。乃卒之受恩者不惟不報，又反噬焉。風流者篤其忠貞，之死靡貳，而後知古人所嘆。狼子野心，養之成害，實惟恩不易施，而以貌取人，失之子羽，實惟人不可忽也。稗官有戒有勸，于斯篇爲極矣。

夫李固之所以爲李固，燕青之所以爲燕青，娘子之所以爲娘子，悉在後篇，此殊未及也。乃讀者之心頭眼底，已早有以猜測之三人之性情行徑者，蓋其叙事雖甚微，而其用筆乃甚著。叙事微，故其首尾未可得而指也。用筆著，故其好惡早可得而辨也。《春秋》于定、哀之間，蓋屢用此法也。

寫盧員外别吳用後，作書空咄咄之狀，此正白絹旗、熟麻索之一片雄心，渾身絶藝，無可出脱，而忽然受算命先生之所感觸，因擬一試之于梁山，而又自以鴻鵠之志未可謀之燕雀，不得已望空咄咄，以自决其心也。寫英雄員外，正應作如此筆墨，方有氣勢。俗本乃改作誤聽吳用，『寸心如割』等語，一何醜恶至此！

前寫吳用，既有卦歌四句，後寫員外，便有絹旗四句以配之，已是奇絶之事。不謂讀至最後，却另自有配此卦歌四句者，又且不止于一首而已也。論章法，則如演連珠。論一一四句，各各入妙，則真不減于旗亭畫壁賭記且說吳用、李逵兩個，搖搖擺擺，却好來到城門下。守門的左右約有四五十軍士，簇捧着一個把門的官人在那裏坐定。吳用向前施禮。軍士問道：「秀才那裏來？」吳用答道：「小生姓張名用。這個道童姓李。江湖上賣卦營生，今來大郡與人講命。」身邊取出假文引，交軍士看了。衆人道：「這個道童的鳥眼，恰像賊一般看人。」李逵聽道，正待要發作。吳用慌忙把頭來搖，李逵便低了頭。吳用向前與把門軍士陪話道：「小生一言難盡！這個道童又聾又啞，祇有一分蠻氣力，却是家生的孩兒，没奈何帶他出來。這厮不省人事，望乞恕罪！」辭了便行。李逵跟在背後，脚高步低，望市心裏來。吳用手中搖着鈴杵，口裏念四句口號道：「甘羅發早子牙遲，彭祖顔回壽不齊。范丹貧窮石崇富，八字生來各有時。」吳用又道：「乃時也，運也，命也。知生知死，知因知道。若要問前程，先請銀一兩。」説罷，又搖鈴杵。北京城内小兒，約有五六十個，跟着看了笑。却好轉到盧員外解庫門首，自歌自笑，去了復又回來，小兒們哄動。

盧員外正在解庫廳前坐地，看着那一班主管收解，祇聽得街上喧哄，唤當直的問道：「如何街上熱鬧？」當直的報復員外：「端的好笑，街上一個别處來的算命先生，在街上賣卦，要銀一兩算一命。誰人捨的！後頭一個跟的道童，且是生的滲瀨，走又走的没樣範，小的們跟定了笑。」盧俊義道：「既出大言，必有廣學。當直的，與我請他來。」也是天罡星合當聚會，自然生出機會來。當直的慌忙去叫道：「先生，員外有請。」吳用道：「是何人請我？」當直的道：「盧員外相請。」吳用便唤道童跟着轉來，揭起簾子，入到廳前，教李逵祇在鵝項椅上坐定等候。

吳用轉過前來，見盧員外時，那人生的如何？有《滿庭芳》詞爲證：

目炯雙瞳，眉分八字，身軀九尺如銀。威風凜凜，儀表似天神。義膽忠肝貫日，吐虹蜺志氣凌雲。馳聲譽，北京城内，元是富豪門。殺場臨敵處，衝開萬馬，掃退千軍。殫赤心報國，建立功勳。慷慨名揚宇宙，論英雄播滿乾坤。盧員外雙名俊義，河北玉麒麟。

吳用向前施禮，盧俊義欠身答禮，問道：「先生貴鄉何處？尊姓高名？」吳用答道：「小生姓張名用，自號談天口。祖貫山東人氏。能算皇極先天數，知人生死貴賤。卦金白銀一兩，方才算命。」盧俊義請入後堂小閣兒裏，分賓坐定。茶湯已罷，叫當直的取過白銀一兩，放于桌上，權爲壓命之資，「煩先生看賤造則個。」吳用道：「請貴庚月日下算。」盧俊義道：「先生，君子問灾不問福。不必道在下豪富，祇求推算目下行藏則個。在下今年三十二歲，甲子年乙丑月丙寅日丁卯時。」吳用取出一把鐵算子來，排在桌上，算了一回，拿起算子桌上一拍，大叫一聲：「怪哉！」盧俊義失驚，問道：「賤造主何凶吉？」吳用道：「員外若不見怪，當以直言。」盧俊義道：「正要先生與迷人指路，但説不妨。」吳用道：「員外這命，目下不出百日之内，必有血光之灾。家私不能保守，死于刀劍之下。」盧俊義笑道：「先生差矣！盧某生于北京，長在豪富之家，祖宗無犯法之男，親族無再婚之女，更兼俊義作事謹慎，非理不爲，非財不取，又無寸男爲盜，亦無祇女爲非。如何能有血光之灾？」吳用改容變色，急取原銀付還，起身便走，嗟嘆而言：「天下原來都要人阿諛諂佞。罷，罷！分明指與平川路，却把忠言當惡言。小生告退。」

盧俊義道：「先生息怒。前言特地戲耳。願聽指教。」吳用道：「小生直言，切勿見怪。」盧俊義道：「在下專聽，願勿隱匿。」吳用道：「員外貴造，一向都行好運。但今年時犯歲君，正交惡限。目今百日之内，尸首异處。此乃生來分定，不可逃也。」盧俊義道：「可以回避否？」吳用再把鐵算子搭了一回，便回員外道：「則除非去東南方巽地上一千里之外，方可免此大難。雖有些驚恐，却不傷大體。」盧俊義道：「若是免的此難，當以厚報。」吳用道：「命中有四句卦歌，小生説與員外，寫于壁上，後日應驗，方知小生靈處。」盧俊義道：「叫取筆硯來。」便去白粉壁上寫，吳用口歌四句：

蘆花叢裏一扁舟，俊杰俄從此地游。義士若能知此理，反躬逃難可無憂。

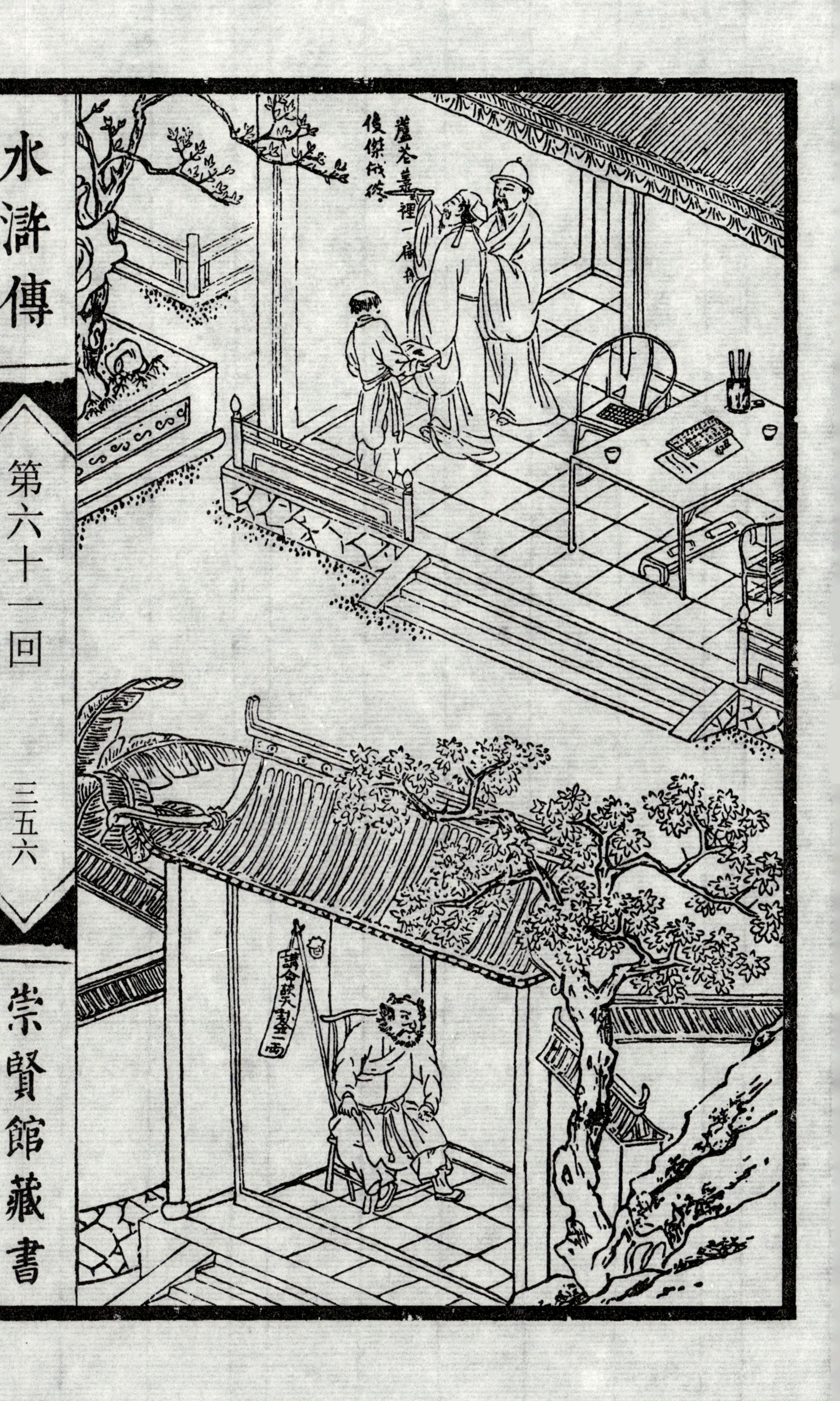

當時盧俊義寫罷，吳用收拾起算子，作揖便行。盧俊義留道：『先生少坐，過午了去。』吳用答道：『多蒙員外厚意，誤了小生賣卦。改日再來拜會。』抽身便起。盧俊義送到門首，李逵拿了拐棒兒走出門外。吳學究別了盧俊義，引了李逵，徑出城來，回到店中，算還房宿飯錢，收拾行李包裹。李逵挑出卦牌。出離店肆，對李逵說道：『大事了也！我們星夜趕回山寨，安排圈套，準備機關，迎接盧俊義。他早晚便來也。』

且不說吳用、李逵還寨。却說盧俊義自從算卦之後，寸心如割，坐立不安。當夜無話，捱到次日天曉，洗漱罷，早飯已了，出到堂前，便叫當直的去喚衆多主管商議事務。少刻都到。那一個爲頭管家私的主管，姓李名固。這李固原是東京人，因來北京投奔相識不着，凍倒在盧員外門前。盧俊義救了他性命，養他家中。因見他勤謹，寫的算的，教他管顧家間事務。五年之内，直抬舉他做了都管，一應裏外家私都在他身上，手下管着四五十個行財管幹。一家内都稱他做李都管。當日大小管事之人，都隨李固來堂前聲喏。

盧員外看了一遭，便道：『怎生不見我那一個人？』說猶未了，階前走過一人來。看那來人怎生模樣？但見：

六尺以上身材，二十四五年紀，三牙掩口細髯，十分腰細膀闊。戴一頂木瓜心攢頂頭巾，穿一領銀絲紗團領白衫，系一條蜘蛛斑紅綫壓腰，着一雙土黄皮油膀胛靴。腦後一對挨獸金環，護項一枚香羅手帕，腰間斜插名人扇，鬢畔常簪四季花。

這人是北京土居人氏，自小父母雙亡，盧員外家中養的他大。爲見他一身雪練也似白肉，盧俊義叫一個高手匠人與他刺了這一身遍體花綉，却似玉亭柱上鋪着軟翠。若賽錦體，由你是誰，都輸與他。不則一身好花綉，那人更兼吹的、彈的、唱的、舞的，拆白道字，頂真續麻，無有不能，無有不會。亦是説的諸路鄉談，省的諸行百藝的市語。更且一身本事，無人比的。拿着一張川弩，衹用三枝短箭，郊外落生，并不放空，箭到物落，晚間入城，少殺也有百十個蟲蟻。若賽錦標社，那裏利物管取都是他的。亦且此人百伶百俐，道頭知尾。本身姓燕，排行第一，官名單諱個青字。北京城裏人口順，都叫他做浪子燕青。曾有一篇《沁園春》詞，單道着燕青的好處。但見：

唇若塗朱，睛如點漆，面似堆瓊。有出人英武，凌雲志氣，資禀聰明。儀表天然磊落，梁山上端的馳名。伊州古調，唱出繞梁聲。果然是藝苑專精，風月叢中第一名。聽鼓板喧雲，笙聲嘹亮，暢叙幽情。棍棒參差，揎拳飛脚，四百軍州到處驚。人都羨英雄領袖，浪子燕青。

原來這燕青是盧俊義家心腹人。都上廳聲喏了，做兩行立住。李固立在左邊，燕青立在右邊。盧俊義開言道：『我夜來算了一命，道我有百日血光之灾，衹除非出去東南上一千里之外躲避。我想東南方有個去處，是泰安州，那裏有東岳泰山天齊仁聖帝金殿，管天下人民生死灾厄。我一者去那裏燒炷香消灾滅罪，二者躲過這場灾悔，三者做些買賣，觀看外方景致。李固，你與我覓十輛太平車子，裝十輛山東貨物，你就收拾行李，跟我去走一遭。燕青小乙看管家裏庫房鑰匙，衹今日便與李固交割。我三日之内便要起身。』李固道：『主人誤矣。常言道：賣卜賣卦，轉回説話。休聽那算命的胡言亂語。衹在家中，怕做什麽？』盧俊義道：『我命中注定了，你休逆我。若有灾來，悔却晚矣。』燕青道：『主人在上，須聽小乙愚見。這一條路去山東泰安州，正打從梁山泊邊過。近年泊内是宋江一伙强人在那裏打家劫舍，官兵捕盗，近他不得。主人要去燒香，等太平了去。休信夜來那個算命的胡講。倒敢是梁山泊歹人，假裝做陰陽人來扇惑，要賺主人那裏落草。小乙可惜夜來不在家裏，若在家時，三言兩句，盤倒那先生，倒敢有場好笑。』盧俊義道：『你們不要胡説，誰人敢來賺我！梁山泊那伙賊男女打什麽緊，我觀他如同草芥，兀自要去特地捉他，把日前學成武藝顯揚于天下，也算個男子大丈夫。』

説猶未了，屏風背後走出娘子來，乃是盧員外渾家，年方二十五歲，姓賈，嫁與盧俊義才方五載，琴瑟諧和。娘子賈氏便道：『丈夫，我聽你説多時了。自古道：出外一里，不如屋裏。休聽那算命的胡説，撇了海闊一個家業，擔驚受怕，去虎穴龍潭裏做買賣。你且衹在家内，清心寡欲，高居静坐，自然無事。』盧俊義道：『你婦人家省得什麽！寧可信其有，不可信其無。自古禍出師人口，必主吉凶。我既主意定了，你都不得多言多語。』

燕青又道：『小人托主人福蔭，學的些個棒法在身。不是小乙説嘴，幫着主人去走一遭，路上便有些個草寇出來，小人也敢發落的三五十個開去。留下李都管看家，小人伏侍主人走一遭。』盧俊義道：『便是我買賣上不省的，要帶李固去，他須省的，又替我大半氣力。因此留你在家看守。自有別人管帳，衹教你做個椿主。』李固又道：『小人近日有些脚氣的癥候，十分走不得多路。』盧俊義聽了大怒道：『養兵千日，用在一朝。我要你跟我去走一遭，你便有許多推故。若是那一個再阻我的，教他知我拳頭的滋味！』李固嚇的面如土色。衆人誰敢再説，各自散了。

李固衹得忍氣吞聲，自去安排行李，討了十輛太平車子，喚了十個脚夫，四五十拽車頭口，把行李裝上車子，行貨拴縛完備。盧俊義自去結束。第三日，燒了神福，給散了家中大男小女，一個個都分付了。當晚先叫李固引兩個當直的盡收拾了出城。李固去了。娘子看了車仗，流泪而去。次日五更，盧俊義起來，沐浴罷，更換一身新衣服，取出器械，到後堂裏辭別了祖先香火，當下盧俊義拜辭家堂已了，分付娘子：『好生看家，多便三個月，少衹四五十日便回。』賈氏道：『丈夫路上小心，頻寄書信回來，家中知道。』説罷，燕青在面前拜了。盧俊義分付道：『小乙在家，凡事向前，不可出去三瓦兩舍打哄。』燕青道：『主人在上，小乙不敢偷工夫閑耍。主人如此出行，怎敢怠慢！』盧俊義提了棍棒，出到城外。有詩一首，單道盧俊義這條好棒。有詩爲證：

挂壁懸崖欺瑞雪，撑天拄地撼狂風。雖然身上無牙爪，出水巴山秃尾龍。

李固接着。盧俊義道：『你可引兩個伴當先去。但有乾净客店，先做下飯，等候車仗脚夫到來便吃，省的耽擱了路程。』李固也提條杆棒，先和兩個伴當去了。盧俊義和數個當直的，隨後押着車仗行。但見途中山明水秀，路闊坡平，心中歡喜道：『我若是在家，那裏見這般景致！』行了四十餘里，李固接着主人。吃點心中飯罷，李固又先去了。再行四五十里，到客店裏，李固接着車仗人馬宿食。盧俊義來到店房内，倚了棍棒，挂了氈笠兒，解下腰刀，換了鞋襪。宿食皆不必說。次日清早起來，打火做飯，衆人吃了，收拾車輛頭口，上路又行。

自此在路夜宿曉行，已經數日，來到一個客店裏宿食。天明要行，衹見店小二哥對盧俊義說道：『好教官人得知，離小人店不得二十里路，正打梁山泊邊口子前過去。山上宋公明大王，雖然不害來往客人，官人須是悄悄過去，休得大驚小怪。』盧俊義聽了道：『原來如此！』便叫當直的取下衣箱，打開鎖，去裏面提出一個包袱，內取出四面白絹旗。問小二哥討了四根竹竿，每一根縛起一面旗來。每面栲栳大小幾個字，寫道：

『慷慨北京盧俊義，遠馱貨物離鄉地。一心衹要捉强人，那時方表男兒志！』

李固等衆人看了，一齊叫起苦來。店小二問道：『官人莫不和山上宋大王是親麽？』盧俊義道：『我自是北京財主，却和這賊們有什麽親！我特地要來捉宋江這廝。』小二哥道：『官人低聲些，不要連累小人，不是耍處！你便有一萬人馬，也近他不的！』盧俊義道：『放屁！你這廝們都和那賊人做一路！』店小二叫苦不迭，衆車脚夫都痴呆了。李固跪在地下告道：『主人可憐見衆人，留了這條性命回鄉去，强似做羅天大醮！』盧俊義喝道：『你省的什麽！這等燕雀，安敢和鴻鵠廝并！我思量平生學的一身本事，不曾逢着買主。今日幸然逢此機會，不就這裏發賣，更待何時！我那車子上叉袋裏，已準備下一袋熟麻索。倘或這賊們當死合亡，撞在我手裏，一樸刀一個砍翻，你們衆人與我便縛在車子上。撇了貨物不打緊，且收拾車子捉人。把這賊首解上京師，請功受賞，方表我平生之願！若你們一個不肯去的，衹就這裏把你們先殺了！』前面擺四輛車子，上插了四把絹旗；後面六輛車子，隨從了行。那李固和衆人，哭哭啼啼，衹得依他。盧俊義取出樸刀，裝在杆棒上，三個丫兒扣牢了，趕着車子奔梁山泊路上來。李固等見了崎嶇山路，行一步怕一步。盧俊義衹顧趕着要行。從清早起來，行到巳牌時分，遠遠地望見一座大林，有千百株合抱不交的大樹。却好行到林子邊，衹聽的一聲唿哨響，嚇得李固和兩個當直的没躲處。盧俊義教把車仗押在一邊。車夫衆人都躲在車子底下叫苦。盧俊義喝道：『我若搠翻，你們與我便縛！』説猶未了，衹見林子邊走出四五百小嘍囉來。聽得後面鑼聲響處，又有四五百小嘍囉截住後路。林子裏一聲炮響，托地跳出一籌好漢。怎地模樣？但見：

茜紅頭巾，金花斜裊。鐵甲鳳盔，錦衣綉襖。血染髭髯，虎威雄暴。大斧一雙，人皆嚇倒。

又詩曰：

鐵額金睛老大蟲，翻身跳出樹林中。一聲咆吼如雷震，萬里傳名黑旋風。

當下李逵手搦雙斧，厲聲高叫：『盧員外認得啞道童麽？』盧俊義猛省，喝道：『我時常有心要來拿你這伙强盜，今日特地到此！快教宋江那廝下山投拜！倘或執迷，我片時間教你人人皆死，個個不留！』李逵呵呵大笑道：『員外，你今日中了俺的軍師妙計，快來坐把交椅。』盧俊義大怒，搦着手中樸刀，來鬥李逵。李逵輪起雙斧來迎。兩個鬥不到三合，李逵托地跳出圈子外來，轉過身望林子裏便走。盧俊義挺着樸刀，隨後趕將入來。李逵在林木叢中，東閃西躲。引得盧俊義性發，破一步搶入林來。李逵飛奔亂松叢裏去了。

盧俊義趕過林子這邊，一個人也不見了。却待回身，衹聽得松林旁邊轉出一伙人來，一個人高聲大叫：『員外不要走！認得俺麽？』盧俊義看時，却是一個胖大和尚，身穿皂直裰，倒提鐵禪杖。盧俊義喝道：『你是那裏來的和尚？』魯智深大笑道：『灑家是花和尚魯智深。今奉哥哥將令，着俺來迎接員外上山。』盧俊義焦躁，大罵：『禿驢，敢如此無禮！』拈手中樸刀，直取那和尚。魯智深輪起鐵禪杖來迎。兩個鬥不到三合，魯智深撥開樸刀，回身便走。盧俊義趕將去。

正趕之間，嘍囉裏走出行者武松，輪兩口戒刀，直奔將來。盧俊義不趕和尚，來鬥武松。又不到三合，武松拔步便走。盧俊義哈哈大笑：『我不趕你，你這廝們何足道哉！』説猶未了，衹見山坡下一個人在那裏叫道：『盧員外，你如何省得！豈不聞人怕落蕩，鐵怕落爐？哥哥定下的計策，你待走那裏去？』盧俊義喝道：『你這廝是誰？』

那人笑道：『小可便是赤髮鬼劉唐。』盧俊義罵道：『草賊休走！』挺手中樸刀，直取劉唐。方才鬥得三合，刺斜裏一個人大叫道：『好漢没遮攔穆弘在此！』當時劉唐、穆弘兩個，兩條樸刀，雙鬥盧俊義。正鬥之間，不到三合，衹聽的背後脚步響。盧俊義喝聲：『着！』劉唐、穆弘跳退數步。盧俊義便轉身鬥背後的好漢，却是撲天雕李應。三個頭領丁字脚圍定，盧俊義全然不慌，越鬥越健。

正好步鬥，衹聽得山頂上一聲鑼響，三個頭領各自賣個破綻，一齊拔步去了。盧俊義又鬥得一身臭汗，不去趕他。再回林子邊來尋車仗人伴時，十輛車子、人伴、頭口，都不見了。盧俊義便向高阜處四下裏打一望，衹見遠遠地山坡下一伙小嘍囉，把車仗頭口趕在前面，將李固一干人連連串串縛在後面，鳴鑼擂鼓，解投松樹那邊去。盧俊義望見，心如火熾，氣似烟生，提着樸刀，直趕將去。約莫離山坡不遠，衹見兩籌好漢喝一聲道：『那裏去！』一個是美髯公朱仝，一個是插翅虎雷横。盧俊義見了，高聲罵道：『你這伙草賊，好好把車仗人馬還我！』朱仝手拈長髯大笑，説道：『盧員外，你還恁地不曉得，中了俺軍師妙計，便肋生兩翅，也飛不出去。快來大寨坐把交椅。』盧俊義聽了大怒，挺起樸刀，直奔二人。朱仝、雷横各將兵器相迎。三個鬥不到三合，兩個回身便走。盧俊義尋思道：『須是趕翻一個，却才討得車仗。』捨得性命，趕轉山坡，兩個好漢都不見了，衹聽得山頂上鼓板吹簫。仰面看時，風刮起那面杏黄旗來，上面綉着『替天行道』四字。轉過來打一望，望見紅羅銷金傘下蓋着宋江，左有吴用，右有公孫勝。一行部從二百餘人，一齊聲喏道：『員外别來無恙！』

盧俊義見了越怒，指名叫罵。山上吴用勸道：『兄長且須息怒。宋公明久聞員外清德，實慕威名，特令吴某親詣門墻，賺員外上山，一同替天行道。請休見責。』盧俊義大罵：『無端草賊，怎敢賺我！』宋江背後轉過小李廣花榮，拈弓取箭，看着盧俊義喝道：『盧員外休要逞能，先教你看花榮神箭！』説猶未了，颼地一箭正中盧俊義頭上氈笠兒的紅纓。吃了一驚，回身便走。山上鼓聲震地，衹見霹靂火秦明、豹子頭林沖，引一彪軍馬，摇旗吶喊，從東山邊殺出來；又見雙鞭將呼延灼、金槍手徐寧，也領一彪軍馬，搖旗吶喊，從山西邊殺出來。唬得盧俊義走投沒路。看看天色將晚，腳又疼，肚又飢，正是慌不擇路，望山僻小徑衹顧走。約莫黃昏時分，烟迷遠水，霧鎖深山，星月微明，不分叢莽。正走之間，不到天盡頭，須到地盡處。看看走到鴨嘴灘頭，衹一望時，都是滿目蘆花，茫茫烟水。盧俊義看見，仰天長嘆道：『是我不聽好人言，今日果有淒惶事！』

正煩惱間，衹見蘆葦裏面一個漁人，搖着一隻小船出來。那漁人倚定小船叫道：『客官好大膽！這是梁山泊出沒的去處，半夜三更，怎地來到這裏？』盧俊義道：『便是我迷蹤失路，尋不着宿頭。你救我則個！』漁人道：『此間大寬轉，有一個市井，却用走三十餘里向開路程，更兼路雜，最是難認。若是水路去時，衹有三五里遠近。你捨得十貫錢與我，我便把船載你過去。』盧俊義道：『你若渡得我過去，尋得市井客店，我多與你些銀兩。』那漁人搖船傍岸，扶盧俊義下船，把鐵篙撐開。約行三五里水面，衹聽得前面蘆葦叢中櫓聲響，一隻小船飛也似來。船上有兩個人，前面一個赤條條地拿着一條水篙，後面那個搖着櫓。前面的人橫定篙，口裏唱着山歌道：

『生來不會讀詩書，且就梁山泊內居。準備窩弓射猛虎，安排香餌釣鰲魚。』

盧俊義聽得，吃了一驚，不敢做聲。又聽得右邊蘆葦叢中，也是兩個人搖一隻小船出來。後面的搖着櫓，有咿啞之聲，前面橫定篙，口裏也唱山歌道：

『乾坤生我潑皮身，賦性從來要殺人。萬兩黃金渾不愛，一心要捉玉麒麟。』

盧俊義聽了，衹叫得苦。衹見當中一隻小船，飛也似搖將來，船頭上立着一個人，倒提鐵鎖木篙，口裏亦唱着山歌道：

『蘆花叢裏一扁舟，俊杰俄從此地游。義士若能知此理，反躬逃難可無憂。』

歌罷，三隻船一齊唱喏。中間是阮小二，左邊是阮小五，右邊的是阮小七。那三隻小船一齊撞將來。盧俊義聽了，心內轉驚，自想又不識水性，連聲便叫漁人：『快與我攏船近岸！』那漁人呵呵大笑，對盧俊義說道：『上是青天，下是綠水。小生在潯陽江，來上梁山泊，三更不改名，四更不改姓，綽號混江龍李俊的便是！員外若還不肯降時，送了你性命！』盧俊義大驚，喝一聲，說道：『不是你，便是我！』拿着樸刀，望李俊心窩裏搠將來。李俊見樸刀搠將來，拿定棹牌，一個背拋筋斗，撲同得翻下水去了。那隻船滴溜溜在水面上轉，樸刀又搠將下水去了。衹見船尾一個人從水底下鑽出來，叫一聲，乃是浪裏白跳張順，把手挾住船梢，腳踏水浪，把船隻一側，船底朝天，英雄落水。未知盧俊義性命如何？正是：鋪排打鳳牢龍計，坑陷驚天動地人。

畢竟盧俊義落水性命如何，且聽下回分解。

第六十二回　放冷箭燕青救主　劫法場石秀跳樓

寫盧員外寧死不從數語，語語英雄員外。梁山泊有如此人，庶幾差强人意耳。俗本悉遭改竄，對之使人氣盡。

寫宋江以『忠義』二字網羅員外，却被兜頭一喝，既又以金銀一盤誘之，却又被兜頭一喝。遂令老奸一生權術，此書全部關節，至此一齊都盡也。嗚呼！其才能以權術網羅衆人者，固衆人之魁也，其才能不爲權術之所網羅如彼衆人者，固亦衆人之魁也。盧員外之坐第二把交椅，誠宜也。乃其才能不爲權術之所網羅，而終亦不如能以權術網羅衆人者之更爲奸雄。嗚呼，不雄不奸，不奸不雄！然則盧員外即欲得坐第一交椅，又豈可得哉！

讀俗本至小乙求乞，不勝筆墨疏略之疑。竊謂以彼其人，即何至無術自資，乃萬不得已而且出于求乞？既讀古本，而始流泪嘆息也。嗟乎！員外不知小乙，小乙自知員外。夫員外不知小乙，員外不知小乙，故不知小乙也。若小乙而既已知員外矣，既已知員外，則更不能不知員外。更不能不知員外，即又以何辭弃員外而之他乎？或曰：人之感恩，爲相知也。相知之爲言我知彼，彼亦知我也。今者小乙自知員外，員外初不能知小乙，然則小乙又何感于員外而必戀戀不弃此而之他？曰：是何言哉，是何言哉！夫我之知人，是我之生平一片之心也，非將以爲好也。其人而爲我所知，是必其人自有其人之异常耳，而非有所賴于我也。若我知人，而望人亦知我，我將以知爲之釣乎？必人知我，而後我乃知人，我將以知爲之報與？夫釣之與報，是皆市井之道。以市井之道，施于相知之間，此鄉黨自好者之所不爲也。況于小乙知員外者，身爲小乙則其知員外也易。員外不知小乙者，身爲員外則其知小乙也難。然則小乙今日之不忍去員外者，無他，亦以求爲可知而已矣。夫而後小乙知員外，員外亦知小乙。前乎此者爲主僕，後乎此者爲兄弟，誠有以也。夫而後天下後世無不知員外者，即無不知小乙。員外立天罡之首，小乙即居天罡之尾，洵非誣也。不然，而自恃其一身技巧，不難捨此遠去。嗟乎！自員外而外，茫茫天下，小乙不復知之矣。夫捨我心所最知之員外，而别事一不復可知之人，小乙而猪狗也者則出于此。小乙而非猪狗也，如之何其不至于求乞也？

自有《水滸傳》至于今日，彼天下之人，又孰不以燕小乙哥爲花拳綉腿、逢場笑樂之人乎哉！自我觀之，僕本恨人，蓋自有《水滸傳》至于今日，殆曾未有人得知燕小乙哥者也。李俊主云：『此中日夕祗以眼泪洗面。』是燕小乙哥之爲人也。

蔡福出得牢來，接連遇見三人，文勢層見迭出，使人應接不暇，固矣。乃吾讀第一段燕青，不覺爲之一哭失聲。哀哉！奴而受恩于主，所謂主猶父也。奴而深知其主，則是奴猶友也。天下豈有子之于父而忍不然，友之于友而得不然也與？哭竟，不免滿引一大白。又讀第二段李固，不覺爲之怒髮上指，有是哉！昔者主之生之，可謂至矣，盡矣。今之奴之殺之，亦復至矣，盡矣。古稱惡人，名曰『窮奇』，言窮極變態，非心所料，豈非此奴之謂與？我欲唾之而恐污我頰，我欲殺之而恐污我刀。怒甚，又不免滿引一大白。再讀第三段柴進，不覺爲之慷慨悲歌，增長義氣。悲哉，壯哉！盧員外死，三十五人何必獨生。盧員外生，三十五人何妨盡死。蓋不惟黄金千兩，同于草莽，實惟柴進一命，等于鴻毛。所謂不諾我，則請殺我，不能殺我，則請諾我，兩言决也。感激之至，又不免滿引一大白。或曰：然則當子之讀是篇也，亦既大醉矣乎？笑曰：不然，是夜大寒，童子先睡，竟無處索酒，餘未嘗引一白也。

最先上梁山者，林武師也。最後上梁山者，盧員外也。林武師，是董超、薛霸之所押解也。盧員外，又是董超、薛霸之所押解也。其押解之文，乃至于不換一字者，非耐庵有江郎才盡之日，蓋特特爲此，以鎖一書之兩頭也。

董超、薛霸押解之文，林、盧兩傳可謂一字不換，獨至于寫燕青之箭，則與昔日寫魯達之杖，遂無纖毫絲粟相似，而又一樣争奇，各自入妙也。才子之爲才子，信矣！

薛霸手起棍落之時，險絶矣，却得燕青一箭相救，乃相救不及一紙，而滿村發喊，槍刀圍匝，一二百人，又復擒盧員外而去。當是時，又將如之何？爲小乙者，勢不得不報梁山。乃無端行劫，反幾至于不免。于一幅之中，而一險初平，驟起一險，一險未定，又加一險，真絶世之奇筆也。

山寨裏再排筵會慶賀。盧俊義說道：「感承衆頭領好意相留在下，衹是小可度日如年。今日告辭。」宋江道：「小可不才，幸識員外。來日宋江體己聊備小酌，對面論心一會，勿請推却。」又過了一日。明日宋江請，後日吳用請，大後日公孫勝請。話休絮煩，三十餘個上廳頭領，每日輪一個做筵席。光陰荏苒，日月如梭，早過一月有餘。盧俊義尋思，又要告別。宋江道：「非是不留員外，爭奈急急要回。來日忠義堂上，安排薄酒送行。」

次日，宋江又體己送路。衹見衆頭領都道：「俺哥哥敬員外十分，俺等衆人當敬員外十二分！偏我哥哥筵席便吃！磚兒何厚，瓦兒何薄！」李逵在內大叫道：「我捨着一條性命，直往北京請得你來，却不吃我弟兄們筵席！我和你眉尾相結，性命相撲！」吳學究大笑道：「不曾見這般請客的，甚是粗鹵！員外休怪！見他衆人薄意，再住幾時。」不覺又過了四五日，盧俊義堅意要行。衹見神機軍師朱武，將引一般頭領直到忠義堂上，開話道：「我等雖是以次弟兄，也曾與哥哥出氣力，偏我們酒中藏着毒藥？盧員外若是見怪，不肯吃我們的，我自不妨，衹怕小兄弟們做出事來，悔之晚矣！」吳用起身便道：「你們都不要煩惱，我與你央及員外，再住幾時，有何不可。常言道：將酒勸人，終無惡意。」盧俊義抑衆人不過，衹得又住了幾日，前後却好三四十日。自離北京是四月的話，不覺在梁山泊早過了四個月有餘。但見金風淅淅，玉露泠泠，又早是中秋節近。盧俊義思量歸期，對宋江訴說。宋江見盧俊義思歸苦切，便道：「這個容易，來日金沙灘送別。」盧俊義大喜。有詩爲證：

一別家山歲月賒，寸心無日不思家。此身恨不生雙翼，欲借天風過水涯。

次日，還把舊時衣裳刀棒送還員外。一行衆頭領，都送下山。宋江托一盤金銀相送。盧俊義推道：「非是盧某說口，金帛錢財家中頗有，但得到北京盤纏足矣。賜與之物，決不敢受。」宋江等衆頭領直送過金沙灘，作別自回。不在話下。

不說宋江回寨。衹說盧俊義拽開脚步，星夜奔波。行了旬日，到得北京，日已薄暮。趕不入城，就在店中歇了一夜。

次日早晨，盧俊義離了村店，飛奔入城。尚有一里多路，衹見一人，頭巾破碎，衣裳襤褸，看着盧俊義納頭便拜。盧俊義抬眼看時，却是浪子燕青。便問燕青：「你怎地這般模樣？」燕青道：「這裏不是說話處。」盧俊義轉過土墻側首，細問緣故。燕青說道：「自從主人去後，不過數日，李固回來對娘子說道：『主人歸順了梁山泊宋江，坐了第二把交椅。』如今去官司首告了。他已和娘子做了一路，嗔怪燕青違拗，將我趕逐出門，將一應衣服盡行奪了，趕出城外。更兼分付一應親戚相識，但有人安着燕青在家歇的，他便捨半個家私和他打官司。因此無人敢着小乙。在城中安不得身，衹得來城外求乞度日，權在庵內安身。主人可聽小乙言語，再回梁山泊去，別做個商議。若入城中，必中圈套。」盧俊義喝道：「我的娘子不是這般人，你這厮休來放屁！」燕青又道：「主人腦後無眼，怎知就裏。主人平昔衹顧打熬氣力，不親女色。娘子舊日和李固原有私情，今日推門相就，做了夫妻。主人若去，必遭毒手！」盧俊義大怒，喝罵燕青道：「我家五代在北京住，誰不識得！量李固有幾顆頭，敢做恁般勾當！莫不是你做出歹事來，今日倒來反說！我到家中問出虛實，必不和你干休！」燕青痛哭，拜倒地下，拖住主人衣服。盧俊義一脚踢倒燕青，大踏步便入城來。

奔到城內，徑入家中，衹見大小主管都吃一驚。李固慌忙前來迎接，請到堂上，納頭便拜。盧俊義便問：「燕青安在？」李固答道：「主人且休問，端的一言難盡！衹怕發怒，待歇息定了却說。」賈氏從屏風後哭將出來。盧俊義說道：「娘子休哭，且說燕小乙怎地來？」賈氏道：「丈夫且休問，慢慢地却說。」盧俊義心中疑慮，定死要問燕青來歷。李固便道：「主人且請換了衣服，吃了早膳，那時訴說不遲。」一邊安排飯食與盧員外吃。方才舉箸，衹聽得前門後門喊聲齊起，二三百個做公的搶將入來。盧俊義驚得呆了，就被做公的綁了，一步一棍，直打到留守司來。

其時，梁中書正坐公廳，左右兩行，排列狼虎一般公人七八十個，把盧俊義拿到當面。賈氏和李固也跪在側邊。

廳上梁中書大喝道：『你這厮是北京本處百姓良民，如何却去投降梁山泊落草，坐了第二把交椅！如今到來，裏勾外連，要打北京。今被擒來，有何理說？』盧俊義道：『小人一時愚蠢，被梁山泊吴用假做賣卦先生來家，口出訛言，扇惑良心，啜賺到梁山泊軟監，過了四個月。今日幸得脱身歸來，并無歹意。望恩相明鏡。』梁中書喝道：『如何説得過！你在梁山泊中，若不通情，如何住了許多時？現放着你的妻子并李固出首，怎地是虚？』李固道：『主人既到這裏，招伏了罷。家中壁上見寫下藏頭反詩，便是老大的證見。不必多説。』賈氏道：『不是我們要害你，祇怕你連累我。常言道：一人造反，九族全誅！』盧俊義跪在廳下，叫起屈來。李固道：『主人不必叫屈。是真難滅，是假易除。早早招了，免致吃苦。』賈氏道：『丈夫，虚事難入公門，實事難以抵對。你若做出事來，送了我的性命。自古丈夫造反，妻子不首。不奈有情皮肉，無情杖子。你便招了，也祇吃得有數的官司。』李固上下都使了錢。張孔目廳上稟説道：『這個頑皮賴骨，不打如何肯招！』梁中書道：『説的是。』喝叫一聲：『打！』左右公人把盧俊義捆翻在地，不由分説，打的皮開肉綻，鮮血迸流，昏暈去了三四次。盧俊義打熬不過，仰天嘆曰：『是我命中合當横死，我今屈招了罷。』張孔目當下取了招狀，討一面一百斤死囚枷釘了，押去大牢裏監禁。府前府後，看的人都不忍見。當日推入牢門，吃了三十殺威棒，押到亭心内，跪在面前。獄子炕上坐着那個兩院押牢節級，帶管劊子，把手指道：『你認的我麽？』盧俊義看了，不敢則聲。那人是誰？有詩爲證：

兩院押牢稱蔡福，堂堂儀表氣凌雲。腰間緊系青鸞帶，頭上高懸墊角巾。
行刑問事人傾膽，使索施枷鬼斷魂。滿郡誇稱鐵臂膊，殺人到處顯精神。

這兩院押獄兼充行刑劊子，姓蔡名福，北京土居人氏。因爲他手段高强，人呼他爲鐵臂膊。傍邊立着一個嫡親兄弟，姓蔡名慶。亦有詩爲證：

押獄叢中稱蔡慶，眉濃眼大性剛强。茜紅衫上描鸂鶒，茶褐衣中綉木香。
曲曲領沿深染皂，飄飄博帶淺塗黄。金環燦爛頭巾小，一朵花枝插鬢傍。

這個小押獄蔡慶，生來愛帶一枝花，河北人氏順口都叫他做一枝花蔡慶。那人拄着一條水火棍，立在哥哥側邊。蔡福道：『你且把這個死囚帶在那一間牢裏，我家去走一遭便來。』蔡慶把盧俊義自帶去了。

蔡福起身出離牢門來，祇見司前墻下轉過一個人來，手裏提着飯罐，面帶憂容。蔡福認的是浪子燕青。蔡福問道：『燕小乙哥，你做什麽？』燕青跪在地下，擎着兩行珠泪，告道：『節級哥哥，可憐見小人的主人盧員外，吃屈官司，又無送飯的錢財！小人城外叫化得這半罐子飯，權與主人充飢。節級哥哥怎地做個方便，便是重生父母，再長爺娘！』説罷，泪如雨下，拜倒在地。蔡福道：『我知此事。你自去送飯把與他吃。』燕青拜謝了，自進牢裏去送飯。

蔡福轉過州橋來，祇見一個茶博士叫住唱喏道：『節級，有個客人在小人茶房内樓上，專等節級説話。』蔡福來到樓上看到，却是主管李固。各施禮罷。蔡福道：『主管有何見教？』李固道：『奸不厮瞞，俏不厮欺。小人的事都在節級肚裏。今夜晚間，祇要光前絶後。無甚孝順，五十兩蒜條金在此，送與節級。廳上官吏，小人自去打點。』蔡福笑道：『你不見正廳戒石上刻着「下民易虐，上蒼難欺」？你的那瞞心昧己勾當，怕我不知？你又占了他家私，謀了他老婆，如今把五十兩金子與我，結果了他性命。日後提刑官下馬，我吃不的這等官司！』李固道：『祇是節級嫌少，小人再添五十兩。』蔡福道：『李固，你割猫兒尾拌猫兒飯。北京有名恁地一個盧員外，祇直得這一百兩金子？你若要我倒地他，不是我詐你，祇把五百兩金子與我！』李固便道：『金子有在這裏，便都送與節級，祇要今夜晚些成事。』蔡福收了金子，藏在身邊，起身道：『明日早來扛尸。』李固拜謝，歡喜去了。

蔡福回到家裏，却才進門，祇見一人揭起蘆簾，隨即入來。那人叫聲：『蔡節級相見。』蔡福看時，但見那一個人生得十分標致。有詩爲證：

身穿鴉翅青圓領，腰系羊脂玉閙妝。頭戴駿鸃冠一具，足躡珍珠履一雙。規行矩步端詳士，目秀眉清年少郎。

禮賢好客爲柴進，四海馳名小孟嘗。

那人進得門，看着蔡福便拜。蔡福慌忙答禮，便問道：『官人高姓？有何說話？』那人道：『可借裏面說話。』蔡福便請入來一個商議閣裏，分賓坐下。那人開話道：『節級休要吃驚，在下便是滄州横海郡人氏，姓柴名進，大周皇帝嫡派子孫，綽號小旋風的便是。祇因好義疏財，結識天下好漢，不幸犯罪，流落梁山泊。今奉宋公明哥哥將令，差遣前來打聽盧員外消息。誰知被贓官污吏淫婦奸夫通情陷害，監在死囚牢裏，一命懸絲，盡在足下之手。不避生死，特來到宅告知：如是留得盧員外性命在世，佛眼相看，不忘大德；但有半米兒差錯，兵臨城下，將至濠邊，無賢無愚，無老無幼，打破城池，盡皆斬首！久聞足下是個仗義全忠的好漢，無物相送，今將一千兩黄金薄禮在此。倘若要捉柴進，就此便請繩索，誓不皺眉。』蔡福聽罷，嚇得一身冷汗，半晌答應不的。柴進起身道：『好漢做事，休要躊躇，便請一決。』蔡福道：『且請壯士回步，小人自有措置。』柴進拜謝道：『既蒙語諾，當報大恩。』出門喚過從人，取出黄金一包，遞在蔡福手裏，唱個喏便走。外面從人，乃是神行太保戴宗，又是一個不會走的！

蔡福得了這個消息，擺撥不下。思量半晌，回到牢中，把上項的事却對兄弟說了一遍。蔡慶道：『哥哥平生最會決斷，量這些小事，有何難哉！常言道：殺人須見血，救人須救徹。既然有一千兩金子在此，我和你替他上下使用。梁中書、張孔目都是好利之徒，接了賄賂，必然周全盧俊義性命。葫蘆提配將出去，救的救不的，自有他梁山泊好漢，俺們幹的事便了也。』蔡福道：『兄弟這一論，正合我意。你且把盧員外安頓好處，牢中早晚把些好酒食將息他，傳個消息與他。』蔡福、蔡慶兩個商議定了，暗地裏把金子買上告下，關節已定。

次日，李固不見動静，前來蔡福家催并。蔡慶回說：『我們正要下手結果他，中書相公不肯，已有人分付要留他性命。你自去上面使用，囑付下來，我這裏何難。』李固隨即又央人去上面使用，中間過錢人去囑托，梁中書道：『這是押牢節級的勾當，難道教我下手？過一兩日，教他自死。』兩下裏斷推。張孔目已得了金子，祇管把文案拖延了日期。蔡福就裏又打關節，教及早發落。張孔目將了文案來稟，梁中書道：『這事如何決斷？』張孔目道：『小使看來，盧俊義雖有原告，却無實迹。雖是在梁山泊住了許多時，這個是扶同詿誤，難問真犯。脊杖四十，刺配三千里。不知相公意下如何？』梁中書道：『孔目見得極明，正與下官相合。』隨喚蔡福牢中取出盧俊義來，就當廳除了長枷，讀了招狀文案，决了四十脊杖，换一具二十斤鐵葉盤頭枷，就廳前釘了。便差董超、薛霸管押前去，直配沙門島。原來這董超、薛霸自從開封府做公人，押解林沖去滄州，路上害不得林沖，回來被高太尉尋事刺配北京。梁中書因見他兩個能幹，就留在留守司勾當。今日又差他兩個監押盧俊義。

當下董超、薛霸領了公文，帶了盧員外，離了州衙，把盧俊義監在使臣房裏，各自歸家收拾行李包裹，即便起程。

有詩爲證：

賈氏奸淫最不才，忍將夫主拘刑灾。若非柴進行金謀，俊義安能配出來。

且說李固得知，祇叫得苦，便叫人來請兩個防送公人說話。董超、薛霸到得那裏酒店内，李固接着，請至閣兒裏坐下，一面鋪排灑食管待。三杯酒罷，李固開言說道：『實不相瞞上下，盧員外是我仇家。如今配去沙門島，路途遥遠，他又没一文，教你兩個空費了盤纏。急待回來，也得三四個月。我没甚的相送，兩錠大銀，權爲壓手。多祇兩程，少無數裏，就便的去處，結果了他性命，揭取臉上金印回來表證，教我知道，每人再送五十兩蒜條金與你。你們祇動得一張文書，留守司房裏，我自理會。』董超、薛霸兩兩相覷，沉吟了半晌。見了兩個大銀，如何不起貪心。董超道：『祇怕行不得。』薛霸便道：『哥哥，這李官人也是個好男子。我們也把這件事結識了他，若有急難之處，要他照管。』李固道：『我不是忘恩失義的人，慢慢地報答你兩個。』

董超、薛霸收了銀子，相别歸家，收拾包裹，連夜起身。盧俊義道：『小人今日受刑，杖瘡疼痛，容在明日上路！』薛霸駡道：『你便閉了鳥嘴！老爺自悔氣，撞着你這窮神！沙門島往回六千里有餘，費多少盤纏！你又没一文，教我們如何布擺！」盧俊義訴道：「念小人負屈含冤，上下看覷則個。」董超罵道：「你這財主們，閑常一毛不拔，今日天開眼，報應得快！你不要怨恨，我們相幫你走。」盧俊義忍氣吞聲，衹得走動。行出東門，董超、薛霸把衣包雨傘，都挂在盧員外枷頭上。況是囚人，無計奈何。那堪又值晚秋天氣，紛紛黃葉墜，對對塞鴻飛，心懷四海三江悶，腹隱千辛萬苦愁，憂悶之中，衹聽的橫笛之聲。俊義吟詩一首：

『誰家玉笛弄秋清，撩亂無端惱客情。自是斷腸聽不得，非干吹出斷腸聲。』

兩個公人一路上做好做惡，管押了行。看看天色傍晚，約行了十四五里，前面一個村鎮，尋覓客店安歇。舊時客店，但見公人監押囚徒來歇，不敢要房錢。當時小二哥引到後面房裏，安放了包裹。薛霸說道：「老爺們苦殺是個公人，那裏倒來扶侍罪人？你若要飯吃，快去燒火！」盧俊義衹得帶着枷來到厨下，問小二哥討了個草柴，縛做一塊，來竈前燒火。小二哥替他淘米做飯，洗刷碗盞。盧俊義是財主出身，這般事却不會做，草柴火把又濕，又燒不着，一齊滅了。甫能盡力一吹，被灰眯了眼睛。董超又喃喃訥訥地罵。做得飯熟，兩個都盛去了，盧俊義并不敢討吃。兩個自吃了一回，剩下些殘湯冷飯，與盧俊義吃了。薛霸又不住聲罵了一回。吃了晚飯，又叫盧俊義去燒脚湯。等得湯滾，盧俊義方敢房裏去坐地。兩個自洗了脚，掇一盆百煎滾湯，賺盧俊義洗脚。方才脱得草鞋，被薛霸扯兩條腿納在滾湯裏，大痛難禁。薛霸道：「老爺伏侍你，顛倒做嘴臉！」兩個公人自去炕上睡了。把一條鐵索將盧員外鎖在房門背後，聲喚到四更。兩個起來，叫小二哥做飯，自吃了出門，收拾了包裹要行。盧俊義看脚時，都是潦漿泡，點地不得。尋那舊草鞋，又不見了。董超道：「我把一雙新草鞋與你。」却是夾麻皮做的，穿上都打破了脚，出不的門。當日秋雨紛紛，路上又滑。盧俊義一步一攧，薛霸拿起水火棍攔腰便打，董超假意去勸。一路上埋冤叫苦。

離了村店，約行了十餘里，到一座大林。盧俊義道：「小人其實捱不動了，可憐見權歇一歇！」兩個公人帶

直飛下崗子去。燕青大踏步趕下崗子去，不見了喜雀。正尋之間，祇見兩個人從前面走來。怎生打扮？但見：

前頭的，帶頂猪嘴頭巾，腦後兩個金裹銀環，上穿香皂羅衫，腰系銷金搭膊，穿半膝軟襪麻鞋，提一條齊眉棍棒。後面的，白范陽遮塵笠子，茶褐攢綫袖衫，腰系緋紅纏袋，脚穿蹋土皮鞋，背了衣包，提條短棒，跨口腰刀。

這兩個來的人，正和燕青打個肩廝拍。燕青轉回身看了這兩個，尋思道：『我正没盤纏，何不兩拳打倒兩個，奪了包裹，却好上梁山泊。』揣了弩弓，抽身回來。這兩個低着頭，祇顧走。燕青趕上，把後面帶氈笠兒的後心一拳，撲地打倒。却待拽拳再打那前面的，反被那漢子手起棒落，正中燕青左腿，打翻在地。後面那漢子爬將起來，踏住燕青，掣出腰刀，劈面門便剁。燕青大叫道：『好漢！我死不妨，着誰上梁山泊報信？』那漢便不下刀，收住了手，提起燕青問道：『你這廝上梁山泊報什麼音信？』燕青道：『你問我待怎地？』那前面的好漢，把燕青手一拖，却露出手腕上花綉，慌忙問道：『你不是盧員外家什麼浪子燕青？』燕青想道：『左右是死，率性説了，教他捉去和主人陰魂做一處。』便道：『我正是盧員外家浪子燕青。今要上梁山泊報信，教宋公明救我主人則個。』二人見説，呵呵大笑，説道：『早是不殺了你，原來正是燕小乙哥。你認得我兩個麽？』穿皂的不是别人，梁山泊頭領病關索楊雄；後面的便是拼命三郎石秀。楊雄道：『我兩個今奉哥哥將令，差往北京打聽盧員外消息。』燕青聽得是楊雄、石秀，把上件事都對兩個説了。楊雄道：『既是如此説時，我和燕青上山寨報知哥哥，别做個道理。你可自去北京打聽消息，便來回報。』石秀道：『最好。』便把包裹與燕青背了，跟着楊雄，連夜上梁山泊來，見了宋江。燕青把上項事備細説了一遍。宋江大驚，便會衆頭領商議良策。

且説石秀祇帶自己隨身衣服，來到北京城外，天色已晚，入不得城，就城外歇了一宿。次日早飯罷，入得城來，但見人人嗟嘆，個個傷情。石秀心疑，來到市心裏，祇見人家閉户關門。石秀問市户人家時，祇見一個老丈回言道：『客人你不知。我這北京有個盧員外，等地財主。因被梁山泊賊人擄掠前去，逃得回來，倒吃了一場屈官司，迭配

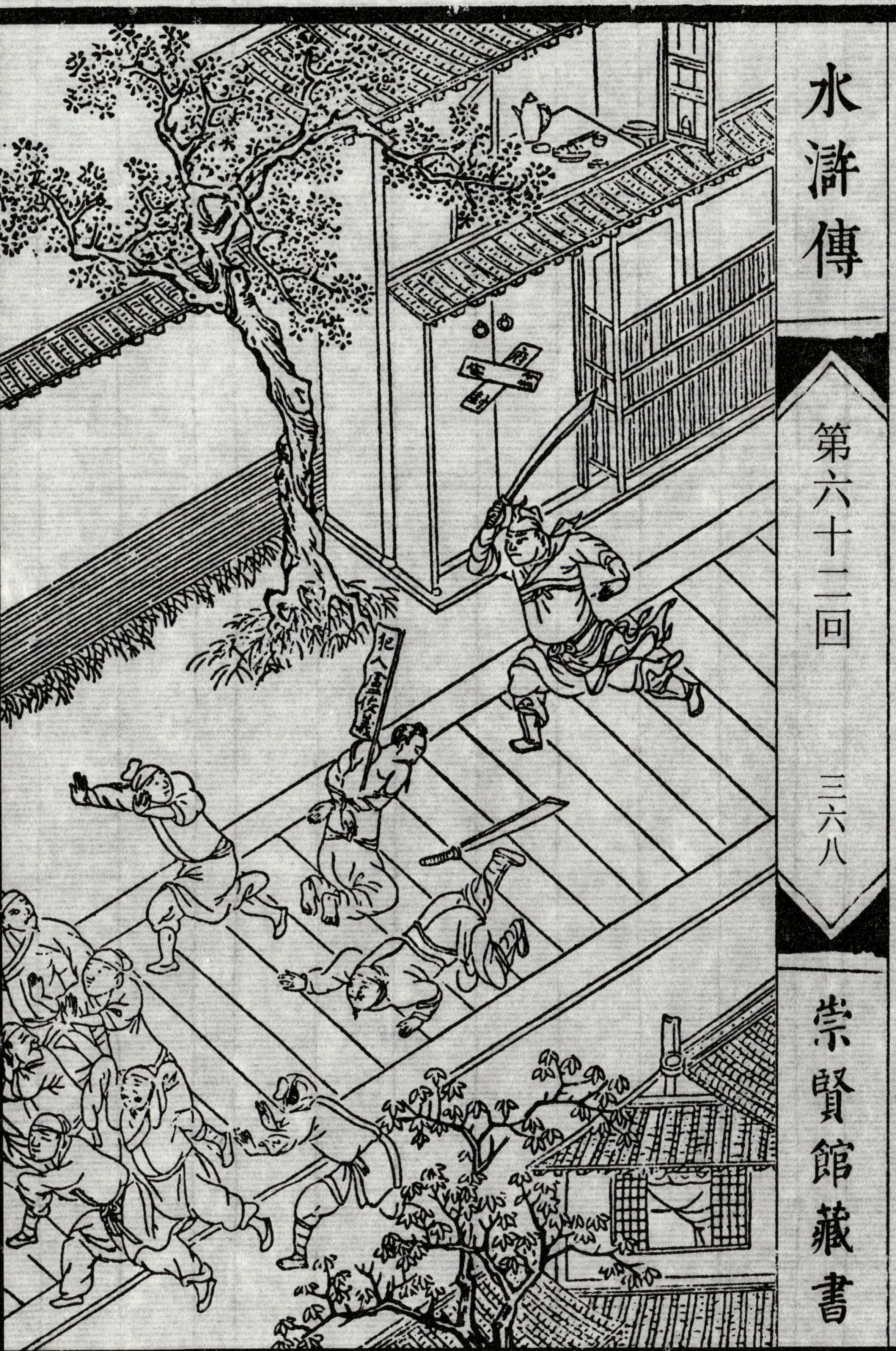

去沙門島。又不知怎地路上壞了兩個公人，昨夜拿來，今日午時三刻解來這裏市曹上斬他。客人可看一看。」

石秀聽罷，走來市曹上看時，十字路口是個酒樓。石秀便來酒樓上，臨街占個閣兒坐下。酒保前來問道：「客官還是請人，祇是獨自酌杯？」石秀睁着怪眼，說道：「大碗酒，大塊肉，祇顧賣來，問什麼鳥！」酒保倒吃了一驚。打兩角酒，切一大盤牛肉，將來祇顧吃。石秀大碗吃了一回，坐不多時，祇聽得樓下街上熱鬧。石秀便去樓窗外看時，祇見家家閉戶，鋪鋪關門。酒保上樓來道：「客官醉也！樓下出公事，快算了酒錢，別處去回避。」石秀道：「我怕什麼鳥！你快走下去，莫要討老爺打吃！」酒保不敢做聲，下樓去了。不多時，祇見街上鑼鼓喧天價來。但見：

兩聲破鼓響，一棒碎鑼鳴。皂纛旗招展如雲，柳葉槍交加似雪。犯由牌前引，白混棍後隨。押牢節級猙獰，仗刃公人猛勇。高頭馬上，監斬官勝似活閻羅；刀劍林中，掌法吏猶如追命鬼。可憐十字街心裏，要殺含冤負屈人。

石秀在樓窗外看時，十字路口，周回圍住法場，十數對刀棒劊子，前排後擁，把盧俊義押到樓前跪下。鐵臂膊蔡福拿着法刀，一枝花蔡慶扶着枷梢，說道：「盧員外，你自精細看。不是我弟兄兩個救你不的，事做拙了！前面五聖堂裏，我已安排下你的坐位了。你可一魂去那裏領受。」說罷，人叢裏一聲叫道：「午時三刻到了！」一邊開枷，蔡慶早拿住了頭，蔡福早掣出法刀在手。當案孔目高聲讀罷犯由牌。衆人齊和一聲。樓上石秀祇就那一聲和裏，掣着腰刀在手，應聲大叫：「梁山泊好漢全伙在此！」蔡福、蔡慶撇了盧員外，扯了繩索先走。石秀從樓上跳將下來，手舉鋼刀，殺人似砍瓜切菜。走不迭的，殺翻十數個。一隻手拖住盧俊義，投南便走。

原來這石秀不認得北京的路，更兼盧員外驚得呆了，越走不動。梁中書聽得報來，大驚，便點帳前頭目，引了人馬，分頭去把城四門關上；差前後做公的，合將攏來。快馬强兵，怎出高城峻壘？且看石秀、盧俊義走向那裏出去？正是：分開陸地無牙爪，飛上青天欠羽毛。

畢竟盧員外同石秀當下怎地脱身，且聽下回分解。

第六十三回　宋江兵打北京城　關勝議取梁山泊

奴才，古作奴財，始于郭令公之罵其兒，言爲群奴之所用也。乃自今日觀之，而群天之下又何此類之多乎哉！一哄之市，抱布握粟，棼如也。彼棼如者何爲也？爲奴財而已也。山川險阻，舟車翻覆，棼如也。彼棼如者何爲也？爲奴財而已也。甚而至于窮夜咿唔，比年入棘，棼如也。彼棼如者何爲？爲奴財而已也。又甚至于握符綰綬，呵殿出入，棼如也。彼棼如者何爲？爲奴財而已也。馳戈驟馬，解脰陷腦，棼如也。幸而功成，即無不爲奴財者也，千里行脚，頻年講肆，棼如也。既而來歸，亦無不爲奴財者也。嗚呼！群天下之人，而無不爲奴財。然則君何賴以治，民何賴以安，親何賴以養，子何賴以教，已德何賴以立，後學何賴以仿哉？石秀之罵梁中書曰：「你這與奴才做奴才的奴才。」誠乃耐庵托筆罵世，爲快絶哭絶之文也。

索超先是已從楊志文中出見，至是隔五十餘卷，而乃忽然欲合。恐人謂其無因而至前也，于是先從此處斜見橫出，却又借韓滔一箭再作一頓，然後轉出雪天之擒，其不肯率然置筆如此。

射索超用韓滔者，何也？意在再頓索超，非意在必射索超也。故有時射用花榮，是成乎其爲射也。有時射用韓滔，是不成乎其爲射也。不成乎其爲射，而必用韓滔者何也？韓滔爲秦明副將，便即借之也。

以堂堂宰相之尊，衮衮樞密院官，三衙太尉之衆，而面面廝覷，則面面廝覷已耳，亦有何策上紓國憂，下弭賊勢乎哉？忽然背後轉出一人，忽然背後轉出之人，又從背後引出一人，忽然背後人所引之背後人，又從背後引出一人。嗚呼，才難未必然乎！是何背後之多人也？然則之三人亦幸而得遇朝廷多事，尚得有以自見。不然者，幾何其不爲堂堂宰相、衮衮樞密院官、三衙太尉之脚底下泥，終亦不見天日之面也。之三人亦不幸而得遇朝廷多事，終亦不免自見。不然者，吾知其閉戶高卧，亦足自老，殊不顧從堂堂宰相、衮衮樞密院官、三衙太尉之鼻下喉間仰取氣息也。讀竟，爲之三嘆。

話説當時石秀和盧俊義兩個，在城内走頭没路，四下裏人馬合來，衆做公的把撓鈎搭住，套索絆翻。可憐悍勇英雄，方信寡不敵衆，兩個當下盡被捉了。解到梁中書面前，叫押過劫法場的賊來。石秀押在廳下，睜圓怪眼，高聲大駡：『你這敗壞國家，害百姓的賊！我聽着哥哥將令，早晚便引軍來，打你城子，踏爲平地，把你砍做三截。先教老爺來和你們説知。』石秀在廳前千賊萬賊價駡，廳上衆人都唬呆了。梁中書聽了，沉吟半晌，叫取大枷來，且把二人枷了，監放死囚牢裏。分付蔡福在意看管，休教有失。蔡福要結識梁山泊好漢，把他兩個做一處牢裏關着，每日好酒好肉，與他兩個吃。因此不曾吃苦，倒將養得好了。却説梁中書喚本州新任王太守，當廳發落，就城中計點被傷人數，殺死的有七八十個，跌傷頭面、磕損皮膚、撞折腿脚者，不計其數，報名在官。梁中書支給官錢，醫治，燒化了當。

次日，城裏城外報説將來，收得梁山泊没頭帖子數十張，不敢隱瞞，衹得呈上。梁中書看了，嚇得魂飛天外，魄散九霄。帖上寫道：

『梁山泊義士宋江，仰示大名府，布告天下：今爲大宋朝濫官當道，污吏專權，毆死良民，塗炭萬姓。北京盧俊義，乃豪杰之士。今者啓請上山，一同替天行道。特令石秀先來報知，不期俱被擒捉。如是存得二人性命，獻出淫婦奸夫，吾無侵擾；倘若誤傷羽翼，屈壞股肱，拔寨興兵，同心雪恨。人兵到處，玉石俱焚。天地咸扶，鬼神共佑。剿除奸詐，殄滅愚頑。談笑入城，并無輕恕。義夫節婦，孝子順孫，好義良民，清慎官吏，切勿驚惶，各安職業。諭衆知悉。』

當時梁中書看了没頭告示，便喚王太守到來商議：『此事如何剖决？』王太守是個善懦之人，聽得説了這話，便稟梁中書道：『梁山泊這一伙，朝廷幾次尚且收捕他不得，何况我這裏孤城小處。倘若這亡命之徒引兵到來，朝廷救兵不迭，那時悔之晚矣！若論小官愚意，且姑存此二人性命，一面寫表申奏朝廷，二乃奉書呈上蔡太師恩相知道，三者可教本處軍馬出城下寨，提備不虞。如此可保北京無事，軍民不傷。若將這兩個一時殺壞，誠恐寇兵臨城，一者無兵解救，二者朝廷見怪，三乃百姓驚慌，城中擾亂，深爲未便。』梁中書聽了道：『知府言之極當。』先喚押牢節級蔡福發放道：『這兩個賊徒，非同小可。你若是拘束得緊，誠恐喪命；若教你寬鬆，又怕他走了。你弟兄兩個，早早晚晚，可緊可慢，在意堅固管候發落，休得時刻怠慢。』蔡福聽了，心中暗喜，如此發放，正中下懷。領了鈞旨，自去牢中安慰他兩個。不在話下。

衹説梁中書便喚兵馬都監大刀聞達、天王李成兩個，都到廳前商議。梁中書備説梁山泊没頭告示，王太守所言之事。兩個都監聽罷，李成便道：『量這伙草寇，如何肯擅離巢穴，相公何必有勞神思。李某不才，食禄多矣，無功報德，願施犬馬之勞，統領軍卒，離城下寨。草寇不來，别作商議。如若那伙强寇年衰命盡，擅離巢穴，領衆前來，不是小將誇其大言，定令此賊片甲不回。上報國家俸禄之恩，下伸平生所學之志，肝膽塗地，并無异心。』梁中書聽了大喜，隨即取金花綉緞，賞勞二將。兩個辭謝，别了梁中書，各回營寨安歇。

次日，李成升帳，喚大小官軍上帳商議。旁邊走過一人，威風凛凛，相貌堂堂，姓索名超，綽號急先鋒，慣使兩把金蘸斧。李成傳令道：『宋江草寇，早晚臨城，要來打俺北京。你可點本部軍兵，離城三十五里下寨。我隨後却領軍來。』索超得了將令，次日點起本部軍兵，至三十五里地名飛虎峪，靠山下了寨栅。次日，李成引領正偏將，離城二十五里地名槐樹坡，下了寨栅。周圍密布槍刀，四下深藏鹿角，三面掘下陷坑。衆軍磨拳擦手，諸將協力同心，衹等梁山泊軍馬到來，便要建功。

話分兩頭。原來這没頭帖子，却是神行太保戴宗打聽得盧員外、石秀都被擒捉，因此虚寫告示，向没人處撇下，及橋梁道路上貼放，衹要保全盧俊義、石秀二人性命。回到梁山泊寨内，把上項事備細與衆頭領説知。宋江聽罷大驚，就忠義堂上打鼓集衆。大小頭領各依次序而坐。宋江開話對吴學究道：『當初軍師好意，啓請盧員外上山來聚義。今日不想却教他受苦，又陷了石秀兄弟。當用何計可救？』吴用道：『兄長放心。小生不才，願獻一計，乘此機會，就取北京錢糧，以供山寨之用。明日是個吉辰，請兄長分一半頭領，把守山寨，其餘盡隨我等去打城池。」宋江道：「軍師之言極當。」便喚鐵面孔目裴宣，派撥大小軍兵，來日起程。黑旋風李逵便道：「我這兩把大斧，多時不曾發市。聽得打州劫縣，他也在廳邊歡喜。哥哥撥與我五百小嘍囉，搶到北京，把梁中書砍做肉泥，拿住李固和那婆娘碎尸萬段，救取盧員外、石秀二人性命，是我心願。」宋江道：「兄弟雖然勇猛，這北京非比別處州府。且梁中書又是蔡太師女婿，更兼手下有李成、聞達，都有萬夫不當之勇，不可輕敵。」李逵大叫道：「哥哥這般長別人志氣，滅自己威風！且看兄弟去如何？若還輸了，誓不回山。」吳用道：「既然你要去，便教做先鋒，點與五百好漢相隨，就充頭陣，來日下山。」當晚宋江和吳用商議，撥定了人數。裴宣寫了告示，送到各寨，各依撥次施行，不得時刻有誤。

此時秋末冬初天氣，征夫容易披挂，戰馬易得肥滿。軍卒久不臨陣，皆生戰鬥之心，各恨不平，盡想報仇之念。得蒙差遣，歡天喜地，收拾槍刀，拴束鞍馬，磨拳擦掌，時刻下山。第一撥，當先哨路黑旋風李逵，部領小嘍囉五百。第二撥，兩頭蛇解珍、雙尾蝎解寶、毛頭星孔明、獨火星孔亮，部領小嘍囉一千。第三撥，女頭領一丈青扈三娘，副將母夜叉孫二娘、母大蟲顧大嫂，部領小嘍囉一千。第四撥，撲天雕李應，副將九紋龍史進、小尉遲孫新，部領小嘍囉一千。中軍主將都頭領宋江，軍師吳用。簇帳頭領四員：小温侯呂方、賽仁貴郭盛、病尉遲孫立、鎮三山黃信。前軍頭領霹靂火秦明，副將百勝將韓滔、天目將彭玘。後軍頭領豹子頭林沖，副將鐵笛仙馬麟、火眼狻猊鄧飛。左軍頭領雙鞭將呼延灼，副將摩雲金翅歐鵬、錦毛虎燕順。右軍頭領小李廣花榮，副將跳澗虎陳達、白花蛇楊春。并帶炮手轟天雷凌振。接應糧草頭領一員，神行太保戴宗。軍兵分撥已定，平明，各頭領依次而行，當日進發。衹留下副軍師公孫勝并劉唐、朱仝、穆弘四個頭領，統領馬步軍兵守把山寨三關。水寨中自有李俊等守把，不在話下。

却說索超正在飛虎峪寨中坐地，衹見流星報馬前來，報說宋江軍馬大小人兵不計其數，離寨約有二三十里，將近到來。索超聽的，飛報李成槐樹坡寨內。李成聽了，一面報馬入城，一面自備了戰馬，直到前寨。索超接着，說了備細。次日五更造飯，平明拔寨都起。前到庾家疃，列成陣勢，擺開一萬五千人馬。李成、索超全副披挂，門旗下勒住戰馬。平東一望，遠遠地塵土起處，約有五百餘人，飛奔前來。李成鞭梢一指，軍健脚踏硬弩，手拽强弓。梁山泊好漢，在庾家疃一字兒擺成陣勢。衹見：

人人都帶茜紅巾，個個齊穿緋衲襖。鷺鷥腿緊系脚綳，虎狼腰牢拴裹肚。三股叉直迸寒光，四棱簡横拖冷霧。柳葉槍，火尖槍，密密如麻；青銅刀，偃月刀，紛紛似雪。滿地紅旗飄火焰，半空赤幟耀霞光。

東陣上衹見一員好漢，當前出馬，乃是黑旋風李逵，手掿雙斧，睜圓怪眼，咬碎鋼牙，高聲大叫：「認得梁山泊好漢黑旋風麽！」李成在馬上看了，與索超大笑道：「每日衹説梁山泊好漢，原來衹是這等腌臢草寇，何足爲道！先鋒，你看麽！何不先捉此賊？」索超笑道：「割鷄焉用牛刀。自有戰將建功，不必主將挂念。」言未絶，索超馬後一員首將，姓王名定，手拈長槍，引領部下一百馬軍，飛奔衝將過來。李逵膽勇過人，雖是帶甲遮護，怎當馬軍一衝，當時四下奔走。索超引軍，直趕過庾家疃來。衹見山坡背後鑼鼓喧天，早撞出兩彪軍馬。左有解珍、孔亮，右有孔明、解寶，各領五百小嘍囉衝殺將來。索超見他有接應軍馬，方才吃驚，不來追趕，勒馬便回。李成問道：「如何不拿賊來？」索超道：「趕過山去，正要拿他，原來這厮們倒有接應人馬，伏兵齊起，難以下手。」李成道：「這等草寇，何足懼哉！」將引前部軍兵，盡數殺過庾家疃來。衹見前面摇旗吶喊，擂鼓鳴鑼，又是一彪軍馬。當先一騎馬上，却是一員女將，結束得十分標致。有《念奴嬌》爲證：

玉雪肌膚，芙蓉模樣，有天然標格。金鎧輝煌鱗甲動，銀滲紅羅抹額。玉手纖纖，雙持寶刀，恁英雄烜赫。眼溜秋波，萬種妖嬈堪摘。謾馳寶馬當前，霜刃如風，要把官軍斬馘。粉面塵飛，徵袍汗濕，殺氣騰胸腋。戰士消魂，敵人喪膽，女將中間奇特。得勝歸來，隱隱笑生雙頰。

且說這扈三娘引軍紅旗上，金書大字『女將一丈青』。左有顧大嫂，右有孫二娘，引一千餘軍馬，都是七長八短漢，四山五岳人。李成看了道：『這等軍人，作何用處！索超與我向前迎敵，我却分兵勒捕四下草寇。』索超領了將令，手拈金蘸斧，拍坐下馬，殺奔前來。一丈青勒馬回頭，望山凹裏便走。李成分開人馬，四下裏趕殺。正趕之間，衹聽的喊聲震地，霧氣遮天，一彪人馬飛也似追來。李成急急退兵十四五里，首尾不能管顧。急退入庾家疃時，左衝出解珍、孔亮，部領人馬，趕殺將來；右衝出孔明、解寶，部領人馬，又殺到來；三員女將，撥轉馬頭，隨後殺來。趕得李成軍馬四分五落。急待回寨，黑旋風李逵當先攔住。李成、索超衝開人馬，奪路而去。比及回寨，大折一陣。宋江軍馬也不追趕，一面收兵暫歇，扎下營寨。

且說李成、索超慌忙入城報知梁中書，連夜再差聞達速領本部軍馬，前來助戰。李成接着，就槐樹坡寨內商議退兵之策。聞達笑道：『疥癩之疾，何足挂意！聞某不才，來日願決一陣，勢不相負。』當夜商議定了，傳令與軍士得知。四更造飯，五更披挂，平明進兵。戰鼓三通，拔寨都起，前到庾家疃。早見宋江軍馬，撥風也似價來。但見：

徵雲冉冉飛晴空，徵塵漠漠迷西東。十萬貔貅聲振地，車厢火炮如雷轟。鼙鼓咚咚撼山谷，旌旗獵獵搖天風。槍影搖空翻玉蟒，劍光耀日飛蒼龍。六師鷹揚鬼神泣，三軍英勇貔虎同。罡星煞曜降凡世，天蓬丁甲離青穹。銀盔金甲濯冰雪，强弓勁弩真難攻。人人衹欲盡忠義，擒王斬將非邀功。索超李成悉敗走，有如脱兔潛葭蓬。敗軍殘卒各逃命，陸路恐懼心怔忡。大刀聞達不知量，狂言逞技真雕蟲。四面伏兵一齊發，蜂兵蟻聚村疃中。亂兵俘獲竟難免，聚義堂上重相逢。

當日大刀聞達，便教將軍馬擺開，强弓硬弩，射住陣脚。花腔鼉鼓擂，雜彩綉旗搖。宋江陣中，當先捧出一員大將，紅旗銀字，大書『霹靂火秦明』。怎生打扮？

頭上朱紅漆笠，身穿絳色袍鮮。連環鎧甲獸吞肩，抹綠戰靴雲嵌。鳳翅明盔耀日，獅蠻寶帶腰懸。狼牙混棍手中拈，凜凜英雄罕見。

秦明勒馬，應聲高叫：『北京濫官污吏聽着！多時要打你這城子，誠恐害了百姓良民。好好將盧俊義、石秀送將過來，淫婦奸夫一同解出，我便退兵罷戰，誓不相侵。若是執迷不悟，便教昆侖火起，玉石俱焚，衹在目前。有話早說，休得俄延！』說猶未了，聞達大怒，便問首將：『誰與我力擒此賊？』說言未了，腦後鸞鈴響處，一員大將當先出馬。怎生打扮？

耀日兜鍪晃晃，連環鐵甲重重。團花點翠錦袍紅，金帶鈒成雙鳳。鵲畫弓藏袋内，狼牙箭插壺中。雕鞍穩定五花龍，大斧手中摩弄。

這個是北京上將，姓索名超。因爲此人性急，人皆呼他爲急先鋒。出到陣前高聲喝道：『你這厮是朝廷命官，國家有何負你？你好人不做，却去落草爲賊！我今日拿住你時，碎尸萬段，死有餘辜！』這個秦明，又是一個性急的人，聽了這話，正是爐中添炭，火上澆油，拍馬向前，輪動狼牙棍，直奔將來。索超縱馬直挺秦明。二匹劣馬相交，兩般軍器并舉，衆軍吶喊。鬥到二十餘合，不分勝敗。宋江軍中，先鋒隊裏轉過韓滔，就馬上拈弓搭箭，覷的索超較親，颼地衹一箭，正中索超左臂。撇了大斧，回馬望本陣便走。宋江鞭梢一指，大小三軍一齊卷殺過來。殺的尸横遍野，流血成河，大敗虧輸。直追過庾家疃，隨即奪了槐樹坡小寨。當晚聞達直奔飛虎峪，計點軍兵，三停去一。宋江就槐樹坡寨内屯扎。吴用道：『軍兵敗走，心中必怯。若不乘勢追趕，誠恐養成勇氣，急忙難得。』宋江道：『軍師言之極當。』隨即傳令，當晚就將精鋭得勝軍將，分作四路，連夜進發，殺奔城來。

再說聞達奔到飛虎峪，忙忙似喪家之犬，急急如漏網之魚。正在寨中商議計策，小校來報，近山上一帶火起。

聞達帶領軍兵，上馬看時，衹見東邊山上，火把不知其數，照的遍山遍野通紅。聞達便引軍兵迎敵。山後又是馬軍來到。當先首將小李廣花榮，引副將楊春、陳達横殺將來。聞達措手不及，領兵便回飛虎峪。西邊山上，火把不知其數。當先首將雙鞭呼延灼，引副將歐鵬、燕順衝擊將來。後面喊聲又起，却是首將霹靂火秦明，引副將韓滔、彭玘并力殺來。聞達軍馬大亂，拔寨都起。衹見前面喊聲又起，火光晃耀，却是轟天雷凌振，將帶副手，從小路直轉飛虎峪那邊，放起炮來。聞達引軍奪路，奔城而去。衹見前面鼓聲響處，早有一彪軍馬攔路。火光叢中，閃出首將豹子頭林沖，引副將馬麟、鄧飛截住歸路。四下裏戰鼓齊鳴，烈火競起，衆軍亂攛，各自逃生。聞達手舞大刀，殺開條路走，正撞着李成，合兵一處，且戰且走。戰到天明，已至城下。梁中書聽的這個消息，驚的三魂蕩蕩，七魄幽幽，連忙點軍出城，接應敗殘人馬，緊閉城門，堅守不出。次日，宋江軍馬追來，直抵東門下寨，準備攻城。

且説梁中書在留守司聚衆商議，難以解救。李成道：『賊兵臨城，事在告急，若是遲延，必至失陷。相公可修告急家書，差心腹之人，星夜趕上京師，報與蔡太師知道，早奏朝廷，調遣精兵，前來救應，此是上策。第二，作緊行文關報鄰近府縣，亦教早早調兵接應。第三，北京城内着仰大名府起差民夫上城，同心協助，守護城池，準備擂木炮石，踏弩硬弓，灰瓶金汁，曉夜提備。如此可保無虞。』梁中書道：『家書隨便修下，誰人去走一遭？』當日差下首將王定，全副披挂，又差數個馬軍，領了密書，放開城門吊橋，望東京飛報聲息，及關報鄰近府分，發兵救應。先仰王太守起集民夫上城守護。不在話下。

且説宋江分調衆將，引軍圍城，東西北三面下寨，衹空南門不圍。每日引軍攻打。李成、聞達連日提兵出城交戰，不能取勝。索超箭瘡將息，未得痊可。

不説宋江軍兵打城。且説首將王定賫領密書，三騎馬直到東京太師府前下馬。門吏轉報入去，太師教唤王定進來。直到後堂，拜罷，呈上密書。蔡太師拆開封皮看了，大驚，問其備細。王定把盧俊義的事一一説了，『如今宋江領了兵圍城，賊寇浩大，不可抵敵。』庾家疃、槐樹坡、飛虎峪三處厮殺，盡皆説罷。蔡京道：『鞍馬勞困，你且去館驛内安下，待我會官商議。』王定又禀道：『太師恩相，北京危如累卵，破在旦夕，倘或失陷，河北縣郡如之奈何？望太師恩相早早遣兵剿除。』蔡京道：『不必多説，你且退去。』王定去了。

太師隨即差當日府幹，請樞密官急來商議軍情重事。不移時，東廳樞密使童貫，引三衙太尉都到節堂參見太師。蔡京把北京危急之事，備細説了一遍，『如今將甚計策，用何良將，可退賊兵，以保城郭？』説罷，衆官互相厮覷，各有懼色。衹見那步司太尉背後，轉出一人，乃是衙門防御保義使，姓宣名贊，掌管兵馬。此人生得面如鍋底，鼻孔朝天，卷髮赤鬚，彪形八尺，使口鋼刀，武藝出衆。先前在王府曾做郡馬，人呼爲醜郡馬。因對連珠箭贏了番將，郡王招做女婿。誰想郡主嫌他醜陋，懷恨而亡。因此不得重用，衹做得個兵馬保義使。童貫是個阿諛諂佞之徒，與他不能相下，常有嫌疑之心。當時此人忍不住，出班來禀太師道：『小將當初在鄉中，有個相識。此人乃是漢末三分義勇武安王嫡派子孫，姓關名勝，生的規模與祖上雲長相似，使一口青龍偃月刀，人稱爲大刀關勝。現做蒲東巡檢，屈在下僚。此人幼讀兵書，深通武藝，有萬夫不當之勇。若以禮幣請他，拜爲上將，可以掃清水寨，殄滅狂徒。保國安民，開疆展土，端在此人。乞取鈞旨。』蔡京聽罷大喜，就差宣贊爲使，賫了文書鞍馬，連夜星火前往蒲東，禮請關勝赴京計議。衆官皆退。

話休絮煩。宣贊領了文書，上馬進發，帶將三五個從人，不則一日，來到蒲東巡檢司前下馬。當日關勝正和郝思文在衙内論説古今興廢之事，衹聞見説東京有使命至。關勝忙與郝思文出來迎接。各施禮罷，請到廳上坐地。關勝問道：『故人久不相見，今日何事遠勞親自到此？』宣贊回言：『爲因梁山泊草寇攻打北京，宣某在太師跟前，一力保舉兄長有安邦定國之策，降兵斬將之才，特奉朝廷敕旨，太師鈞命，彩幣鞍馬，禮請起行。兄長勿得推却，便請收拾赴京。』關勝聽罷大喜，與宣贊説道：『這個兄弟姓郝，雙名思文，是我拜義弟兄。當初他母親夢井木犴投胎，因而有孕，後生此人，因此人喚他做井木犴郝思文。這兄弟十八般武藝，無有不能。得蒙太師呼喚，一同前去，用功報國，有何不可。』宣贊喜諾，就行催請登程。

當下關勝分付老小，一同郝思文將引關西漢十數個人，收拾刀馬盔甲行李，跟隨宣贊連夜起程。來到東京，徑投太師府前下馬。門吏轉報蔡太師得知，教喚進。宣贊引關勝、郝思文直到節堂，拜見已罷，立在階下。蔡京看了關勝，端的好表人材，堂堂八尺五六身軀，細細三柳髭髯，兩眉入鬢，鳳眼朝天，面如重棗，唇若塗朱。太師大喜，便問：『將軍青春多少？』關勝答道：『小將三旬有二。』蔡太師道：『梁山泊草寇圍困北京城郭，請問良將，願施妙策，以解其圍。』關勝禀道：『久聞草寇占住水窪，侵害黎民，劫擄城池。此賊擅離巢穴，自取其禍。若救北京，虛勞神力。乞假精兵數萬，先取梁山，後拿賊寇，教他首尾不能相顧。』太師見説大喜，與宣贊道：『此乃圍魏救趙之計，正合吾心。』隨即喚樞密院官調撥山東、河北精鋭軍兵一萬五千，教郝思文爲先鋒，宣贊爲合後，關勝爲領兵指揮使，步軍太尉段常接應糧草。犒賞三軍，限日下起行。大刀闊斧，殺奔梁山泊來。直教龍離大海，不能駕霧騰雲；虎到平川，怎地張牙露爪。正是：貪觀天上中秋月，失却盤中照殿珠。

畢竟宋江軍馬怎地結末，且聽下回分解。

第六十四回　呼延灼月夜賺關勝　宋公明雪天擒索超

此回寫水軍劫寨，何至草草如此？蓋意在襯出大刀，則餘人總非所惜。所謂『琬琰之藉，無過白茅』者也。

寫大刀處處摹出雲長變相，可謂儒雅之甚，豁達之甚，忠誠之甚，英靈之甚。一百八人中，别有絶群超倫之格，又不得以讀他傳之眼讀之。

寫雪天擒索超，略寫索超而勤寫雪天者，寫得雪天精神，便令索超精神。此畫家所謂襯染之法，不可不一用也。

話説蒲東關勝，這人慣使口大刀，英雄蓋世，義勇過人。當日辭了太師，統領着一萬五千人馬，分爲三隊，離了東京，望梁山泊來。

話分兩頭。且説宋江與同衆將，每日北京攻打城池不下。李成、聞達那裏敢出對陣。索超箭瘡又未平復，亦無人出戰。宋江見攻打城子不破，心中納悶：離山已久，不見輸贏。是夜在中軍帳裏悶坐，點上燈燭，取出玄女天書，正看之間，猛然想起圍城已久，不見有救軍接應。戴宗回去，又不見來。默然覺得神思恍惚，寢食不安。便叫小校請軍師來計議。吴用到得中軍帳内，與宋江商量道：『我等衆軍圍許多時，如何杳無救軍來到？城中又不敢出戰。眼見的梁中書使人去京師告急，他丈人蔡太師必然有救軍到來。中間必有良將。倘用圍魏救趙之計，且不來解此處之危，反去取我梁山大寨，此是必然之理。兄長不可不慮。我等先着軍士收拾，未可都退。』

正説之間，衹見神行太保戴宗到來，報説：『東京蔡太師拜請關菩薩玄孫蒲東郡大刀關勝，引一彪軍馬飛奔梁山泊來。寨中頭領主張不定。請兄長、軍師早早收兵回來，且解山寨之難。』吴用道：『雖然如此，不可急還。今夜晚間，先教步軍前行，留下兩支軍馬，就飛虎峪兩邊埋伏。城中知道我等退軍，必然追趕。若不如此，我兵先亂。』宋江道：『軍師言之極當。』傳令便差小李廣花榮，引五百軍兵去飛虎峪左邊埋伏；豹子頭林沖，引五百軍兵去飛虎峪右邊埋伏。再叫雙鞭呼延灼，引二十五騎馬軍，帶着凌振，將了風火等炮，離城十數里遠近。但見追兵過來，隨即施放號炮，令其兩下伏兵齊去并殺追兵。一面傳令前隊退兵，倒拖旌旗，不鳴戰鼓，却如雨散雲行，遇兵勿戰，自然退回。步軍隊裏，半夜起來，次第而行。直至次日巳牌前後，方才鳴金收軍。

城上望見宋江軍馬，手拖旗幡，肩擔刀斧，人起還山之意，馬嘶歸寨之聲，紛紛滚滚，拔寨都起。城上看了仔細，報與梁中書知道：『梁山泊軍馬，今日盡數收兵，都回去了。』梁中書聽的，隨即喚李成、聞達商議。聞達道：『眼見的是京師救軍去取他梁山泊，這厮們恐失巢穴，慌忙歸去。可以乘勢追殺，必擒宋江。』説猶未了，城外報馬到來，賫東京文字，約會引兵去取賊巢。他若退兵，可以立追。梁中書便叫李成、聞達各帶一支軍馬，從東西兩路追趕宋江軍馬。

且説宋江引兵退回，見城中調兵追趕，捨命便走，直退到飛虎峪那邊。衹聽的背後火炮齊響。李成、聞達吃了一驚，勒住戰馬看時，後面衹見旗幡對刺，戰鼓亂鳴。李成、聞達火急回軍。左手下撞出小李廣花榮，右手下撞出豹子頭林沖，各引五百軍馬，兩邊殺來。措手不及，知道中了奸計，火速回軍。前面又撞出呼延灼，引着一支馬軍，大殺一陣。殺的李成、聞達金盔倒納，衣甲飄零，退入城中，閉門不出。宋江軍馬次第而回。早轉近梁山泊邊，却好迎着醜郡馬宣贊攔路。宋江約住軍兵，權且下寨。暗地使人從偏僻小路，赴水上山報知，約會水陸軍兵，兩下救應。

且説水寨内頭領船火兒張横，與兄弟浪裏白跳張順當時議定：『我和你弟兄兩個，自來寨中，不曾建功，衹看着別人誇能説會，倒受他氣。如今蒲東大刀關勝，三路調軍打我寨栅。不若我和你兩個先去劫了他寨，捉拿關勝，立這件大功。衆兄弟面上也好争口氣。』張順道：『哥哥，我和你衹管的些水軍，倘或不相救應，枉惹人耻笑。』張横道：『你若這般把細，何年月日能彀建功？你不去便罷，我今夜自去。』張順苦諫不聽。當夜張横點了小船五十餘隻，每船上衹有三五人，渾身都是軟戰，手執苦竹槍，各帶蓼葉刀，趁着月光微明，寒露寂静，把小船直

抵旱路。此時約有二更時分。

却説關勝正在中軍帳裏點燈看書。有伏路小校悄悄來報：『蘆花蕩裏，約有小船四五十隻，人人各執長槍，盡去蘆葦裏面兩邊埋伏，不知何意，特來報知。』關勝聽了，微微冷笑。『盗賊之徒，不足與吾對敵。』當時暗傳號令，教衆軍俱各如此準備，『賊兵入寨，帳前一聲鑼響，四下各自捉人。』三軍得令，各自潜伏。且説張横將引三二百人，從蘆葦中間藏踪躡迹，直到寨邊，拔開鹿角，徑奔中軍，望見帳中燈燭熒煌，關勝手拈髭髯坐看兵書。張横暗喜，手掿長槍，搶入帳房裏來。旁邊一聲鑼響，衆軍喊動，如天崩地塌，山倒江翻。嚇的張横倒拖長槍，轉身便走。四下裏伏兵亂起。可憐會水張横，怎脱平川羅網。二三百人不曾走的一個，盡數被縛，推到帳前。關勝看了，笑駡：『無端草賊，小輩匹夫，安敢侮吾！』將張横陷車盛了，其餘者盡數監了，『直等捉了宋江，一并解上京師。』

不説關勝捉了張横。却説水寨内三阮頭領，正在寨中商議，使人去宋江哥哥處聽令。衹見張順到來報説：『我哥哥因不聽小弟苦諫，去劫關勝營寨，不料被捉，囚車監了。』阮小七聽了，叫將起來，説道：『我兄弟們同死同生，吉凶相救。你是他嫡親兄弟，却怎地被人捉了，你不去救，怎見宋公明哥哥？我弟兄三個，自去救他。』張順道：『爲不曾得哥哥將令，却不敢輕動。』阮小七道：『若等將令來時，你哥哥吃他剁做八段！』阮小二、阮小五都道：『説的是。』張順説他三個不過，衹得依他。當夜四更，點起大小水寨頭領，各駕船隻一百餘隻，一齊殺奔關勝寨來。岸上小軍望見水面上戰船如螞蟻相似，都傍岸邊，慌忙報知主帥。關勝笑道：『無見識賊奴，何足爲慮！』隨即喚首將附耳低言，如此如此。

且説三阮在前，張順在後，吶聲喊，搶入寨來，衹見寨内槍刀竪立，旌旗不倒，并無一人。三阮大驚，轉身便走。帳前一聲鑼響，左右兩邊，馬軍步軍，分作八路，簸箕掌，栲栳圈，重重迭迭圍裹將來。張順見不是頭，撲通地先跳下水去。三阮奪路便走，急到的水邊。後軍趕上，撓鈎齊下，套索飛來，把這活閻羅阮小七搭住，横拖倒拽

捉去了。阮小二、阮小五、張順，却得混江龍李俊帶的童威、童猛死救回去。

不説阮小七被捉，囚在陷車之中。且説水軍報上梁山泊來，劉唐便使張順從水路裏直到宋江寨中，報説這個消息。宋江便與吴用商議，怎生退的關勝。吴用道：『來日決戰，且看勝敗如何。』説猶未了，猛聽得戰鼓齊鳴，却是醜郡馬宣贊部領三軍直到大寨。宋江擧衆出迎。看了宣贊在門旗下勒戰，便唤首將：『那個出馬先拿這厮？』衹見小李廣花榮拍馬持槍，直取宣贊。宣贊舞刀來迎。一來一往，一上一下，鬥到十合，花榮賣個破綻，回馬便走。宣贊趕來，花榮就了事環帶住鋼槍，拈弓取箭，側坐雕鞍，輕舒猿臂，翻身一箭。宣贊聽的弓弦響，却好箭來，把刀衹一隔，錚地一聲響，射在刀面上。花榮見一箭不中，再取第二枝箭，看的較近，望宣贊胸膛上射來。宣贊鐙裏藏身，又躲過了。宣贊見他弓箭高强，不敢追趕，霍然勒回馬，跑回本陣。花榮見他不趕來，連忙便勒轉馬頭，望宣贊趕來，又取第三枝箭，望得宣贊後心較近，再射一箭。衹聽得鏜地一聲響，却射在背後護心鏡上。宣贊慌忙馳馬入陣，便使人報與關勝。關勝得知，便唤小校快牽過戰馬來。那匹馬頭至尾長一丈，蹄至脊高八尺，渾身上下没一根雜毛，純是火炭般赤，拴一副皮甲，束三條肚帶。關勝全裝披挂，綽刀上馬，直臨陣前。門旗開處，便乃出馬。有《西江月》一首爲證：

漢國功臣苗裔，三分良將玄孫。綉旗飄挂動天兵，金甲緑袍相稱。赤兔馬騰騰紫霧，青龍刀凜凜寒冰。蒲東郡内産英雄，義勇大刀關勝。

宋江看了關勝一表非俗，與吴用暗暗地喝采，回頭與衆多良將道：『將軍英雄，名不虚傳！』説言未了，林沖忿怒，便道：『我等弟兄，自上梁山泊，大小五七十陣，未嘗挫了鋭氣。軍師何故滅自己威風！』説罷，便挺槍出馬，直取關勝。關勝見了，大喝道：『水泊草寇，汝等怎敢背負朝廷！單要宋江與吾決戰。』

宋江在門旗下喝住林沖，縱馬親自出陣，欠身與關勝施禮，説道：『鄆城小吏宋江，到此謹參，惟將軍問罪。』關勝道：『汝爲俗吏，安敢背叛朝廷？』宋江答道：『蓋爲朝廷不明，縱容奸臣當道，讒佞專權，設除濫官污吏，陷害天下百姓。宋江等替天行道，并無异心。』關勝大喝：『天兵到此，尚然抗拒！巧言令色，怎敢瞞吾！若不下馬受降，着你粉骨碎身！』霹靂火秦明聽得，大怒，手舞狼牙棍，縱坐下馬，直搶過來。關勝也縱馬出迎，來鬥秦明。林沖怕他奪了頭功，猛可裏飛搶過來，徑奔關勝。三騎馬向征塵影裏，轉燈般厮殺。宋江看了，恐傷關勝，便教鳴金收軍。林沖、秦明回馬陣前，説道：『正待擒捉這厮，兄長何故收軍罷戰？』宋江道：『賢弟，我等忠義自守，以强欺弱，非所願也。縱使陣上捉他，此人不伏，亦乃惹人耻笑。吾看關勝英勇之將，世本忠臣，乃祖爲神。若得此人上山，宋江情願讓位。』林沖、秦明都不喜歡。當日兩邊各自收兵。

且説關勝回到寨中，下馬卸甲，心中暗忖道：『我力鬥二將不過，看看輸與他，宋江倒收了軍馬，不知主何意？』却教小軍推出陷車中張横、阮小七過來，問道：『宋江是個鄆城小吏，你這厮們如何伏他？』阮小七應道：『俺哥哥山東、河北馳名，都稱做及時雨呼保義宋公明。你這厮不知禮義之人，如何省的！』關勝低頭不語，且教推過陷車。當晚寨中納悶，坐卧不安，走出中軍，立觀月色滿天，霜華遍地，嗟嘆不已。有伏路小校前來報説：『有個胡鬚將軍，匹馬單鞭，要見元帥。』關勝道：『你不問他是誰？』小校道：『他又没衣甲軍器，并不肯説姓名，衹言要見元帥。』關勝道：『既是如此，與我唤來。』没多時，來到帳中，拜見關勝。關勝看了，有些面熟，燈光之下略也認得，便問是誰。那人道：『乞退左右。』關勝道：『不妨。』那人道：『小將呼延灼的便是，先前曾與朝廷統領連環馬軍，征進梁山泊。誰想中賊奸計，失陷了軍機，不能還鄉。聽得將軍到來，不勝之喜。早間宋江在陣上，林沖、秦明待捉將軍，宋江火急收軍，誠恐傷犯足下。此人素有歸順之意，無奈衆賊不從，暗與呼延灼商議，正要驅使衆人歸順。將軍若是聽從，明日夜間，輕弓短箭，騎着快馬，從小路直入賊寨，生擒林沖等寇，解赴京師，共立功勋。』關勝聽罷大喜，請入帳，置酒相待。備説宋江專以忠義爲主，不幸從賊無辜。二人遞相剖露衷情，并無疑心。次日，宋江舉衆搦戰。關勝與呼延灼商議：『今日可先贏首將，晚間可行此計。』且說呼延灼借副衣甲穿了，彼各上馬，都到陣前。宋江見了，大罵呼延灼道：『我不曾虧負你半分，因何貪夜私去？』呼延灼回道：『汝等草寇，成何大事！』宋江便令鎮三山黃信出馬，仗喪門劍，驅坐下馬，直奔呼延灼。兩馬相交，鬥不到十合，呼延灼手起一鞭，把黃信打落馬下。宋江陣上衆軍，搶出來扛了回去。關勝大喜，令大小三軍一齊掩殺。呼延灼道：『不可追掩，恐吳用那廝廣有神機。若還趕殺，恐賊有計。』關勝聽了，火急收軍，都回本寨，到中軍帳裏置酒相待，動問鎮三山黃信之事。呼延灼道：『此人原是朝廷命官，青州都監，與秦明、花榮一時落草。今日先殺此賊，挫滅威風。今晚偷營，必然成事。』關勝大喜，傳下將令，教宣贊、郝思文兩路接應。自引五百馬軍，輕弓短箭，叫呼延灼引路。至夜二更起身，三更前後，直奔宋江寨中，炮響爲號，裏應外合，一齊進兵。

是夜月光如晝。黃昏時候披挂已了，馬摘鸞鈴，人披軟戰，軍卒銜枚疾走，一齊乘馬。呼延灼當先引路，衆人跟着。轉過山徑，約行了半個更次，前面撞見三五十個伏路小軍，低聲問道：『來的不是呼將軍麼？宋公明差我等在此迎接。』呼延灼喝道：『休言語，隨在我馬後走。』呼延灼縱馬先行，關勝乘馬在後。又轉過一層山嘴，衹見呼延灼把槍尖一指，遠遠地一碗紅燈。關勝勒住馬問道：『有紅燈處是那裏？』呼延灼道：『那裏便是宋公明中軍。』急催動人馬。將近紅燈，忽聽得一聲炮響，衆軍跟定關勝，殺奔前來。到紅燈之下看時，不見一個，便喚呼延灼時，亦不見了。關勝大驚，知道中計，慌忙回馬。聽得四邊山上，一齊鼓響鑼鳴。正是慌不擇路，衆軍各自逃生。關勝連忙回馬時，衹剩得數騎馬軍跟着。轉出山嘴，又聽得樹林邊腦後一聲炮響，四下裏撓鈎齊出，把關勝拖下雕鞍，奪了刀馬，卸去衣甲，前推後擁，拿投大寨裏來。却說林沖、花榮自引一支軍馬截住郝思文，回頭厮殺。月光之下，遥見郝思文怎生打扮？有《西江月》爲證：

千丈凌雲豪氣，一團筋骨精神。橫槍躍馬蕩微塵，四海英雄難近。身着戰袍錦綉，七星甲挂龍鱗。天丁元是郝思文，飛馬當前出陣。

林沖大喝道：『你主將關勝中計被擒，你這無名小將，何不下馬受縛！』郝思文大怒，直取林沖。二馬相交，鬥無數合，花榮挺槍助戰。郝思文勢力不加，回馬便走。肋後撞出個女將一丈青扈三娘，撒起紅綿套索，把郝思文拖下馬來。步軍向前一齊捉住，解投大寨。

話分兩處。這邊秦明、孫立自引一支軍馬去捉宣贊，當路正逢此人。醜郡馬宣贊怎生打扮？有《西江月》爲證：

卷縮短黃鬢髮，凹兜黑墨容顔。睁開怪眼似雙環，鼻孔朝天仰見。手内鋼刀耀雪，護身鎧甲連環。海騮赤馬錦鞍韉，郡馬英雄宣贊。

當下宣贊出馬，大罵：『草賊匹夫，當我者死，避我者生！』秦明大怒，躍馬揮狼牙棍，直取宣贊。二馬相交，約鬥數合，孫立側首過來。宣贊慌張，刀法不依古格，被秦明一棍掤下馬來。三軍齊喊一聲，向前捉住。再有撲天雕李應引領大小軍兵，搶奔關勝寨内來，先救了張横、阮小七并被擒水軍人等，奪去一應糧草馬匹，却去招安四下敗殘人馬。

宋江會衆上山。此時東方漸明，忠義堂上分開坐次，早把關勝、宣贊、郝思文分投解來。宋江見了，慌忙下堂，喝退軍卒，親解其縛，把關勝扶在正中交椅上，納頭便拜，叩首伏罪，説道：『亡命狂徒，冒犯虎威，望乞恕罪。』關勝連忙答禮，閉口無言，手足無措。呼延灼亦向前來伏罪道：『小可既蒙將令，不敢不依，萬望將軍免恕虚誑之罪。』關勝看了一般頭領，義氣深重，回顧與宣贊、郝思文道：『我們被擒在此，所事若何？』二人答道：『并聽將令。』關勝道：『無面還京，俺三人願早賜一死。』宋江道：『何故發此言？將軍倘蒙不弃微賤，一同替天行道。若是不肯，不敢苦留，衹今便送回京。』關勝道：『人稱忠義宋公明，話不虚傳。今日我等有家難奔，有國難投，願在帳下爲一小卒。』宋江大喜。當日一面設筵慶賀，一邊使人招安逃竄敗軍，又得了五七千人馬。其餘各自四散。投降軍內，有老幼者，隨即給散銀兩，便放回家。一邊差薛永賫書往蒲東，搬取關勝老小。都不在話下。

宋江正飲宴間，默然想起盧員外、石秀陷在北京，潸然泪下。吳用道：『兄長不必憂心，吳用自有措置。祇過今晚，來日再起軍兵，去打北京，必然成事。』關勝便起身說道：『小將無可報答不殺之罪，願爲前部。』宋江大喜。次日早晨傳令，就教宣贊、郝思文撥回舊有軍馬，便爲前部先鋒。其餘原打北京頭領，不缺一個。再差李俊、張順將帶水戰盔甲隨去，以次再望北京進發。

這裏却說梁中書在城中，正與索超起病飲酒，祇見探馬報道：『關勝、宣贊、郝思文并衆軍馬，俱被宋江捉去，已入伙了。梁山泊軍馬現今又到。』梁中書聽得，唬得目瞪痴呆，手脚無措。祇見索超禀復道：『前者中賊冷箭，今番且復此仇。』隨即賞了索超，便教引本部人馬，争先出城，前去迎敵。李成、聞達隨後調軍接應。其時正是仲冬天氣，時候正冷，連日彤雲密布，朔風亂吼。宋江兵到，索超直至飛虎峪下寨。次日引兵迎敵。宋江引前部吕方、郭盛上高阜處看關勝厮殺。三通戰鼓罷，關勝出陣。祇見對面索超出馬。

當時索超見了關勝，却不認得。隨征軍卒説道：『這個來的便是新背反的大刀關勝。』索超聽了，并不打話，直搶過來，徑奔關勝。關勝也拍馬舞刀來迎。兩個鬥不十合，李成正在中軍，看見索超斧怯，戰關勝不下，自舞雙刀出陣，夾攻關勝。這邊宣贊、郝思文見了，各持兵器前來助戰。五騎攪做一塊。宋江在高阜處看見，鞭梢一指，大軍卷殺過去。李成軍馬大敗虧輸，殺得七斷八絶，連夜退入城去，堅閉不出。宋江催兵直抵城下，扎住軍馬。次日，索超親引一支軍馬，出城衝突。吳用見了，便教軍校迎敵戲戰。他若追來，乘勢便退。此時索超又得了這一陣，歡喜入城。

當晚彤雲四合，紛紛雪下。吳用已有計了。暗差步軍去北京城外，靠山邊河路狹處，掘成陷坑，上用土蓋。是夜雪急風嚴，平明看時，約有二尺深雪。城上望見宋江軍馬，各有懼色，東西栅立不定。索超看了，便點三百軍馬，

就時追出城來。宋江軍馬四散奔波而走。却教水軍頭領李俊、張順身披軟戰，勒馬橫槍，前來迎敵。却才與索超交馬，奔槍便走，特引索超奔陷坑邊來。這裏一邊是路，一邊是澗。李俊弃馬跳入澗中去了，向着前面，口裏叫道：『宋公明哥哥快走！』索超聽了，不顧身體，飛馬搶過陣來。山背後一聲炮響，索超連人和馬攧將下去。後面伏兵齊起。這索超便有三頭六臂，也須七損八傷。正是：爛銀深蓋藏圈套，碎玉平鋪作陷坑。

畢竟急先鋒索超性命如何，且聽下回分解。

第六十五回　托塔天王夢中顯聖　浪裏白跳水上報冤

蓋至是而宋江成于反矣，大書背瘡以著其罪，蓋亦用韓信相君之背字法也。獨怪耐庵之惡宋江如是，而後世之人猶務欲以『忠義』予之，則豈非耐庵作書爲君子春秋之志，而後人之顛倒肆言，爲小人無忌憚之心哉！有世道人心之責者，于其是非可不察乎？

宋江之反，始于私放晁蓋也。晁蓋走而宋江之毒生，晁蓋死而宋江之毒成。至是而大書宋江疽發于背者，殆言宋江反狀至是乃見，而實宋江必反之志不始于今日也。觀晁蓋夢告之言，與宋江私放之言，乃至不差一字，是作者不費一辭，而筆法已極嚴矣。

打大名一來一去，又一來又一去，極文家伸縮變化之妙。

前文一打祝家莊，二打祝家莊，正到苦戰之後，忽然一變，變出解珍、解寶一段文字，可謂奇幻之極。此又一打大名府，二打大名府，正到苦戰之後，忽然一變，變出張旺、孫五一段文字，又復奇幻之極也。世之讀者殊不覺其爲一副爐錘，而不知此實一樣章法也。

寫張順請安道全，忽然橫斜生出截江鬼張旺一段情事。奇矣，却又于其中間，再生出瘦後生孫五一段情事。文心如江流，漩澓真是通身不定。

梁山泊之金擬聘安太醫，却送截江鬼，一可駭也。半夜劫金，半夜宿娼，而送金之人與應受金之人同在一室，二可駭也。欲聘太醫而已無金，太醫既來而金如故，截江小船却作寄金之處，三可駭也。江心結冤，江心報復，雖一遇于巧奴房裏，再遇于定六門前，而必不得及，四可駭也。板刀尚在，血迹未乾，而冤頭債脚疾如反掌，前日一條纜索，今日一條纜索，遂至絲毫不爽，五可駭也。孫五發科，孫五解纜，孫五放船，及至事成，孫五吃刀，孫五下水，不知爲誰忙此半日，六可駭也。孫五先起惡心，孫五便先喪命，張旺雖若稍遲，畢竟不能獨免，不知江底相逢，兩人是笑是哭，七可駭也。不過一葉之舟，而忽然張旺、孫五二人，忽然張旺一人，忽然張順、安道全、王定六、張旺四人，忽然張順、安道全、王定六三人，忽然王定六一人，忽無人。韋應物詩云：『野渡無人舟自横。』偏于此舟禍福倏忽如此，八可駭也。

話説宋江軍中，因這一場大雪，吴用定出這條計來，就下雪陷坑中捉了索超。其餘軍馬，都逃回城中去了，報説索超被擒。梁中書聽得這個消息，不由他不慌，傳令教衆將衹是堅守，不許相戰。

且説宋江到寨，中軍帳上坐下，早有伏兵解索超到麾下。宋江見了大喜，喝退軍健，親解其縛，請入帳中置酒相待，用好言撫慰道：『你看我衆兄弟們，一大半都是朝廷軍官。蓋爲朝廷不明，縱容濫官當道，污吏專權，酷害良民，都情願協助宋江，替天行道。若是將軍不弃，同以忠義爲主。』索超本是天罡星之數，自然湊合，降了宋江。當夜帳中置酒作賀。

次日商議打城。一連打了數日，不得城破。宋江好生憂悶。當夜帳中伏枕而卧，忽然陰風颯颯，寒氣逼人。宋江抬頭看時，衹見天王晁蓋欲進不進，叫聲：『兄弟，你不回去，更待何時！』立在面前。宋江吃了一驚，急起身問道：『哥哥從何而來？屈死冤仇不曾報得，中心日夜不安。前者一向不曾致祭，以此顯靈，必有見責。』晁蓋道：『非爲此也。兄弟靠後，陽氣逼人，我不敢近前。今特來報你：賢弟有百日血光之灾，則除江南地靈星可治。你可早早收兵，此爲上計。回軍自保，免致久圍。』宋江却欲再問明白，趕向前去説道：『哥哥陰魂到此，望説真實。』被晁蓋一推，撒然覺來，却是南柯一夢。便叫小校請軍師圓夢。吴用來到中軍帳上，宋江説其异事。吴用道：『既是晁天王顯聖，不可不依。目今天寒地凍，軍馬難以久住，權且回山守待，冬盡春初，雪消冰解，那時再來打城，未爲晚矣。』宋江道：『軍師言之甚當，衹是盧員外和石秀兄弟陷在縲紲，度日如年，衹望我等兄弟來救。不争我們回去，誠恐這厮們害他性命。此事進退兩難。』計議未定。

次日，衹見宋江覺道神思疲倦，身體酸疼，頭如斧劈，身似籠蒸，一卧不起。衆頭領都在面前看視。宋江道：『我衹覺背上好生熱疼。』衆人看時，衹見鏊子一般赤腫起來。吴用道：『此疾非癰即疽。吾看方書，緑豆粉可以護心，毒氣不能侵犯。便買此物，安排與哥哥吃。』一面使人請藥醫治，亦不能好。衹見浪裏白跳張順説道：『小弟舊在潯陽江時，因母得患背疾，百藥不能治，後請得建康府安道全，手到病除。向後小弟但得些銀兩，便着人送去與他。今見兄長如此病癥，此去東途路遠，急速不能便到。爲哥哥的事，衹得星夜前去，拜請他來救治哥哥。』吴用道：『兄長夢晁天王所言，百日之灾，則除江南地靈星可治。莫非正應此人？』宋江道：『兄弟，你若有這個人，快與我去，休辭生受，衹以義氣爲重。星夜去請此人，救我一命。』吴用教取蒜條金一百兩與醫人，再將三二十兩碎銀作爲盤纏，分付與張順：『衹今便行，好歹定要和他同來，切勿有悮！我今拔寨回山，和他山寨裏相會。兄弟可作急快來。』張順别了衆人，背上包裹，望前便去。

且説軍師吴用傳令諸將，權且收軍罷戰回山。車子上載了宋江，連夜起發。北京城内曾經了伏兵之計，衹猜他引誘，不敢來追。次日，梁中書見報説道：『此去未知何意？』李成、聞達道：『吴用那厮詭計極多，衹可堅守，不宜追趕。』

話分兩頭。且説張順要救宋江，連夜趲行，時值冬盡，無雨即雪，路上好生艱難。更兼慌張，不曾帶得雨具。行了數千里，早近揚子江邊。是日北風大作，凍雲低垂，飛飛揚揚，下一天大雪。張順冒着風雪，要過大江，捨命而行。雖是景物凄凉，江内别是幾般清致。有《西江月》爲證：

嘹唳凍雲孤雁，盤旋枯木寒鴉。空中雪下似梨花，片片飄瓊亂灑。玉壓橋邊酒旆，銀鋪渡口魚艖。前村隱隱兩三家，江上晚來堪畫。

那張順獨自一個，奔至揚子江邊。看那渡船時，并無一隻，衹叫得苦。繞着這江邊了走，衹見敗葦折蘆裏面，有些烟起。張順叫道：『梢公，快把渡船來載我。』衹見蘆葦裏簌簌地響，走出一個人來，頭戴箬笠，身披蓑衣，問道：『客人要那裏去？』張順道：『我要渡江去建康幹事至緊，多與你些船錢，渡我則個。』那梢公道：『載你不妨，衹是今日晚了，便過江去也没歇處。你衹在我船裏歇了。到四更風静月明時，我便渡你過去。多出些船錢與我。』張順道：『也説的是。』便與梢公鑽入蘆葦裏來。見灘邊纜着一隻小船，見篷底下一個瘦後生在那裏向火。梢公扶張順下船，走入艙裏，把身上濕衣服都脱下來，叫那小後生就火上烘焙。張順自打開衣包，取出綿被，和身上卷倒在艙裏，叫梢公道：『這裏有酒賣麽？買些來吃也好。』梢公道：『酒却没買處，要飯便吃一碗。』張順吃了一碗飯，放倒頭便睡。一來連日辛苦，二來十分托大，到初更左側，不覺睡着。

那瘦後生向着炭火烘着上蓋的衲襖，看見張順睡着了，便叫梢公道：『大哥，你見麽？』梢公盤將來，去頭邊衹一捏，覺道是金帛之物，把手摇道：『你去把船放開，去江心裏下手不遲。』那後生推開篷，跳上岸，解了纜索，上船把竹篙點開，搭上櫓，咿咿啞啞地摇出江心裏來。梢公在船艙裏取纜船索，輕輕地把張順捆縛做一塊，便去船梢艎板底下取出板刀來。張順却好覺來，雙手被縛，掙挫不得。梢公手拿大刀，按在他身上。張順道：『好漢，你饒我性命，都把金子與你。』梢公道：『金銀也要，你的性命也要。』張順連聲叫道：『你衹教我囫圇死，冤魂便不來纏你。』梢公放下板刀，把張順撲咚的丢下水去。

那梢公便去打開包來看時，見了許多金銀，便没心分與那瘦後生，叫道：『五哥，和你説話。』那人鑽入艙裏來，被梢公一手揪住，一刀落時，砍的伶仃，推下水去。梢公打并了船中血迹，自摇船去了。

却説張順是在水底下伏得三五夜的人，一時被推下去，就江底下咬斷索子，赴水過南岸時，見樹林中閃出燈光來。張順爬上岸，水渌渌地轉入林子裏看時，却是一個村酒店，半夜裏起來醡酒，破壁縫透出燈光。張順叫開門時，見個老丈，納頭便拜。老兒道：『你莫不是江中被人劫了，跳水逃命的麽？』張順道：『實不相瞞老丈，小人來建康幹事，晚了，隔江覓船，不想撞着兩個歹人，把小子應有衣服金銀，盡都劫了，攛落江中。小人却會赴水，逃得性命。公公救度則個。』老丈見説，領張順入後屋下，把個衲頭與他，替下濕衣服來烘，燙些熱酒與他吃。老丈道：『漢子，你姓什麽？山東人來這裏幹何事？』張順道：『小人姓張，建康府安太醫是我弟兄，特來探望他。』老丈道：『你從山東來，曾經梁山泊過？』張順道：『正從那裏經過。』老丈道：『他山上宋頭領不劫來往客人，又不殺害人性命，衹是替天行道。』張順道：『宋頭領專以忠義爲主，不害良民，衹怪濫官污吏。』老丈道：『老漢聽得説，宋江這伙端的仁義，衹是救貧濟老，那裏似我這裏草賊。若得他來這裏，百姓都快活，不吃這伙濫污官吏薅惱。』張順聽罷，道：『公公不要吃驚，小人便是浪裏白跳張順。因爲俺哥哥宋公明害發背瘡，教我將一百兩黄金來請安道全。誰想托大在船中睡着，被這兩個賊男女縛了雙手，攛下江裏。被我咬斷繩索，到得這裏。』老丈道：『你既是那裏好漢，我叫兒子出來和你相見。』不多時，後面走出一個後生來，看着張順便拜道：『小人久聞哥哥大名，衹是無緣不曾拜識。小人姓王，排行第六，因爲走跳的快，人都唤小人做活閃婆王定六。平生衹好赴水使棒，多曾投師，不得傳受，權在江邊賣酒度日。却才哥哥被兩個劫了的，小人都認得：一個是截江鬼張旺，那一個瘦後生却是華亭縣人，唤做油裏鰍孫三。這兩個男女，如常在這江裏劫人。哥哥放心，在此住幾日，等這厮來吃酒，我與哥哥報仇。』張順道：『感承兄弟好意。我爲兄長宋公明，恨不得一日奔回寨裏。衹等天明便入城去，請了安太醫回來相會。』王定六把自己衣裳都與張順换了，連忙置酒相待。不在話下。次日，天晴雪消，把十數兩銀子與張順，且教入建康府來。

張順進得城中，徑到槐橋下，看見安道全正在門前貨藥。張順進得門，看着安道全納頭便拜。古人有首詩，單題安道全好處。道是：

肘後良方有百篇，金針玉刃得師傳。重生扁鵲應難比，萬里傳名安道全。

這安道全祖傳內科外科盡皆醫得，以此遠方馳名。當時看了張順，便問道：『兄弟多年不見，甚風吹得到此？』張順隨至裏面，把這鬧江州跟宋江上山的事一一告訴了。後說宋江見患背瘡，特地來請神醫，揚子江中險些兒送了性命，都實訴了。安道全道：『若論宋公明天下義士，去走一遭最好。衹是拙婦亡過，家中別無親人，離遠不得，以此難出。』張順苦苦求告：『若是兄長推却不去，張順也難回山。』安道全道：『再作商議。』張順百般哀告，安道全方才應允。原來這安道全却和建康府一個烟花娼妓，喚做李巧奴，如常往來。這李巧奴生得十分美麗，安道全以此眷顧他。有詩爲證：

蕙質溫柔更老成，玉壺明月逼人清。步搖寶髻尋春去，露濕凌波步月行。丹臉笑回花萼麗，朱弦歌罷彩雲停。願教心地常相憶，莫學章臺贈柳情。

當晚就帶張順同去他家，安排酒吃。李巧奴拜張順做叔叔。三杯五盞，酒至半酣，安道全對巧奴說道：『我今晚就你這裏宿歇，明日早和這兄弟去山東地面走一遭。多則是一個月，少是二十餘日，便回來望你。』那李巧奴道：『我却不要你去！你若不依我口，再也休上我門。』安道全道：『我藥囊都已收拾了，衹要動身，明日便去。你且寬心，我便去也，又不耽擱。』李巧奴撒嬌撒痴，倒在安道全懷裏說道：『你若還不依我，去了，我衹咒得你肉片片兒飛！』張順聽了這話，恨不得一口水吞吃了這婆娘。看看天色晚了，安道全大醉倒了，攙去巧奴房裏，睡在床上。巧奴却來發付張順道：『你自歸去，我家又沒睡處。』張順道：『衹待哥哥酒醒同去。』以此發遣他不動，衹得安他在門首小房裏歇。

張順心中憂煎，那裏睡得着。初更時分，有人敲門。張順在壁縫裏張時，衹見一個人閃將入來，便與虔婆說話。那婆子問道：『你許多時不來，却在那裏？今晚太醫醉倒在房裏，却怎生奈何？』那人道：『我有十兩金子，送與姐姐打些釵環。老娘怎地做個方便，教他和我廝會則個。』虔婆道：『你衹在我房裏，我叫女兒來。』張順在燈影下張時，却見是截江鬼張旺。原來這廝但是江中尋得些財，便來他家使。張順見了，按不住火起。再細聽時，衹見虔婆安排酒食在房裏，叫巧奴相伴張旺。張順本待要搶入去，却又怕弄壞了事，走了這賊。約莫三更時分，厨下兩個使喚的也醉了。虔婆東倒西歪，却在燈前打醉眼子。張順悄悄開了房門，踅到厨下，見一把厨刀明晃晃放在竈上，看這虔婆倒在側首板凳上。張順走將入來，拿起厨刀，先殺了虔婆。要殺使喚的時，原來厨刀不甚快，砍了一個人，刀口早卷了。那兩個正待要叫，却好一把劈柴斧正在手邊，綽起來，一斧一個砍殺了。房中婆娘聽得，慌忙開門，正迎着張順，手起斧落，劈胸膛砍翻在地。張旺燈影下見砍翻婆娘，推開後窗，跳墻走了。張順懊惱無極，隨即割下衣襟，蘸血去粉壁上寫道：『殺人者，安道全也。』連寫數十處。

捱到五更將明，衹聽得安道全在房中酒醒，便叫巧奴。張順道：『哥哥不要則聲！我教你看兩個人。』安道全起來，看了四個死尸，嚇得渾身麻木，顫做一團。張順道：『哥哥，你見壁上寫的麽？』安道全道：『你苦了我也！』張順道：『衹有兩條路從你行：若是聲張起來，我自走了，哥哥却用去償命；若還你要沒事，家中取了藥囊，連夜徑上梁山泊救我哥哥。這兩件隨你行。』安道全道：『兄弟忒這般短命見識！』有詩爲證：

久戀烟花不肯休，臨行留滯更綢繆。鐵心張順無情甚，白刃橫飛血漫流。

到天明，張順卷了盤纏，同安道全回家，敲開門，取了藥囊出城來，徑到王定六酒店裏。王定六接着，說道：『昨日張旺從這裏過，可惜不遇見哥哥。』張順道：『我自要幹大事，那裏且報小仇。』說言未了，王定六報道：『張旺那廝來也！』張順道：『且不要驚他，看他投那裏去。』衹見張旺去灘頭看船。王定六叫道：『張大哥，你留船來載我兩個親眷過去。』張旺道：『要趁船快來。』王定六報與張順。張順道：『安兄，你可借衣服與小弟穿，小弟衣裳却換與兄長穿了，才去趁船。』安道全道：『此是何意？』張順道：『自有主張，兄長莫問。』安道全脫下衣服與張順換穿了。張順戴上頭巾，遮塵暖笠影身。王定六背了藥囊，走到船邊。張旺攏船傍岸，三個人上船。

張順爬入後梢，揭起艎板看時，板刀尚在。張順拿了，再入船艙裏。張旺把船摇開，咿啞之聲，直到江心裏面。張順脱去上蓋，叫一聲：「梢公快來，你看船艙裏漏入水來。」張旺不知中計，把頭鑽入艙裏來，被張順肐膊地揪住，喝一聲：「强賊！認得前日雪天趁船的客人麽？」張旺看了，則聲不得。張順喝道：「你這厮謀了我一百兩黃金，又要害我性命。你那個瘦後生那裏去了？」張旺道：「好漢，小人得了財，無心分與他，恐他争論，被我殺死，擸入江裏去了。」張順道：「你認得我麽？」張旺道：「不識得好漢。」張順喝道：「我生在潯陽江邊，長在小孤山下，作賣魚牙子，誰不認得！衹因鬧了江州，上梁山泊隨從宋公明，縱横天下，誰不懼我！你這厮漏我下船，縛住雙手，擸下江心。不是我會識水時，却不送了性命！今日冤仇相見，饒你不得！」就勢衹一拖，提在船艙中，把手脚四馬攢蹄，捆縛做一塊，看着那揚子大江，直擸下去，「也免了你一刀。」張旺性命，眼見得黄昏做鬼。王定六看了，十分嘆息。三人棹船到岸。張順對王定六道：「賢弟恩義，生死難忘。你若不弃，便可同父親收拾起酒店，趕上梁山泊來，一同歸順大義。未知你心下何如？」王定六道：「哥哥所言，正合小弟之心。」説罷分别。張順和安道全就北岸上路。王定六作辭二人，復上小船，自回家去，收拾行李趕來。

且説張順與同安道全上得北岸，背了藥囊，移身便走。那安道全是個文墨的人，士大夫出身，不會走路，行不得三十餘里，早走不動。張順請入村店，買酒相待。正吃之間，衹見外面一個客人走到面前，叫聲：「兄弟，如何這般遲誤？」張順看時，却是神行太保戴宗，扮做客人趕來。張順慌忙教與安道全相見了，便問宋公明哥哥消息。戴宗道：「如今哥哥神思昏迷，水米不吃，看看待死，不久臨危。」張順聞言，泪如雨下。安道全問道：「皮肉血色如何？」戴宗答道：「肌膚憔悴，終日叫唤，疼痛不止，性命早晚難保。」安道全道：「若是皮肉身體得知疼痛，便可醫治。衹怕誤了日期。」戴宗道：「這個容易。」取兩個甲馬拴在安道全腿上。戴宗自背了藥囊，分付張順：「你自慢來，我同太醫前去。」兩個離了村店，作起神行法先去了。

頭奔走一小篇。使人讀之真欲絶倒。

話説吴用對宋江道：『今日幸喜得兄長無事，又得安太醫在寨中看視貴疾，此是梁山泊萬千之幸。比及兄長卧病之時，小生累累使人去北京探聽消息，梁中書晝夜憂驚，祇恐俺軍馬臨城。又使人直往北京城裏城外市井去處，遍貼無頭告示，曉諭居民，勿得疑慮。冤各有頭，債各有主，大軍到郡，自有對頭。因此梁中書越懷鬼胎。東京蔡太師見説降了關勝，天子之前，更不敢題；祇是主張招安，大家無事。因此累累寄書與梁中書，教道且留盧俊義、石秀二人性命，好做脚手。』宋江見説，便要催趲軍馬下山，去打北京。吴用道：『即今冬盡春初，早晚元宵節近，北京年例大張燈火。我欲乘此機會，先令城中埋伏，外面驅兵大進，裏應外合，可以救難破城。』宋江道：『若要如此調兵，便請軍師發落。』吴用道：『爲頭最要緊的是城中放火爲號。你衆弟兄中誰敢與我先去城中放火？』祇見階下走過一人道：『小弟願往！』衆人看時，却是鼓上蚤時遷。時遷道：『小弟幼年間曾到北京。城内有座樓，唤做翠雲樓。樓上樓下大小有百十個閣子。眼見得元宵之夜，必然喧哄。乘空潛地入城。正月十五日夜，盤去翠雲樓上，放起火來爲號，軍師可自調人馬劫牢，此爲上計。』吴用道：『我心正待如此。你明日天曉，先下山去。祇在元宵夜一更時候，樓上放起火來，便是你的功勞。』時遷應允，聽令去了。

吴用次日却調解珍、解寶扮做獵户，去北京城内官員府裏獻納野味。正月十五日夜間，祇看火起爲號，便去留守司前截住報事官兵。兩個聽令去了。再調杜遷、宋萬扮做糶米客人，推輛車子去城中宿歇。元宵夜祇看號火起時，却來先奪東門。『此是你兩個功勞。』兩個聽令去了。再調孔明、孔亮扮做丐者，去北京城内鬧市裏房檐下宿歇。祇看樓前火起，便去往來接應。兩個聽令去了。再調李應、史進扮做客人，去北京東門外安歇。祇看城中號火起時，先斬把門軍士，奪下東門，好做出路。兩個聽令去了。再調魯智深、武松扮做行脚僧行，去北京城外庵院挂搭。祇看城中號火起時，便去南門外截住大軍，衝擊去路。兩個聽令去了。再調鄒淵、鄒潤扮做賣燈客人，直往北京城中尋客店安歇。祇看樓中火起，便去司獄司前策應。兩個聽令去了。再調劉唐、楊雄扮作公人，直去北京州衙前宿歇。祇看號火起時，便去截住一應報事人員，令他首尾不能救應。兩個聽令去了。再調公孫勝先生扮做雲游道士，却教凌振扮做道童跟着，將帶風火轟天等炮數百個，直去北京城内净處守待。祇看號火起時施放。兩個聽令去了。再調張順跟隨燕青從水門裏入城，徑奔盧員外家，單捉淫婦奸夫。再調王矮虎、孫新、張青、扈三娘、顧大嫂、孫二娘扮作三對村裏夫妻入城看燈，尋至盧俊義家中放火。再調柴進帶同樂和扮做軍官，直去蔡節級家中，要保救二人性命。調撥已定，衆頭領俱各聽令去了。各各遵依軍令，不可有誤。

此是正月初頭。不説梁山泊好漢依次各各下山進發。且説北京梁中書唤過李成、聞達、王太守等一干官員商議放燈一事。梁中書道：『年例北京大張燈火，慶賞元宵，與民同樂，全似東京體例。如今被梁山泊賊人兩次侵境，祇恐放燈因而惹禍。下官意欲住歇放燈，你衆官心下如何計議？』聞達便道：『想此賊人潛地退去，没頭告示亂貼，此計是窮，必無主意。相公何必多慮。若還今年不放燈時，這厮們細作探知，必然被他耻笑。可以傳下鈞旨，曉示居民：比上年多設花燈，添扮社火，市心中添搭兩座鰲山。照依東京體例，通宵不禁，十三至十七放燈五夜。教府尹點視居民，勿令缺少。相公親自行春，務要與民同樂。聞某親領一彪軍馬出城去飛虎峪駐扎，以防賊人奸計。再着李都監親引鐵騎馬軍，繞城巡邏，勿令居民驚憂。』梁中書見説大喜。衆官商議已定，隨即出榜曉諭居民。

這北京大名府是河北頭一個大郡，衝要去處。却有諸路買賣，雲屯霧集，祇聽放燈，都來趕趁。在城坊隅巷陌，該管廂官每日點視，祇得裝扮社火。豪富之家，各自去賽花燈，遠者三二百里去買，近者也過百十里之外。便有客商，年年將燈到城貨賣。家家門前扎起燈棚，都要賽挂好燈，巧樣烟火。户内縛起山棚，擺放五色屏風炮燈，四邊都挂名人畫片并奇异古董玩器之物。在城大街小巷，家家都要點燈。大名府留守司州橋邊搭起一座鰲山，上面盤紅黄紙龍兩條，每片鱗甲上點燈一盞，口噴净水。去州橋河内周圍上下，點燈不計其數。銅佛寺前扎起一座鰲山，當下且說這張順在本處村店裏，一連安歇了兩三日。衹見王定六背了包裹，同父親果然過來。張順接見，心中大喜，說道：『我專在此等你。』王定六問道：『安太醫何在？』張順道：『神行太保戴宗接來迎着，已和他先行去了。』王定六却和張順并自父親，一同起身投梁山泊來。

且說戴宗引着安道全，作起神行法，連夜趕到梁山泊，并不困倦。寨中大小頭領接着，引到宋江卧榻內，就床上看時，口內一絲兩氣。安道全先診了脉息，說道：『衆頭領休慌。脉體無事，身軀雖見沉重，大體不妨。不是安某說口，衹十日之間，便要復舊。』衆人見說，一齊便拜。安道全先把艾焙引出毒氣，然後用藥，外使敷貼之餌，內用長托之劑。五日之間，漸漸皮膚紅白，肉體滋潤，飲食漸進。不過十日，雖然瘡口未完，飲食復舊。衹見張順引着王定六父子二人，拜見宋江并衆頭領，訴說江中被劫，水上報冤之事。衆皆稱嘆：『險不誤了兄長之患。』宋江才得病好，便與吳用商量，要打北京，救取盧員外、石秀，以表忠義之心。安道全諫道：『將軍瘡口未完，不可輕動。動則急難痊可。』吳用道：『不勞兄長挂心，有傷神思，衹顧自己將息，調理元陽真氣。吳用雖然不才，衹就目今春初時候，定要打破北京城池，救取盧員外、石秀二人性命，擒拿淫婦奸夫。不知兄長意下如何？』宋江道：『若得軍師如此扶持，宋江雖死瞑目。』吳用便就忠義堂上傳令。言不過數句，話不盡一席，有分教：北京城內，變成火窟槍林；大名府中，翻作尸山血海。正是：談笑鬼神皆喪膽，指揮豪杰盡傾心。

畢竟軍師吳用設出什麽計來，且聽下回分解。

第六十六回　時遷火燒翠雲樓　吳用智取大名府

吾友斫山先生，嘗向吾誇京中口技，言：『是日賓客大會。于廳事之東北角，施八尺屏障，口技人坐屏障中，一桌、一椅、一扇、一撫尺而已。衆賓既團揖坐定，少頃，但聞屏障中撫尺二下，滿堂寂然，無敢嘩者。遥遥聞深巷犬吠聲，甚久，忽耳畔鳴金一聲，便有婦人驚覺欠申，搖其夫，語猥褻事。夫囈語，初不甚應，婦搖之不止，則二人語漸間雜，床又從中戛戛響。既而兒醒，大啼。夫令婦與兒乳，兒含乳啼，婦拍而嗚之。夫起溺，婦亦抱兒起溺。床上又一大兒醒，狺狺不止。當是時，婦手拍兒聲，口中嗚聲，兒含乳啼聲，大兒初醒聲，床聲，夫叱大兒聲，溺瓶中聲，溺桶中聲，一齊湊發，衆妙畢備。滿座賓客無不伸頸側目，微笑默嘆，以爲妙絶也。既而夫上床寢，婦又呼大兒溺畢，都上床寢，小兒亦漸欲睡。夫鼾聲起，婦拍兒亦漸拍漸止。微聞有鼠作作索索，盆器傾側，婦夢中咳嗽之聲。賓客意少舒，稍稍正坐。忽一人大呼火起，夫起大呼，婦亦起大呼，兩兒齊哭。俄而百千人大呼，百千兒哭，百千狗吠。中間力拉崩倒之聲，火爆聲，呼呼風聲，百千齊作。又夾百千求救聲，曳屋許許聲，搶奪聲，潑水聲，凡所應有，無所不有。雖人有百手，手有百指，不能指其一端。人有百口，口有百舌，不能名其一處也。于是賓客無不變色離席，奮袖出臂，兩股戰戰，幾欲先走。而忽然撫尺一下，群響畢絶。撤屏視之，一人、一桌、一椅、一扇、一撫尺如故。蓋久之久之，猶滿堂寂然，賓客無敢先嘩者也。』吾當時聞其言，意頗不信，笑謂先生：此自是卿粲花之論耳，世豈真有是技？維時先生亦笑謂吾：豈惟卿不得信，實惟吾猶至今不信耳！今日讀火燒翠雲樓一篇，而深嘆先生未嘗吾欺，世固真有是絶异非常之技也。

調撥時，一人一令，及乎動手，却各各變换，不必盡不同，不必盡同。無他，世固無印板厮殺，不但無印板文字也。

調撥作兩半寫，點逗亦作兩半寫，城裏衆人發作亦作兩半寫，城中大軍策應亦作兩半寫。又是一樣絶奇之格。

寫梁山泊調撥劫城一大篇後，却寫梁中書調撥放燈一小篇。寫梁中書兩頭奔走一大篇後，却寫李固、賈氏兩上面盤着青龍一條，周回也有千百盞花燈。翠雲樓前也扎起一座鰲山，上面盤着一條白龍，四面燈火不計其數。原來這座酒樓，名貫河北，號為第一。上有三檐滴水，雕梁繡柱，極是造得好。樓上樓下，有百十處閣子。終朝鼓樂喧天，每日笙歌聒耳。城中各處宮觀寺院佛殿法堂中，各設燈火，慶賞豐年。三瓦兩舍，更不必說。

那梁山泊探細人得了這個消息，報上山來。吳用得知大喜，去對宋江說知備細。宋江便要親自領兵去打北京。安道全諫道：「將軍瘡口未完，切不可輕動，稍若怒氣相侵，實難痊可。」吳用道：「小生替哥哥走一遭。」隨即與鐵面孔目裴宣點撥八路軍馬：第一隊，雙鞭呼延灼引領韓滔、彭玘為前部，鎮三山黃信在後策應，都是馬軍。前者呼延灼陣上打了的是假的，故意要賺關勝，故設此計。第二隊，豹子頭林沖引領馬麟、鄧飛為前部，小李廣花榮在後策應，都是馬軍。第三隊，大刀關勝引領宣贊、郝思文為前部，病尉遲孫立在後策應，都是馬軍。第四隊，霹靂火秦明引領歐鵬、燕順為前部，青面獸楊志在後策應，都是馬軍。第五隊，卻調步軍頭領沒遮攔穆弘，將引杜興、鄭天壽。第六隊，步軍頭領黑旋風李逵將引李立、曹正。第七隊，步軍頭領插翅虎雷橫將引施恩、穆春。第八隊，步軍頭領混世魔王樊瑞將引項充、李袞。這八路馬步軍兵，各自取路，即今便要起行，毋得時刻有誤。正月十五日二更為期，都要到北京城下。馬軍、步軍一齊進發。那八路人馬依令下山。其餘頭領盡跟宋江保守山寨。

且說時遷是個飛簷走壁的人，不從正路入城，夜間越牆而過。城中客店內卻不着單身客人，他自白日在街上閑走，到晚來東岳廟內神座底下安身。正月十三日，卻在城中往來觀看居民百姓搭縛燈棚，懸掛燈火。正看之間，只見解珍、解寶挑着野味在城中往來觀看。又撞見杜遷、宋萬兩個從瓦子裏走將出來。時遷當日先去翠雲樓上打一個踅，祇見孔明披着頭髮，身穿羊裘破衣，右手拄一條杖子，左手拿個碗，腌腌臢臢在那裏求乞。見了時遷，打他去背後說話。時遷道：「哥哥，你這般一個漢子，紅紅白白面皮，不像叫化的。北京做公的多，倘或被他看破，須誤了大事。哥哥可以躲閃回避。」說不了，又見個丐者從牆邊來。看時，卻是孔亮。時遷道：「哥哥，你又露出雪也似白面來，亦不像忍饑受餓的人。這般模樣，必然決撒。」卻才道罷，背後兩個劈角兒揪住喝道：「你三個做得好事！」回頭看時，卻是楊雄、劉唐。時遷道：「你驚殺我也！」楊雄道：「都跟我來。」帶去僻靜處埋冤道：「你三個好沒分曉！卻怎地在那裏說話？倒是我兩個看見。倘若被他眼乖手快的公人看破，卻不誤了哥哥大事！我兩個都已見了弟兄們，不必再上街去。」孔明道：「鄒淵、鄒潤自在街上賣燈。魯智深、武松已在城外庵裏。再不必多說，只顧臨期各自行事。」五個說了，都出到一個寺前，正撞見一個先生從寺裏出來。喝道：「你五個在此做甚事？」眾人抬頭看時，卻是入雲龍公孫勝，背後凌振扮做道童跟着。七個人都頤指氣使，點頭會意，各自去了。

看看相近上元，梁中書先令聞大刀聞達將引軍馬出城，去飛虎峪駐扎，以防賊寇。十四日，卻令李天王李成親引鐵騎馬軍五百，全副披掛，繞城巡視。次日，正是正月十五日上元佳節，好生晴明。黃昏月上，六街三市，各處坊隅巷陌，點放花燈。大街小巷，都有社火。值此元宵，有詩為證：

北京三五風光好，膏雨初晴春意早。銀花火樹不夜城，陸地擁出蓬萊島。燭龍銜照夜光寒，人民歌舞欣時安。五鳳羽扶雙貝闕，六鰲背駕三神山。紅妝女立朱簾下，白面郎騎紫騮馬。笙簫嘹亮入青雲，月光清射鴛鴦瓦。翠雲樓高侵碧天，嬉游來往多嬋娟。燈球燦爛若錦繡，王孫公子真神仙。游人轇轕尚未絕，高樓頃刻生雲煙。

是夜，節級蔡福分付教兄弟蔡慶看守着大牢：「我自回家看看便來。」方才進得家門，只見兩個人閃將入來，前面那個軍官打扮，後面僕者模樣。燈光之下看時，蔡福認得是小旋風柴進，後面的已自是鐵叫子樂和。蔡節級只認得柴進，便請入裏面去，現成杯盤，隨即管待。柴進道：「不必賜酒，在下到此有件緊事相央。盧員外、石秀全得足下相覷，稱謝難盡。今晚小子欲就大牢裏，趁此元宵熱鬧，看望一遭。望你相煩引進，休得推卻。」蔡福是個公人，早猜了八分。欲待不依，誠恐打破城池，都不見了好處，又陷了老小一家人口性命。祇得擔着血海的干系，便取出舊衣裳教他兩個換了，也扮做公人，換了巾幘，帶柴進、樂和徑奔牢中去了。

初更左右，王矮虎、一丈青、孫新、顧大嫂、張青、孫二娘三對兒村裏夫妻，喬喬畫畫，裝扮做鄉村人，挨入在人叢裏，便入東門去了。公孫勝帶同凌振，挑着荆簍去城隍廟裏廊下坐地。這城隍廟衹在州衙側邊。鄒淵、鄒潤挑着燈，在城中閑走。杜遷、宋萬各推一輛車子，徑到梁中書衙前，閃在人鬧處。原來梁中書衙，衹在東門裏大街住。劉唐、楊雄各提着水火棍，身邊都自有暗器，來州橋上兩邊坐定。燕青領了張順，自從水門裏入城，静處埋伏。都不在話下。

不移時，樓上鼓打二更。却説時遷挾着一個籃兒，裏面都是硫黄、焰硝，放火的藥頭，籃兒上插幾朵鬧鵝兒，踅入翠雲樓後，走上樓去。衹見閣子内吹笙簫，動鼓板，掀雲鬧社，子弟們鬧鬧穰穰，都在樓上打哄賞燈。時遷上到樓上，衹做賣鬧鵝兒的，各處閣子裏去看。撞見解珍、解寶拖着鋼叉，叉上挂着兔兒，在閣子前踅。時遷便道：『更次到了，怎生不見外面動彈？』解珍道：『我兩個方才在樓前，見探馬過去，多管兵馬到了。你衹顧去行事。』言猶未了，衹見樓前都發起喊來，説道：『梁山泊軍馬到了西門外。』解珍分付時遷：『你自快去，我自去留守司前接應。』奔到留守司前，衹見敗殘軍馬，一齊奔入城來，説道：『聞大刀吃劫了寨也。梁山泊賊寇引軍都趕到城下。』李成正在城上巡邏，聽見説了，飛馬來到留守司前，教點軍兵，分付閉上城門，守護本州。

却説王太守親引隨從百餘人，長枷鐵鎖，在街鎮壓。聽得報説這話，慌忙回留守司前。

却説梁中書正在衙前閑坐，初聽報説，尚自不甚慌。次後没半個更次，流星探馬接連報來，嚇得魂不附體，慌忙快叫備馬。説言未了，時遷就在翠雲樓上點着硫黄焰硝，放一把火來。那火烈焰衝天，火光奪月，十分浩大。梁中書見了，急上得馬。却待要去看時，衹見兩條大漢，推兩輛車子，放在當路，便去取碗挂的燈來，望車子上點着，隨即火起。梁中書要出東門時，兩條大漢口稱：『李應、史進在此！』手拈樸刀，大踏步殺來。把門官軍嚇得走了，手邊的傷了十數個。杜遷、宋萬却好接着出來，四個合做一處，把住東門。梁中書見不是頭勢，帶領隨行伴當，飛奔南門。南門傳説道：『一個胖大和尚輪動鐵禪杖，一個虎面行者掣出雙戒刀，發喊殺入城來。』梁中書回馬，再到留守司前，衹見解珍、解寶手拈鋼叉，在那裏東衝西撞。急待回州衙，不敢近前。王太守却好過來，劉唐、楊雄兩條水火棍齊下，打得腦漿迸流，眼珠突出，死于街前。虞候、押番各逃殘生去了。梁中書急急回馬奔西門，衹聽得城隍廟裏火炮齊響，轟天震地。鄒淵、鄒潤手拿竹竿，衹顧就房檐下放起火來。南瓦子前，王矮虎、一丈青殺將來。孫新、顧大嫂身邊掣出暗器，就那裏協助。銅佛寺前，張青、孫二娘入去，爬上鰲山，放起火來。此時北京城內，百姓黎民，一個個鼠竄狼奔，一家家神號鬼哭。四下裏十數處火光亘天，四方不辨。

却説梁中書奔到西門，接着李成軍馬，急到南門城上，勒住馬在鼓樓上看時，衹見城下兵馬擺滿，旗號上寫着『大將呼延灼』。火焰光中，抖擻精神，施逞驍勇，左有韓滔，右有彭玘，黄信在後，催動人馬，雁翅一般横殺將來，隨到門下。梁中書出不得城去，和李成躲在北門城下，望見火光明亮，軍馬不知其數，却是豹子頭林沖，躍馬横槍，左有馬麟，右有鄧飛，花榮在後催動人馬，飛奔將來。再轉東門，一連火把叢中，衹見没遮攔穆弘，左有杜興，右有鄭天壽，三籌步軍好漢當先，手拈樸刀，引領一千餘人，殺入城來。梁中書徑奔南門，捨命奪路而走。吊橋邊火把齊明，衹見黑旋風李逵，左有李立，右有曹正，李逵渾身脱剥，睁圓怪眼，咬定牙根，手掿雙斧，從城濠裏飛殺過來。李立、曹正，一齊俱到。李成當先，殺開條血路，奔出城來，護着梁中書便走。衹見左手下殺聲震響，火把叢中軍馬無數，却是大刀關勝，拍動赤兔馬，手舞青龍刀，徑搶梁中書。李成手舉雙刀，前來迎敵。那時李成無心戀戰，撥馬便走。左有宣贊，右有郝思文，兩肋裏撞來。孫立在後催動人馬，并力殺來。正鬥間，背後趕上小李廣花榮，拈弓搭箭，射中李成副將，翻身落馬。李成見了，飛馬奔走。未及半箭之地，衹見右手下鑼鼓亂鳴，火光奪目，却是霹靂火秦明，躍馬舞棍，引着燕順、歐鵬，背後楊志，又殺將來。李成且戰且走，折軍大半，護着梁中書，衝路走脱。

話分兩頭，却説城中之事。杜遷、宋萬去殺梁中書老小一門良賤。劉唐、楊雄去殺王太守一家老小。孔明、孔亮已從司獄司後墻爬將入去。鄒淵、鄒潤却在司獄司前接往往來之人。大牢裏柴進、樂和看見號火起了，便對蔡福、蔡慶道：『你弟兄兩個見也不見？更待幾時？』蔡慶在門邊守時，鄒淵、鄒潤早撞開牢門，大叫道：『梁山泊好漢全伙在此！好好送出盧員外、石秀哥哥來！』蔡慶慌忙報蔡福時，孔明、孔亮早從牢屋上跳將下來，不由他弟兄兩個肯與不肯，柴進身邊取出器械，便去開枷，放了盧俊義、石秀。柴進説與蔡福：『你快跟我去家中保護老小。』一齊都出牢門來。鄒淵、鄒潤接着，合做一處。蔡福、蔡慶跟隨柴進，來家中保全老小。

盧俊義將引石秀、孔明、孔亮、鄒淵、鄒潤五個弟兄，徑奔家中來捉李固、賈氏。却説李固聽得梁山泊好漢引軍馬入城，又見四下裏火起，正在家中有些眼跳，便和賈氏商量，收拾了一包金珠細軟背了，便出門奔走。衹聽得排門一帶都倒，正不知多少人搶將入來。李固和賈氏慌忙回身，便望裏面開了後門，踅過墻邊，徑投河下來尋自家躲避處。衹見岸上張順大叫：『那婆娘走那裏去！』李固心慌，便跳下船中去躲。却待攢入艙裏，衹見一個人伸出手來，劈兒揪住，喝道：『李固，你認得我麽？』李固聽得是燕青的聲音，慌忙叫道：『小乙哥！我不曾和你有甚冤仇。你休得揪我上岸！』岸上張順早把那婆娘挾在肋下，拖到船邊。燕青拿了李固，都望東門來了。

再説盧俊義奔到家中，不見了李固和那婆娘，且叫衆人把應有家私金銀財寶，都搬來裝在車子上，往梁山泊給散。

却説柴進和蔡福到家中收拾家資老小，同上山寨。蔡福道：『大官人可救一城百姓，休教殘害。』柴進見説，便去尋軍師吴用。比及柴進尋着吴用，急傳下號令去，休教殺害良民時，城中將及傷損一半。但見：

烟迷城市，火燎樓臺。千門萬户受灾危，三市六街遭患難。鰲山倒塌，紅光影裏碎琉璃；屋宇崩摧，烈焰火中燒翡翠。前街傀儡，顧不得面是背非；後巷清音，盡丢壞龍笙鳳管。班毛老子，猖狂燎盡白髭鬚；緑髮兒郎，奔走不收華蓋傘。耍和尚燒得頭焦額爛，麻婆子趕得屁滾尿流。踏竹馬的暗中刀槍，舞鮑老的難免刃槊。如花仕女，人叢中金墜玉崩；玩景佳人，片時間星飛雲散。瓦礫藏埋金萬斛，樓臺變作祝融墟。可惜千年歌舞地，翻成一片戰爭場。

當時天色大明，吳用、柴進在城內鳴金收軍。衆頭領却接着盧員外并石秀，都到留守司相見。備說牢中多虧了蔡福、蔡慶弟兄兩個看管，已逃得殘生。燕青、張順早把這李固、賈氏解來。盧俊義見了，且教燕青監下，自行看管，聽候發落。不在話下。

再說李成保護梁中書出城逃難，又撞着聞達領着敗殘軍馬回來，合兵一處，投南便走。正走之間，前軍發起喊來。却是混世魔王樊瑞，左有項充，右有李衮，三籌步軍好漢，舞動飛刀飛槍，直殺將來。背後又是插翅虎雷横，將引施恩、穆春，各引一千步軍，前來截住退路。正是：獄囚遇赦重回禁，病客逢醫又上床。

畢竟梁中書一行人馬怎地計結，且聽下回分解。

第六十七回 宋江賞馬步三軍 關勝降水火二將

夫忠義堂第一座，固非宋江之所得據，亦非宋江之所得遜也。非所據而據之，名曰無恥。非所遜而遜之，亦名曰無耻。無耻之人，不惟不自惜，亦不爲人惜。不自惜者，如前日宋江之欲據斯座，爲李逵所不許是也。不惜人者，如今日宋江之欲遜斯座，爲盧員外所不許是也。何也？蓋無耻之人，其機械變詐，大要歸于必得斯座而後已。不惟其前日之據之爲必欲得之，惟今日之遜之亦正其巧于必欲得之。夫其意而既已必欲得之，則是堂堂盧員外乃反爲其所影借，以作自身飛騰之尺木也。此時爲盧員外者，豈能甘之乎哉！或曰：宋江之據之也，意在于得斯座，誠有之矣，獨何意知其遜之之亦欲得斯座乎？曰：忠義堂第一座，固非宋江之所得據，亦非宋江之所得遜也。使宋江而誠無意于得之，則夫天王有靈，誓箭在彼，亦聽其人報仇立功自取之而已耳！自宋江有此一遜，而此座遂告已爲宋江所有，此座已爲宋江所有，然則後即有人報仇立功，其不敢與之争之，斷斷然也。此所謂機械變詐，無所用耻之尤甚者，故李逵番番大罵之也。

人即多疑，何至于疑關勝？吳用疑及關勝，則其無所不疑可知也。人即多疑，何至于疑李逵？宋江疑及李逵，則其無所不疑可知也。連書二人各有其疑，以著宋江、吳用之同惡共濟也。

寫李逵遇焦挺，令人讀之油油然有好善之心，有謙抑之心，有不欺人之心，有不自薄之心。真好鐵牛，有此風流！真好耐庵，有此筆墨矣！

打大名後，復不見有爲天王報仇之心，便接水火二將一篇。然則，宋江之弒晁蓋不其信乎？

水火二將文中，亦殊不肯草草，寫來都能變換，不至令人意惡。

寫關勝全是雲長意思，不嫌于刻畫優孟者，決決大書，期于無美不備。固不得以群芳競吐，而獨廢牡丹，水陸畢陳，而反缺江瑶也。

話說當下梁中書、李成、聞達慌速尋得敗殘軍馬，投南便走。正行之間，又撞着兩隊伏兵，前後掩殺。李成當先，聞達在後，護着梁中書，并力死戰，撞透重圍，脱得大難。頭盔不整，衣甲飄零，雖是折了人馬，且喜三人逃得性命，投西去了。樊瑞引項充、李衮乘勢追趕不上，自與雷横、施恩、穆春等同回北京城内聽令。

再説軍師吴用在城中傳下將令，一面出榜安民，一面救滅了火。梁中書、李成、聞達、王太守各家老小，殺的殺了，走的走了，也不來追究。便把大名府庫藏打開，應有金銀寶物，緞匹綾錦，都裝載上車子。又開倉廒，將糧米俵濟滿城百姓了，餘者亦裝載上車，將回梁山泊貯用。號令衆頭領人馬，都皆完備，把李固、賈氏釘在陷車内，將軍馬標撥作三隊，回梁山泊來。正是：鞍上將敲金鐙響，步軍齊唱凱歌回。却叫戴宗先去報宋公明。宋江會集諸將下山迎接，都到忠義堂上。宋江見了盧俊義，納頭便拜。盧俊義慌忙答禮。宋江道：『我等衆人，欲請員外上山，同聚大義。不想却遭此難，幾被傾送，寸心如割！皇天垂佑，今日再得相見，大慰平生。』盧俊義拜謝道：『上托兄長虎威，深感衆頭領之德，齊心并力，救拔賤體，肝膽塗地，難以報答！』便請蔡慶、蔡福拜見宋江，言説：『在下若非此二人，安得殘生到此！』稱謝不盡。當下宋江要盧員外爲尊。盧俊義拜道：『盧某是何等之人，敢爲山寨之主！若得與兄長執鞭墜鐙，願爲一卒，報答救命之恩，實爲萬幸。』宋江再三拜請，盧俊義那裏肯坐。

衹見李逵道：『哥哥若讓別人做山寨之主，我便殺將起來！』武松道：『哥哥衹管讓來讓去，讓得弟兄們心腸冷了！』宋江大喝道：『汝等省得什麽！不得多言！』盧俊義慌忙拜道：『若是兄長苦苦相讓，着盧某安身不牢。』李逵叫道：『今朝都没事了，哥哥便做皇帝，教盧員外做丞相，我們都做大官，殺去東京，奪了鳥位子，却不强似在這裏鳥亂！』宋江大怒，喝罵李逵。吴用勸道：『且教盧員外東邊耳房安歇，賓客相待。等日後有功，却再讓位。』宋江方才歡喜。就叫燕青一處安歇。另撥房屋叫蔡福、蔡慶安頓老小。關勝家眷，薛永已取到山寨。宋江便叫大設筵宴，犒賞馬、步、水三軍，令大小頭目，并衆嘍囉軍健，各自成團作隊去吃酒。忠義堂上設宴慶賀，大小頭領相謙相讓，飲酒作樂。盧俊義起身道：『淫婦奸夫擒捉在此，聽候發落。』宋江笑道：『我正忘了。叫他兩個過來！』衆軍把陷車打開，拖出堂前。李固綁在左邊將軍柱上，賈氏綁在右邊將軍柱上。宋江道：『休問這斷罪惡，請員外自行發落。』盧俊義得令，手拿短刀，自下堂來，大駡潑婦賊奴。就將二人割腹剜心，凌遲處死，抛弃尸首，上堂來拜謝衆人。衆頭領盡皆作賀，稱贊不已。

且不説梁山泊大設筵宴，犒賞馬、步、水三軍，却説梁中書探聽得梁山泊軍馬退去，再和李成、聞達引領敗殘軍馬入城來，看覷老小時，十損八九。衆皆嚎哭不已。比及鄰近起軍追趕梁山泊人馬時，已自去得遠了。且教各自收軍。梁中書的夫人躲得在後花園中，逃得性命，便教丈夫寫表申奏朝廷，寫書教太師知道，早早調兵遣將，剿除賊寇報仇。抄寫民間被殺死者五千餘人，中傷者不計其數。各部軍馬，總折却三萬有餘。首將賫了奏文密書上路，不則一日，來到東京太師府前下馬。門吏轉報，太師教唤入來。首將直至節堂下拜見了，呈上密書申奏，訴説打破北京，賊寇浩大，難以抵敵。蔡京見了大怒，且教首將退去。次日五更，景陽鐘響，待漏院衆集文武群臣。蔡太師爲首，直臨玉階，面奏道君皇帝。天子覽奏大驚，與衆臣曰：『此寇累造大惡，克當何如？』有諫議大夫趙鼎出班奏道：『前者差蒲東關勝領兵征剿，收捕不全，累至失陷。往往調兵徵發，皆折兵將。蓋因失其地利，以至如此。以臣愚意，不若降敕赦罪招安，詔取赴闕，命作良臣，以防邊境之害。此爲上策。』蔡京聽了大怒，喝叱道：『汝爲諫議大夫，反滅朝廷綱紀，猖獗小人，罪合賜死！』天子曰：『如此，目下便令出朝，無宣不得入朝！』當日革了趙鼎官爵，罷爲庶人。當朝誰敢再奏。有詩爲證：

璽書招撫是良謀，趙鼎名言孰與儔。堪笑蔡京多誤國，反疏忠直快私仇。

天子又問蔡京曰：『似此賊人猖獗，可遣誰人剿捕此寇？』蔡太師奏曰：『臣量這等山野草賊，安用大軍。臣舉凌州有二將：一人姓單名廷珪，一人姓魏名定國，現任本州團練使。伏乞陛下聖旨，星夜差人調此一枝軍馬，克日掃清水泊。」天子大喜，隨即降寫敕符，着樞密院調遣。天子駕起，百官退朝。衆官暗笑。次日，蔡京會省院差官，賫捧聖旨敕符投凌州來。

再説宋江水滸寨内，將北京所得的府庫金寶財物，給賞與馬、步、水三軍。連日殺牛宰馬，大排筵宴，慶賀盧員外。雖無炮鳳烹龍，端的肉山酒海。衆頭領酒至半酣，吴用對宋江等説道：「今爲盧員外，打破北京，殺損人民，劫掠府庫，趕得梁中書等離城逃奔。他豈不寫表申奏朝廷，況他丈人是當朝太師，怎肯干罷？必然起軍發馬，前來征討。」宋江道：「軍師所慮，最爲得理。何不使人連夜去北京探聽虚實，我這裏好做準備。」吴用笑道：「小弟已差人去了，將次回也。」正在筵會之間，商議未了，祇見原差探事人到來，報説：「北京梁中書果然申奏朝廷，要調兵征剿。有諫議大夫趙鼎奏請招安，致被蔡京喝罵，削了趙鼎官職。如今奏過天子，差人賫捧敕符，往凌州調遣單廷珪、魏定國兩個團練使，起本州軍馬前來征討。」宋江便道：「似此如何迎敵？」吴用道：「等他來時，一發捉了。」關勝起身對宋江、吴用道：「關某自從上山，深感仁兄重待，不曾出得半分氣力。單廷珪、魏定國，蒲城多曾相會。久知單廷珪那廝，善能用水浸兵之法，人皆稱爲聖水將軍。魏定國這廝，熟精火攻兵法，上陣專能用火器取人，因此呼爲神火將軍。凌州是本境，兼管本州兵馬，取此二人爲部下。小弟不才，願借五千軍兵，不等他二將起行，先往凌州路上接住。他若肯降時，帶上山來。若不肯投降，必當擒來奉獻。兄長亦不須用衆頭領張弓挾矢，費力勞神。不知尊意若何？」宋江大喜，便叫宣贊、郝思文二將，就跟着一同前去。關勝帶了五千軍馬，來日下山。次早，宋江與衆頭領在金沙灘寨前餞行，關勝三人引兵去了。

衆頭領回到忠義堂上，吴用便對宋江説道：「關勝此去，未保其心。可以再差良將隨後監督，就行接應。」宋江道：「吾看關勝義氣凛然，始終如一。軍師不必見疑。」吴用道：「祇恐他心不似兄長之心。可再叫林沖、楊志領兵，孫立、黄信爲副將，帶領五千人馬，隨即下山。」李逵便道：「我也去走一遭。」宋江道：「此一去用你不着，自有良將建功。」

李逵道：「兄弟若閑便要生病。若不叫我去時，獨自也要去走一遭。」宋江喝道：「你若不聽我的軍令，割了你頭！」李逵見説，悶悶不已，下堂去了。

不説林沖、楊志領兵下山接應關勝。次日，祇見小軍來報：「黑旋風李逵，昨夜二更，拿了兩把板斧，不知那裏去了。」宋江見報，祇叫得苦：「是我夜來衝撞了他這幾句言語，多管是投别處去了。」吴用道：「兄長非也！他雖粗滷，義氣倒重，不到得投别處去。多管是過兩日便來。兄長放心！」宋江心慌，先使戴宗去趕，後着時遷、李雲、樂和、王定六四個首將，分四路去尋。

且説李逵是夜提着兩把板斧下山，抄小路徑投凌州去，一路上自尋思道：「這兩個鳥將軍，何消得許多軍馬去征他！我且搶入城中，一斧一個，都砍殺了，也教哥哥吃一驚，也和他們争得一口氣。」走了半日，走得肚飢。原來貪慌下山，又不曾帶得盤纏。多時不做這買賣，尋思道：「祇得尋個鳥出氣的。」正走之間，看見路傍一個村酒店。李逵便入去裏面坐下，連打了三角酒，二斤肉吃了，起身便走。酒保攔住討錢。李逵道：「待我前頭去尋得些買賣，却把來還你。」説罷，便動身。祇見外面走入個彪形大漢來，喝道：「你這黑廝好大膽！誰開的酒店，你來白吃不肯還錢！」李逵睜着眼道：「老爺不揀那裏，祇是白吃。」那漢道：「我對你説時，驚得你尿流屁滚！老爺是梁山泊好漢韓伯龍的便是。本錢都是宋江哥哥的。」李逵聽了暗笑：「我山寨裏那裏認的這個鳥人！」原來韓伯龍曾在江湖上打家劫舍，要來上梁山泊入伙，却投奔了旱地忽律朱貴，要他引見宋江。因是宋公明生發背瘡在寨中，又調兵遣將，多忙少閑，不曾見得。朱貴權且教他在村中賣酒。當時李逵去腰間拔出一把板斧，看着韓伯龍道：「把斧頭爲當。」韓伯龍不知是計，舒手來接。被李逵手起，望面門上祇一斧，肐膊地砍着。可憐韓伯龍做了半世强人，死在李逵之手。兩三個火家，祇恨爺娘少生了兩隻脚，望深村裏走了。李逵就地下擄掠了盤纏，放火燒了草屋，望凌州去了。

行不得一日，正走之間，官道旁邊衹見走過一條大漢，直上直下相李逵。李逵見那人看他，便道：『你那廝看老爺怎地？』那漢便答道：『你是誰的老爺？』李逵便搶將入來。那漢子手起一拳，打個搭墩。李逵尋思：『這漢子倒使得好拳！』坐在地下，仰着臉問道：『你這漢子姓甚名誰？』那漢道：『老爺没姓，要厮打便和你厮打。你敢起來？』李逵大怒，正待跳將起來，被那漢子肋羅裏又衹一脚，跌了一交。李逵叫道：『贏他不得！』爬將起來便走。那漢叫住，問道：『這黑漢子，你姓甚名誰？那裏人氏？』李逵道：『我説與你，休要吃驚。我是梁山泊黑旋風李逵的便是。』那漢道：『你端的是不是？不要説謊。』李逵道：『你不信，衹看我這兩把板斧。』那漢道：『你既是梁山泊好漢，獨自一個投那裏去？』李逵道：『我和哥哥別口氣，要投凌州去殺那姓單姓魏的兩個。』那漢道：『我聽得你梁山泊已有軍馬去了。你且説是誰？』李逵道：『先是大刀關勝領兵，隨後便是豹子頭林沖、青面獸楊志領軍策應。』那漢聽了，納頭便拜。李逵道：『你端的姓甚名誰？』那漢道：『小人原是中山府人氏，祖傳三代相撲爲生。却才手脚，父子相傳，不教徒弟。平生最無面目，到處投人不着。山東、河北都叫我做没面目焦挺。近日打聽得寇州地面有座山，名爲枯樹山，山上有個强人，平生衹好殺人，世人把他比做喪門神，姓鮑名旭。他在那山裏打家劫舍。我如今待要去那裏入伙。』

李逵道：『你有這等本事，如何不來投奔俺哥哥宋公明？』焦挺道：『我多時要投奔大寨入伙，却没條門路。今日得遇兄長，願隨哥哥。』李逵道：『我却要和宋公明哥哥争口氣了，下山來，不殺得一個人，空着雙手怎地回去？你和我去枯樹山，説了鮑旭，同去凌州，殺得單、魏二將，便好回山。』焦挺道：『凌州一府城池，許多軍馬在彼。我和你衹兩個，便有十分本事，也不濟事，枉送了性命。不如且去枯樹山，説了鮑旭，都去大寨入伙，此爲上計。』

兩個正説之間，背後時遷趕將來，叫道：『哥哥憂得你苦！便請回山。如今分四路去趕你也。』李逵引着焦

挺，且教與時遷厮見了。時遷勸李逵回山：『宋公明哥哥等你。』李逵道：『你且住！我和焦挺商量定了，先去枯樹山説了鮑旭，方才回來。』時遷道：『使不得。哥哥等你，即便回寨。』李逵道：『你若不跟我去，你自先回山寨，報與哥哥知道。我便回也。』時遷懼怕李逵，自回山寨去了。焦挺却和李逵自投寇州來，望枯樹山去了。

話分兩頭，却説關勝與同宣贊、郝思文，引領五千軍馬接來，相近凌州。且説凌州太守接得東京調兵的敕旨，并蔡太師札付，便請兵馬團練單廷珪、魏定國商議。二將受了札付，隨即選點軍兵，關領軍器，拴束鞍馬，整頓糧草，指日起行。忽聞報説：『蒲東大刀關勝，引軍到來，侵犯本州。』單廷珪、魏定國聽得大怒，便收拾軍馬出城迎敵。兩軍相近，旗鼓相望。門旗下關勝出馬。那邊陣内鼓聲響處，聖水將軍出馬。怎生打扮？

戴一頂渾鐵打就四方鐵帽，頂上撒一顆斗來大小黑纓，披一副熊皮砌就嵌縫沿邊烏油鎧甲，穿一領皀羅綉就點翠團花秃袖徵袍，着一雙斜皮踢鐙嵌綫雲跟靴，系一條碧鞓釘就迭勝獅蠻帶，一張弓，一壺箭，騎一匹深烏馬，使一條黑杆槍。

前面打一把引軍按北方皀纛旗，上書七個銀字：『聖水將軍單廷珪』。又見這邊鸞鈴響處，轉出這員神火將軍魏定國來出馬。怎生打扮？

戴一頂朱紅綴嵌點金束髮盔，頂上撒一把掃帚長短赤纓，披一副擺連環吞獸面猊猊鎧，穿一領綉雲霞飛怪獸絳紅袍，着一雙刺麒麟間翡翠雲縫錦跟靴，帶一張描金雀畫寶雕弓，懸一壺鳳翎鑿山狼牙箭，騎坐一匹胭脂馬，手使一口熟銅刀。

前面打一把引軍按南方紅綉旗，上書七個銀字：『神火將軍魏定國』。兩員虎將一齊出到陣前。關勝見了，在馬上説道：『二位將軍，別來久矣！』單廷珪、魏定國大笑，指着關勝罵道：『無才關勝，背反狂夫，上負朝廷之恩，下辱祖宗名目，不知死活，引軍到來，有何理説？』關勝答道：『你二將差矣！目今主上昏昧，奸臣弄權，

見了單廷珪順了關勝，大罵：『忘恩背主負義匹夫！』關勝大怒，拍馬向前迎敵。二馬相交，軍器并舉。兩將鬥不到十合，魏定國望本陣便走。關勝却欲要追，單廷珪大叫道：『將軍不可去趕！』關勝連忙勒住戰馬。說猶未了，凌州陣內早飛出五百火兵，身穿絳衣，手執火器，前後擁出有五十輛火車，車上都滿裝蘆葦引火之物。軍人背上，各拴鐵葫蘆一個，內藏硫黄焰硝五色烟藥，一齊點着，飛搶出來。人近人倒，馬遇馬傷。關勝軍兵四散奔走，退四十餘里扎住。魏定國收轉軍馬回城，看見本州烘烘火起，烈烈烟生。原來却是黑旋風李逵與同焦挺、鮑旭，帶領枯樹山人馬，都去凌州背後，打破北門，殺入城中，放起火來，劫擄倉庫錢糧。魏定國知了，不敢入城，慌速回軍。被關勝隨後趕上追殺，首尾不能相顧。凌州已失，魏定國衹得退走，奔中陵縣屯駐。關勝引軍，把縣四下圍住。便令諸將調兵攻打。魏定國閉門不出。

單廷珪便對關勝、林沖等衆位說道：『此人是一勇之夫。攻擊得緊，他寧死而不辱。事寬即完，急難成效。小弟願往縣中，不避刀斧，用好言招撫此人，束手來降，免動干戈。』關勝見說大喜，隨即叫單廷珪單人匹馬到縣。小校報知，魏定國出來相見了，邀請上廳而坐。單廷珪用好言說道：『如今朝廷不明，天下大亂，天子昏昧，奸臣弄權。我等歸順宋公明，且歸水泊。久後奸臣退位，那時臨朝，去邪歸正，未爲晚矣。』魏定國聽罷，沉吟半晌，說道：『若是要我歸順，須是關勝親自來請，我便投降。他若是不來，我寧死而不辱。』單廷珪即便上馬回來，報與關勝。關勝見說，便道：『大丈夫作事，何故疑惑。』便與單廷珪匹馬單刀而去。林沖諫道：『兄長，人心難忖，三思而行。』關勝道：『好漢作事無妨。』直到縣衙。魏定國接着，大喜，願拜投降。同叙舊情，設宴管待。當日帶領五百火兵，都來大寨，與林沖、楊志并衆頭領俱各相見已了，即便收軍回粱山泊來。宋江早使戴宗接着，對李逵說道：『衹爲你偷走下山，空教衆兄弟趕了許多路。如今時遷、樂和、李雲、王定六四個先回山去了。我如今先去報知哥哥，免至懸望。』

不說戴宗先去了，且說關勝等軍馬回到金沙灘邊，水軍頭領棹船接濟軍馬，陸續過渡。衹見一個人氣急敗壞跑將來。衆人看時，却是金毛犬段景住。林沖便問道：『你和楊林、石勇去北地裏買馬，如何這等慌速跑來？』段景住言無數句，話不一席，有分教：宋江調撥軍兵，來打這個去處。重報舊仇，再雪前恨。正是：情知語是鈎和綫，從頭釣出是非來。

畢竟段景住對林沖等說出甚言語來，且聽下回分解。

第六十八回　宋公明夜打曾頭市　盧俊義活捉史文恭

我前書宋江實弒晁蓋，人或猶有疑之。今讀此回，觀彼作者之意，何其反覆曲折，以著宋江不爲晁蓋報仇之罪，如是其深且明也。其一，段景住曰：鬱保四把馬劫奪，解送曾頭市去。夫『曾頭市』三字，則豈非宋江所當刻肉、刻骨、書石、書樹，日夜號呼，泪盡出血也者？乃自停喪攝位以來，杳然不聞提起。夫宋江不聞提起，則亦吴用之所不復提起，林冲之所不好提起，廳上廳下衆人之所不敢提起與不知提起者也。乃今無端忽有段景住歸，陡然提起，則是宋江之所不及掩其口也。其二，段景住備説奪馬之事，宋江聽了大怒。夫曩爾曾頭，顧不自量，一則奪其馬，再則奪其馬。一奪之不足，而至于再奪。人各有氣，誰其甘乎？然而擬諸射死天王之仇，則其痛深痛淺必當有其分矣。今也，藥箭之怨，累月不修，奪馬之辱，時刻不待，此其爲心果何如也？其三，晁蓋遺令：但有活捉史文恭者，便爲梁山泊主。及宋江調撥諸將，如徐寧、呼延灼、關勝、索超、單廷珪、魏定國、宣贊、郝思文等，悉不得與斯役。夫不共之仇，不及朝食，空群而來，死之可也。宋江而志在報仇也者，尚當懸第一座作重賞以募勇夫。宋江而志在第一座者，則雖終亦不爲天王報仇，亦誰得而責之？乃今調撥諸將，而獨置數人，豈此數人獨不能捉史文恭乎？抑獨不可坐第一座也？其四，新來人中，獨盧俊義起身願往，宋江便問吴用可否？吴用調之閑處。夫調將之法，第一先鋒，第二左軍，第三右軍，第四中軍，第五合後，第六伏軍。伏軍者計算已定，知其必敗，敗則必由此去，故先設伏以俟之也。今也諸軍未行，計算未定，何用知其必敗？何用知其敗之必由此去？若未能知其必敗，未能知其敗之必由此去，而又獨調員外先行埋伏，則是非所以等候史文恭，殆所以安置盧俊義也。其五，史文恭披挂上馬，那匹馬便是照夜玉獅子馬。宋江看見好馬，心頭火起。夫史文恭所坐，則是先前所奪段景住之馬。馬之所馱，則是先前射死晁蓋之史文恭。諺語有之：『好人相見分外眼明，仇人相見分外眼睁。』此言眼之所至，正是心之所至也。宋江而爲馬來者，則應先見馬。宋江而爲晁蓋來者，則應先見史文恭。今史文恭出馬，而大書那馬，宋江心頭火起，而大書看見好馬，然則宋江此來專爲馬也。其六，手書問罪，輕責其殺晁蓋，而重責其還馬；及還二次所奪，又問照夜獅子。夫還二次馬匹，而宋江所失僅一照夜獅子已乎？若還二次馬匹，又還照夜獅子，而宋江遂得班師還山，一無所問已乎？幸也保四内叛，伏窩計成，法華鐘響，五曾盡滅也。不幸而青、凌兩州救兵齊至，和解之約真成變卦，然則宋江殆將日夜哭念此馬不能置也。其七，盧俊義既已建功，宋江乃又椎鼓集衆，商議立主。夫『商議』之爲言，未有成論，則不得不集思廣謀以求其定，如之何不辭反覆連引其語也？今在昔，則晁蓋遺令有箭可憑。在今，則員外報仇有功可據。然則盧俊義爲梁山泊主，蓋一辭而定也。捨此不講，而又多自謙抑，甚至拈鬮借糧，何其巧而多變一至于如是之極也？嗚呼！作者書宋江之惡，其彰明昭著也如此，而愚之夫猶不正其弒晁蓋之罪，而猶必沾沾以忠義之人目之，豈不大可怪嘆也哉！

話説當時段景住跑來，對林冲等説道：『我與楊林、石勇前往北地買馬。小弟到彼，選得壯竄有筋力好毛片駿馬，買了二百餘匹。回至青州地面，被一伙强人，爲頭一個喚做險道神鬱保四，聚集二百餘人，盡數把馬劫奪，解送曾頭市去了。石勇、楊林不知去向。小弟連夜逃來報知，可差人去討馬回山。』關勝見説，教且回山寨與哥哥相見了，却商議此事。衆人且過渡來，都到忠義堂上，見了宋江。關勝引單廷珪、魏定國與大小頭領俱各相見了。李逵把下山殺了韓伯龍，遇見焦挺、鮑旭，同去打破凌州之事説了一遍。宋江聽罷，又添四個好漢，正在歡喜。段景住備説奪馬一事，宋江聽了，大怒道：『前者奪我馬匹，今又如此無禮！晁天王的冤仇未曾報得，旦夕不樂。若不去報此仇，惹人耻笑！』吴用道：『即目春暖，正好厮殺。前者進兵失其地利，如今必用智取。』宋江道：『此仇深入骨髓，不報得誓不還山！』吴用道：『且教時遷，他會飛檐走壁，可去探聽消息一遭，回來却作商量。』時遷聽命去了。無三二日，祇見楊林、石勇逃得回寨，備説曾頭市史文恭口出大言，要與梁山泊勢不兩立。宋江見説，便要起兵。吴用道：『再待時遷回報，却去未遲。』宋江怒氣填胸，要報此仇，片時忍耐不住，又使戴宗飛去打聽，

第六十八回 宋公明夜打曾頭市 盧俊義活捉史文恭

吾前書宋江實泥晁蓋，人或猶有疑之。今讀此回，觀鬱保四奪馬一事，何其反覆曲折，以著宋江不為晁蓋報仇之事，如是其深且明也。其一，段景住曰：鬱保四把馬劫奪，解送曾頭市去。夫「曾頭市」三字，則其為宋江所當刻骨，書石，書柱，日夜號呼，泪盡出血，血盡者？乃自曾頭市以來，杳然不聞提起。夫宋江不聞提起，則亦吳用之所不復提起，林沖之所不好提起，眾人之所不敢提起者也。乃今無端忽有段景住歸然提起，則是宋江之所不及掩其口也。其二，段景住備說奪馬之事，宋江聽了大怒。夫曾頭市，顧不自[illegible]一回奪其馬，再回奪其馬。一奪之不足，而至于再奪。人各有氣，誰其甘乎？然而猶謂射死天王之仇，則其痛深[illegible]必當有其分矣。今也集諸人之怒，果有不勝[illegible]等之事，終不得此，其為心果何如也？其三，晁蓋遺令但有活捉史文恭者，便為梁山泊主。[illegible]關勝、秦明、單廷珪、魏定國，宜皆有可以捉史文恭。然不得與其役。夫不共之仇，乃不得與其役，空拜而來，死之可也。宋江而志在報仇也者，尚當讓第一座作重賞以勸事夫。宋江而志在第一座者，則雖亦未為天王報仇，亦誰得而責之？乃今調撥諸將，而獨留與人，豈此數人獨不能捉史文恭乎？猶曰獨不可坐第一座也。其四，新來人中，獨盧俊義挺身願往。宋江便問吳用可否，吳用調之閑處。夫調將之法，第一先鋒，第二左軍，第三右軍，第四中軍，第五合後，第六伏軍。夫軍計算已定，知其必敗，則必由此去矣。故先將伏兵分派之也。今也諸軍未行，計算未定，何由知其必敗，而又知其敗之必由此去？若未能知其必敗，未能知其敗之必由此去，而只又獨調員外先行埋伏，則是其所以算定史文恭，正所以算定盧俊義也。其五，史文恭被捉上馬，那匹馬便是原夜玉獅子馬。宋江見好馬，心頭火起。夫史文恭所坐，則是先前所奪段景住之馬。馬之所[illegible]，則是先前[illegible]之史文恭。今「好人相見，分外眼明；仇人相見，分外眼睜。」此言眾人所目，正其心之所注也。宋江何為[illegible]回應前見馬。宋江而為晁蓋來者，則應先見史文恭。今史文恭出馬。

[illegible]則宋江近來事為晁蓋也。其六，手書四罪，數責其殺晁蓋，而其[illegible]

話說當時段景住跑來，對林沖等說道：「我與楊林、石勇前往北地買馬，小弟到彼，選得壯竄有筋力好毛片駿馬，買了二百餘匹，回至青州地面，被一伙強人，為頭一個喚做險道神郁保四，聚集二百餘人，盡數把馬劫奪，解送曾頭市去了。石勇、楊林不知去向。小弟連夜逃來報知。可差人去討馬匹回由。」關勝見說，教且回山寨與哥哥相見了，卻商議此事。眾人且過渡來，都到忠義堂上，見了宋江。關勝引單廷珪、魏定國與大小頭領俱各相見了。李逵把下山，殺了韓伯龍，遇見焦挺、鮑旭，同去打破凌州之事，說了一遍。宋江聽罷，又添四個好漢，正在歡喜。段景住備說奪馬一事。宋江聽了，大怒道：「前者奪我馬匹，今又如此無禮！晁天王的冤仇未曾報得，旦夕不樂。若不去報此仇，惹人恥笑！」吳用道：「即日春暖，正好廝殺。前者進兵失其地利，如今必用智取。」宋江道：「此仇深入骨髓。不報得此讐，誓不還山！」吳用道：「且教時遷，他會飛檐走壁，可去探聽消息一遭，回來卻作商量。」時遷聽令去了。無二日，只見楊林、石勇逃得回寨，備說曾頭市史文恭口出大言，要與梁山泊勢不兩立。宋江見說，便要進兵。吳用道：「再待時遷回報，卻去未遲。」宋江忿氣填胸，要報此仇，片時忍耐不住，又使戴宗飛去打聽。

立等回報。

不過數日，却是戴宗先回來說：「這曾頭市要與淩州報仇，欲起軍馬，現今曾頭市口扎下大寨，又在法華寺內做中軍帳，五百里遍插旌旗，不知何路可進。」次日，時遷回寨報說：「小弟直到曾頭市裏面，探知備細。現今扎下五個寨柵。曾頭市前面，二千餘人守住村口。總寨內是教師史文恭執掌，北寨是曾塗與副教師蘇定，南寨內是次子曾參，西寨內是三子曾索，東寨內是四子曾魁，中寨內是第五子曾升與父親曾弄守把。這個青州鬱保四，身長一丈，腰闊數圍，綽號險道神，將這奪的許多馬匹都喂養在法華寺內。」

吳用聽罷，便教會集諸將，一同商議，「既然他設五個寨柵，我這裏分調五支軍將，可作五路去打他五個寨柵。」盧俊義便起身道：「盧某得蒙救命上山，未能報效，今願盡命向前，未知尊意若何？」宋江大喜，便道：「員外如肯下山，便爲前部。」吳用諫道：「員外初到山寨，未經戰陣，山嶺崎嶇，乘馬不便，不可爲前部先鋒。別引一支軍馬，前去平川埋伏，祇聽中軍炮響，便來接應。」吳用主意祇恐盧俊義捉得史文恭，宋江不負晁蓋之遺言，讓位與他，因此不允。宋江大意祇要盧俊義建功，乘此機會，教他爲山寨之主，不負晁蓋遺言。吳用不肯，立主叫盧員外帶同燕青，引領五百步軍，平川小路聽號。再分調五路軍馬：曾頭市正南大寨，差馬軍頭領霹靂火秦明、小李廣花榮，副將馬麟、鄧飛，引軍三千攻打；曾頭市正東大寨，差步軍頭領花和尚魯智深、行者武松，副將孔明、孔亮，引軍三千攻打；曾頭市正北大寨，差馬軍頭領青面獸楊志、九紋龍史進，副將楊春、陳達，引軍三千攻打；曾頭市正西大寨，差步軍頭領美髯公朱仝、插翅虎雷橫，副將鄒淵、鄒潤，引軍三千攻打；曾頭市正中總寨，都頭領宋公明，軍師吳用、公孫勝，隨行副將呂方、郭盛、解珍、解寶、戴宗、時遷，領軍五千攻打。合後步軍頭領黑旋風李逵、混世魔王樊瑞，副將項充、李衮，引馬步軍兵五千。其餘頭領各守山寨。且說曾頭市探事人探知備細，報入寨中。曾長官聽了，便請教師史文恭、蘇定商議軍情重事。史文恭道：「梁山泊軍馬來時，祇是多使陷坑，方才捉得他强兵猛將。這伙草寇，須是這條計，以爲上策。」曾長官便差莊客人等，將了鋤頭、鐵鍬，去村口掘下陷坑數十處，上面虛浮土蓋，四下裏埋伏了軍兵，祇等敵軍來到。又去曾頭市北路，也掘下十數處陷坑。比及宋江軍馬起行時，吳用預先暗使時遷又去打聽。數日之間，時遷回來報說：「曾頭市寨南寨北盡都掘下陷坑，不計其數，祇等俺軍馬到來。」吳用見說，大笑道：「不足爲奇！」引軍前進，來到曾頭市相近。此時日午時分，前隊望見一騎馬來，項帶銅鈴，尾拴雉尾，馬上一人，青巾白袍，手執短槍。前隊望見，便要追趕，吳用止住。便教軍馬就此下寨，四面掘了濠塹，下了鐵蒺藜。傳令下去，教五軍各自分投下寨，一般掘下濠塹，下了蒺藜。一住三日，不出交戰。吳用再使時遷扮作伏路小軍，去曾頭市寨中探聽他不出何意，所有陷坑，暗暗地記着有幾處，離寨多少路遠，總有幾處。時遷去了一日，都知備細，暗地使了記號，回報軍師。次日，吳用傳令，教前隊步軍各執鐵鋤，分作兩隊，又把糧車一百有餘，裝載蘆葦乾柴，藏在中軍。當晚傳令與各寨諸軍頭領：來日巳牌，祇聽東西兩路步軍先去打寨。再教攻打曾頭市北寨的楊志、史進，把馬軍一字兒擺開，如若那邊擂鼓搖旗，虛張聲勢，切不可進。吳用傳令已了。

再說曾頭市史文恭祇要引宋江軍馬打寨，便着他陷坑。寨前路狹，待走那裏去！次日巳牌，祇聽得寨前炮響，追兵大隊都到南門。次後祇見東寨邊來報道：「一個和尚輪着鐵禪杖，一個行者舞起雙戒刀，攻打前後。」史文恭道：「這兩個必是梁山泊魯智深、武松。」猶恐有失，便分人去幫助曾魁。祇見西寨邊又來報道：「一個長髯大漢，一個虎面賊人，旗號上寫着美髯公朱仝，插翅虎雷橫，前來攻打甚急。」史文恭聽了，又分撥人去幫助曾索。又聽得寨前炮響，史文恭按兵不動，祇要等他入來塌了陷坑，山後伏兵齊起，接應捉人。這裏吳用却調馬軍，從山背後兩路抄到寨前。前面步軍祇顧看寨，又不敢去；兩邊伏兵都擺在寨前，背後吳用軍馬趕來，盡數逼下坑去。史文恭却待出來，吳用鞭梢一指，軍寨中鑼響，一齊推出百餘輛車子來，盡數把火點着，上面蘆葦、乾柴、硫黃、焰硝一齊着起，烟火迷天。比及史文恭軍馬出來，盡被火車[illegible]住，衹得回避，急待退軍。公孫勝早在陣中揮劍作法，借起大風，刮得火焰卷入南門，早把敵樓、排柵盡行[illegible]毀。已自得勝，鳴金收軍。四下裏入寨，當晚權歇。史文恭連夜修整寨門，兩下當住。

次日，曾塗對史文恭計議道：『若不先斬賊首，難以追滅。』吩咐教師史文恭牢守寨柵。曾塗率領軍兵，披挂上馬，出陣搦戰。宋江在中軍聞知曾塗搦戰，帶領呂方、郭盛相隨，出到前軍。門旗影裏看見曾塗，心懷舊恨，用鞭指道：『誰與我先捉這廝，報往日之仇？』小溫侯呂方拍坐下馬，挺手中方天畫戟，直取曾塗。兩馬交鋒，軍器并舉。鬥到三十合已上，郭盛在門旗下，看見兩個中間將及輸了一個。原來呂方本事敵不得曾塗，三十合已前，兀自抵敵得住，三十合已後，戟法亂了，衹辦得遮架躲閃。郭盛衹恐呂方有失，便驟坐下馬，拈手中方天畫戟，飛出陣來，夾攻曾塗。三騎馬在陣前絞做一團。原來兩枝戟上都拴着金錢豹尾，呂方、郭盛要捉曾塗，兩枝戟齊舉。曾塗眼明，便用槍衹一撥，却被兩條豹尾攪住朱纓，奪扯不開。三個各要掣出軍器使用。小李廣花榮在陣中看見，恐怕輸了兩個，便縱馬出來，左手拈起雕弓，右手急取鈚箭，搭上箭，拽滿弓，望着曾塗射來。這曾塗却好掣出槍來，那兩枝戟兀自攪做一團。說時遲，那時疾，曾塗掣槍，便望呂方項根搠來。花榮箭早先到，正中曾塗左臂，翻身落馬，頭盔倒卓，兩脚蹬空。呂方、郭盛雙戟并施，曾塗死于非命。十數騎馬軍飛奔回來，報知史文恭，轉報中寨。

曾長官聽得大哭。衹見傍邊惱犯了一個壯士曾升，武藝絶高，使兩口飛刀，人莫敢近，當時聽了大怒，咬牙切齒，喝教：『備我馬來，要與哥哥報仇！』曾長官攔當不住。全身披挂，綽刀上馬，直奔前寨。史文恭接着勸道：『小將軍不可輕敵。宋江軍中智勇猛將極多。若論史某愚意，衹宜堅守五寨，暗地使人前往凌州，便教飛奏朝廷，調兵選將，多撥官軍，分作兩處征剿：一打梁山泊，一保曾頭市。令賊無心戀戰，必欲退兵急奔回山。那時史某不才，與汝弟兄一同追殺，必獲大功。』說言未了，北寨副教師蘇定到來，見說堅守一節，便道：『梁山泊吳用那廝，詭

計多謀，不可輕敵，衹宜退守。待救兵到來，從長商議。』曾升叫道：『殺我親兄，此冤不報，更待何時！直等養成賊勢，退敵則難。』史文恭、蘇定阻當不住。曾升上馬，帶領數十騎馬軍，飛奔出寨搦戰。宋江聞知，傳令前軍迎敵。當時秦明得令，舞起狼牙棍，正要出陣鬥這曾升。衹見黑旋風李逵手揸板斧，直奔軍前，不問事由，搶出垓心。對陣有人認的，說道：『這個是梁山泊黑旋風李逵。』曾升見了，便叫放箭。原來李逵但是上陣，便要脱膊，全得項充、李衮蠻牌遮護。此時獨自搶來，被曾升一箭，腿上正着，身如泰山倒在地下。曾升背後馬軍齊搶過來。宋江陣上秦明、花榮飛馬向前死救，背後馬麟、鄧飛、呂方、郭盛一齊接應歸陣。曾升見了宋江陣上人多，不敢再戰。以此領兵還寨。宋江也自收軍駐扎。

次日，史文恭、蘇定衹是主張不要對陣。怎禁得曾升催并道：『要報兄仇。』史文恭無奈，衹得披挂上馬。那匹馬便是先前奪的段景住的千里龍駒照夜玉獅子馬。宋江引諸將擺開陣勢迎敵。對陣史文恭出馬。怎生打扮？

頭上金盔耀日光，身披鎧甲賽冰霜。坐騎千里龍駒馬，手執朱纓丈二槍。

斯時史文恭出馬，横殺過來。宋江陣上秦明要奪頭功，飛奔坐下馬來迎。二騎相交，軍器并舉。約鬥二十餘合，秦明力怯，望本陣便走。史文恭奮勇趕來，神槍到處，秦明後腿股上早着，倒攧下馬來。呂方、郭盛、馬麟、鄧飛四將齊出，死命來救。雖然救得秦明，軍兵折了一陣。收回敗軍，離寨十里駐扎。宋江叫把車子載了秦明，一面使人送回山寨將息，再與吳用商量。教取大刀關勝、金槍手徐寧，并要單廷、魏定國四位下山，同來協助。宋江自己焚香祈禱，占卜一課。吳用看了卦象，便道：『雖然此處可破，今夜必主有賊兵入寨。』宋江道：『可以早作準備。』吳用道：『請兄長放心，衹顧傳下號令。先去報與三寨頭領，今夜起，東西二寨，便教解珍在左，解寶在右。其餘軍馬，各于四下裏埋伏。』已定。

是夜，天晴月白，風靜雲閑。史文恭在寨中對曾升道：『賊兵今日輸了兩將，必然懼怯，乘虛正好劫寨。』曾升見說，

便教請北寨蘇定，南寨曾參，西寨曾索，引兵前來，一同劫寨。二更左側，潛地出哨，馬摘鸞鈴，人披軟戰，直到宋江中軍寨內。見四下無人，劫着空寨，急叫中計，轉身便走。左手下撞出兩頭蛇解珍，右手下撞出雙尾蠍解寶，後面便是小李廣花榮，一發趕上。曾索在黑地裏被解珍一鋼叉搠于馬下。放起火來，後寨發喊，東西兩邊，進兵攻打寨柵，混戰了半夜。史文恭奪路得回。

曾長官又見折了曾索，煩惱倍增。次日，請史文恭寫書投降。史文恭也有八分懼怯，隨即寫書，速差一個賫擎，直到宋江大寨。小校報知曾頭市有人下書。宋江傳令，教喚入來。小校將書呈上。宋江拆開看時，寫道：

『曾頭市主曾弄頓首再拜宋公明統軍頭領麾下：日昨小男倚仗一時之勇，誤有冒犯虎威。向日天王率衆到來，理合就當歸附。奈何無端部卒施放冷箭，更兼奪馬之罪，雖百口何辭。原之實非本意。今頑犬已亡，遣使講和。如蒙罷戰休兵，將原奪馬匹盡數納還，更賫金帛犒勞三軍。此非虛情，免致兩傷。謹此奉書，伏乞照察。』

宋江看罷來書，心中大怒，扯書罵道：『殺我兄長，焉肯干休！衹待洗蕩村坊，是我本願。』下書人俯伏在地，凛顫不已。吳用慌忙勸道：『兄長差矣！我等相争，皆爲氣耳。既是曾家差人下書講和，豈爲一時之忿，以失大義。』隨即便寫回書，取銀十兩賞了來使。回還本寨，將書呈上。曾長官與史文恭拆開看時，上面寫道：

『梁山泊主將宋江手書回復曾頭市主曾弄帳前：國以信而治天下，將以勇而鎮外邦。人無禮而何爲，財非義而不取。梁山泊與曾頭市自來無仇，各守邊界。奈緣爾將行一時之惡，惹數載之冤。若要講和，便須發還二次原奪馬匹，并要奪馬凶徒鬱保四，犒勞軍士金帛。忠誠既篤，禮數休輕。如或更變，別有定奪。草草具陳，情照不宣。』

曾長官與史文恭看了，俱各驚憂。次日，曾長官又使人到來言說：『若肯講和，各請一人質當。』宋江不肯。吳用便道：『無傷！』隨即便差時遷、李逵、樊瑞、項充、李衮五人前去爲信。臨行時，吳用叫過時遷，附耳低言：『如此如此，休得有誤。』不說五人去了，却說關勝、徐寧、單廷珪、魏定國到了，當時見了衆人，就在中軍扎駐。

且說時遷引四個好漢來見曾長官。時遷向前說道：『奉哥哥將令，差時遷引李逵等四人前來講和。』史文恭道：『吳用差遣五個人來，必然有謀。』李逵大怒，揪住史文恭便打。曾長官慌忙勸住。時遷道：『李逵雖然粗滷，却是俺宋公明哥哥心腹之人，特使他來，休得疑惑。』曾長官中心衹要講和，不聽史文恭之言，便叫置酒相待，請去法華寺寨中安歇，撥五百軍人前後圍住，却使曾升帶同鬱保四來宋江大寨講和。二人到中軍相見了，隨後將原奪二次馬匹并金帛一車送到大寨。宋江看罷道：『這馬都是後次奪的，正有先前段景住送來那匹千里白龍駒照夜玉獅子馬，如何不見將來？』曾升道：『是師父史文恭乘坐着，以此不曾將來。』宋江道：『你疾忙快寫書去，教早早牽那匹馬來還我！』曾升便寫書，叫從人還寨討這匹馬來。史文恭聽得，回道：『別的馬將去不吝，這匹馬却不與他！』從人往復走了幾遭，宋江定死要這匹馬。史文恭使人來說道：『若還定要我這匹馬時，着他即便退軍，我便送來還他。』

宋江聽得這話，便與吳用商議。尚然未決，忽有人來報道：『青州、凌州兩路有軍馬到來。』宋江道：『那廝們知得，必然變卦！』暗傳下號令，就差關勝、單廷珪、魏定國去迎青州軍馬，花榮、馬麟、鄧飛去迎凌州軍馬。暗地叫出鬱保四來，用好言撫恤他，十分恩義相待，說道：『你若肯建這場功勞，山寨裏也教你做個頭領。奪馬之仇，折箭爲誓，一齊都罷。你若不從，曾頭市破在旦夕。任從你心。』鬱保四聽言，情願投拜，從命帳下。吳用授計與鬱保四道：『你衹做私逃還寨，與史文恭說道：「我和曾升去宋江寨中講和，打聽得真實了。如今宋江大意，衹要賺這匹千里馬，實無心講和。若還與了他，必然翻變。如今聽得青州、凌州兩路救兵到了，十分心慌。正好乘勢用計，不可有誤。」他若信從了，我自有處置。』

鬱保四領了言語，直到史文恭寨裏，把前事具說一遍。史文恭引了鬱保四來見曾長官，備說宋江無心講和，可以乘勢劫他寨柵。曾長官道：『我那曾升當在那裏，若還翻變，必然被他殺害。』史文恭道：『打破他寨，好歹

救了。今晚傳令與各寨，盡數都起，先劫宋江大寨。如斷去蛇首，衆賊無用。回來却殺李逵等五人未遲。』曾長官道：『教師可以善用良計。』當下傳令與北寨蘇定、東寨曾魁、南寨曾參，一同劫寨。鬱保四却閃來法華寺大寨内，看了李逵等五人，暗與時遷走透這個消息。

再説宋江同吴用説道：『未知此計若何？』吴用道：『如是鬱保四不回，便是中俺之計。他若今晚來劫我寨，我等退伏兩邊，却教魯智深、武松引步軍殺入他東寨，朱仝、雷横引步軍殺入他西寨，却令楊志、史進引馬軍截殺北寨。此名番犬伏窩之計，百發百中。』

當晚却説史文恭帶了蘇定、曾參、曾魁，盡數起發。是夜，月色朦朧，星辰昏暗。史文恭、蘇定當先，曾參、曾魁押後，馬摘鸞鈴，人披軟戰，盡都來到宋江總寨。衹見寨門不關，寨内并無一人，又不見些動静。情知中計，即便回身。急望本寨去時，衹見曾頭市裏鑼鳴炮響，却是時遷爬去法華寺鐘樓上撞起鐘來。聲響爲號，東西兩門火炮齊響，喊聲大舉，正不知多少軍馬殺將入來。却説法華寺中李逵、樊瑞、項充、李衮一齊發作，殺將出來。史文恭等急回到寨時，尋路不見。曾長官見寨中大鬧，又聽得梁山泊大軍兩路殺將入來，就在寨裏自縊而死。曾參徑奔西寨，被朱仝一樸刀搠死。曾魁要奔東寨時，亂軍中馬踏爲泥。蘇定死命奔出北門，却有無數陷坑，背後魯智深、武松趕殺將來，前逢楊志、史進，亂箭射死蘇定。後頭撞來的人馬都攧入陷坑中去，重重迭迭，陷死不知其數。

且説史文恭得這千里馬行得快，殺出西門，落荒而走。此時黑霧遮天，不分南北。約行了二十餘里，不知何處，衹聽得樹林背後一聲鑼響，撞出四五百軍來。當先一將，手提杆棒，望馬脚便打。那匹馬是千里龍駒，見棒來時，從頭上跳過去了。史文恭正走之間，衹見陰雲冉冉，冷氣颼颼，黑霧漫漫，狂風颯颯，虚空中一人當住去路。史文恭疑是神兵，勒馬便回。東西南北四邊，都是晁蓋陰魂纏住。史文恭再回舊路，却撞着浪子燕青，又轉過玉麒麟盧俊義來，喝一聲：『强賊待走那裏去！』腿股上衹一樸刀，搠下馬來，便把繩索綁了，解投曾頭市來。燕青牽了那匹千里龍駒，徑到大寨。

宋江看了大喜。仇人相見，分外眼明。心中一喜一怒：喜者得盧員外見功；怒者恨史文恭射殺晁天王，冤仇未曾報得。先把曾升就本處斬首，曾家一門老少，盡數不留。抄擄到金銀財寶，米麥糧食，盡行裝載上車，回梁山泊給散各部頭領，犒賞三軍。且說關勝領軍殺退青州軍馬，花榮領兵殺散凌州軍馬，都回來了。大小頭領不缺一個，又得了這匹千里龍駒照夜玉獅子馬，其餘物件盡不必說。陷車內囚了史文恭，便收拾軍馬，回梁山泊來。所過州縣村坊，并無侵擾。回到山寨忠義堂上，都來參見晁蓋之靈。宋江傳令，教聖手書生蕭讓作了祭文。令大小頭領人人挂孝，個個舉哀。將史文恭剖腹剜心，享祭晁蓋已罷。宋江就忠義堂上與衆弟兄商議立梁山泊之主。

吴用便道：『兄長爲尊，盧員外爲次，其餘衆弟兄各依舊位。』宋江道：『向者晁天王遺言：「但有人捉得史文恭者，不揀是誰，便爲梁山泊之主。」今日盧員外生擒此賊，赴山祭獻晁兄，報仇雪恨，正當爲尊，不必多説。』盧俊義道：『小弟德薄才疏，怎敢承當此位！若得居末，尚自過分。』宋江道：『非宋某多謙，有三件不如員外處：第一件，宋江身材黑矮，貌拙才疏；員外堂堂一表，凜凜一軀，有貴人之相。第二件，宋江出身小吏，犯罪在逃，感蒙衆弟兄不弃，暫居尊位；員外出身豪杰之子，又無至惡之名，雖然有些凶險，累蒙天佑，以免此禍。第三件，宋江文不能安邦，武又不能附衆，手無縛鷄之力，身無寸箭之功；員外力敵萬人，通今博古，天下誰不望風而降。尊兄有如此才德，正當爲山寨之主。他時歸順朝廷，建功立業，官爵升遷，能使弟兄們盡生光彩。宋江主張已定，休得推托。』

盧俊義恭謙拜于地下，説道：『兄長枉自多談。盧某寧死，實難從命。』吴用勸道：『兄長爲尊，盧員外爲次，人皆所伏。兄長若如是再三推讓，恐冷了衆人之心。』原來吴用已把眼視衆人，故出此語。衹見黑旋風李逵大叫道：『我在江州，捨身拼命，跟將你來，衆人都饒讓你一步。我自天也不怕，你衹管讓來讓去做甚鳥！我便殺將起來，各自散火！』武松見吴用以目示人，也發作叫道：『哥哥手下許多軍官，受朝廷誥命的，也衹是讓哥哥，他如何肯從別人？』劉唐便道：『我們起初七個上山，那時便有讓哥哥爲尊之意。今日却要讓別人？』魯智深大叫道：『若還兄長推讓別人，灑家們各自都散！』宋江道：『你衆人不必多説，我自有個道理，盡天意看是如何，方才可定。』吴用道：『有何高見，便請一言。』宋江道：『有兩件事。』正是：教梁山泊内重添兩個英雄，東平府中又惹一場灾禍。直教天罡盡數投忠義，地煞齊臨水滸來。

畢竟宋江説出那兩件事來，且聽下回分解。